r-

fore-

hyper-

pro-

徐薇
影音教學書

英文字首字尾大全

e-

-age

學會一招單字拆解法
鍛鍊英文真功夫！

-orexi-

字首 bene- / bon-
benefit 利益
bene- -fit-

g-

-tory

U0085198

本書介紹
立即掃
搶先看

一招快拆法，
個延伸進階單字
一網打盡

◆一掃QR碼，
播放徐薇老師親授
135段影音解析

見字拆字
放碼過來

日速成英語學霸
全年齡英語控
的部首全書

◆一生必學的
字根字首字尾：
陌生單字
一看就懂 一學就會

-dur-

序言

乍看到書名「影音教學書」，您可能會好奇，這本書又沒有 DVD，哪來的「影音」？答案就在這本書裡的 QR-code！

我教英文三十年，看過太多原本立定志向要好好學英文的人，不是推託沒時間、就是買了一堆書，沒看幾頁就束之高閣，因為太枯燥又難懂，怎麼讀都提不起勁。任何學習本來就應該伴隨著老師的教學，才會事半功倍，所以這套「徐薇影音教學書」，就是要透過我的影音教學，幫您破除英文學習障礙。跟著這套有老師在教的書來學，就可以把我這三十年的英文功力都接收起來！

坊間各式英文學習書，除了羅列單字句子外，大多只附上老外的字句朗讀 MP3，對英文學習的幫助效果有限；但這套「徐薇影音教學書」裡，有我親自錄製的影音教學，幫您將艱澀的觀念、難懂的單字，轉化為易懂、簡單、好上手的英文知識，透過 QR-code 影像教學傳授給各位認真的英文學習讀者們。

最棒的是，您還不用大費周章準備電腦或是 DVD，只要用手機掃描書上的 QR-code，輕輕鬆鬆、隨時隨地，都能「把徐薇老師帶著走」，不論坐車、等人還是排隊，三、五分鐘的空檔就是學英文的最佳時機。（現在就翻到後面立即掃碼、即刻學習吧！）

「徐薇影音教學書」系列是全新的出版概念，以 reader-friendly 為出發點，將影音教學與紙本結合，讓您用最省力省事的方式，不需要到補習班，就能跟著徐薇老師學好英文，首先推出的就是「英文字首字尾大全」與「英文字根大全」。

介紹完影音教學的優點，接下來就要介紹這本書的字首字尾重點了。

英文就像中文一樣有「部首」：放在單字前面的叫「字首」，放在單字

後面的叫「字尾」，用這些部首加上認識的英文單字，很容易就能猜出或記住一個從沒學過的字。比方說：有個字首 mis-，它的意思是 wrong 錯的，我們把它和我們認識的單字放一起，像 take 是「拿」，前面加上字首 mis-「錯的」，mistake 拿錯了，就是「弄錯、造成錯誤」。

再來，lead 是「引導」，前面加上字首 mis- 表示「錯誤」，mislead 引導到錯誤的方向去了，就是「誤導」；use 是「使用」，misuse 就是「誤用、濫用」；understand 是「理解」，misunderstand 理解有錯誤，那就是「誤解」囉！

再比方有個英文單字 full 表示「充滿的」，它可以變成形容詞字尾 -ful，加在單字後面就表示「有…的、充滿…的」。例如：help 幫助，helpful 有幫助的；use 使用，useful 有用的；care 謹慎，careful 充滿了謹慎，那就是「仔細的，小心的」；skill 技術，skillful 有技術的、技術能力滿滿的，那當然就是「技術純熟的、熟練的」囉！

這些字首字尾，正是打造無敵單字力的基礎。在這套書裡，我精心挑選了 135 個能幫您快速提升單字力的字首與字尾，並且依使用頻率分為三個 Level：「Level One 翹腳輕鬆背」、「Level Two 考試你要會」、「Level Three 單字控必學」；每一個字首字尾都有我親自錄製的獨門記憶法影音教學，帶您記部首、拆單字，背一個字就等於同時背上好幾個字，讓您舉一反三、反三十、甚至反三百都不成問題！

徐薇影音教學書之後還會陸續出版各式英文學習出版品，隨書您都可看得到徐薇老師的獨家影音教學。讓徐薇老師帶您一路過關斬將，不只讓您的單字力 Level Up，英文實力更能一路 UP、UP、UP！

徐薇

Contents

1 LEVEL ONE 翹腳輕鬆背

表「數字」的字首

表「否定」的字首

其他字首

2 LEVEL TWO 考試你要會

3 LEVEL THREE 單字控必學

使用說明

1 將字首、字尾依不同詞性、意義分類,方便記憶。

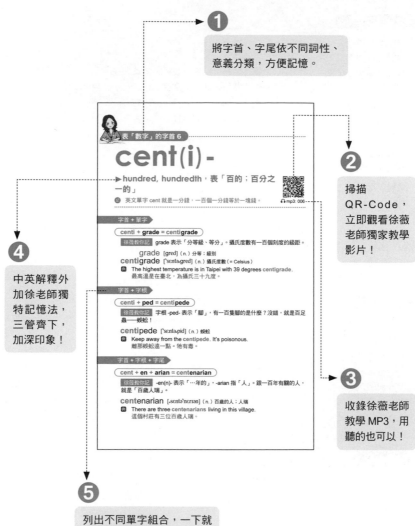

2 掃描 QR-Code,立即觀看徐薇老師獨家教學影片!

3 收錄徐薇老師教學 MP3,用聽的也可以!

4 中英解釋外加徐老師獨特記憶法,三管齊下,加深印象!

5 列出不同單字組合,一下就了解字首字尾用法。

表「數字」的字首 6

cent(i)-

▶ hundred, hundredth,表「百的;百分之一的」

英文單字 cent 就是一分錢,一百個一分錢等於一塊錢。

🎧 mp3: 006

字首 + 單字

centi + grade = centigrade

徐薇教你記 grade 表示「分等級、等分」。攝氏度數有一百個刻度的級距。

grade [gred] (n.) 分等;級別
centigrade [ˈsɛntəˌgred] (n.) 攝氏度數 (= Celsius)
例 The highest temperature is in Taipei with 39 degrees centigrade.
最高溫是在臺北,為攝氏三十九度。

字首 + 字根

centi + ped = centipede

徐薇教你記 字根 -ped- 表示「腳」,有一百隻腳的是什麼?沒錯,就是百足蟲——蜈蚣!

centipede [ˈsɛntəˌpid] (n.) 蜈蚣
例 Keep away from the centipede. It's poisonous.
離那蜈蚣遠一點。牠有毒。

字首 + 字根 + 字尾

cent + en + arian = centenarian

徐薇教你記 -en(n)- 表示「…年的」,-arian 指「人」。跟一百年有關的人,就是「百歲人瑞」。

centenarian [ˌsɛntəˈnɛrɪən] (n.) 百歲的人;人瑞
例 There are three centenarians living in this village.
這個村莊有三位百歲人瑞。

6

拆解單字，一目瞭
然，瞬間秒懂！

7

記 = 記憶
補 = 補充
比 = 比較
徐薇老師貼心
小提醒，學習
效果更加倍！

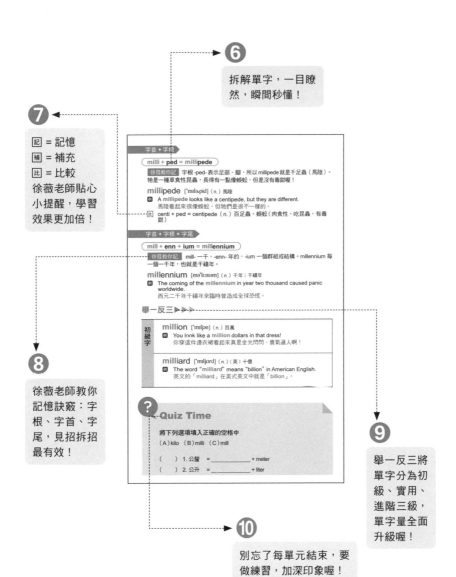

字首 + 字根

milli + ped = millipede

徐薇教你記 字根 -ped- 表示足部、腳，所以 millipede 就是千足蟲（馬陸）。
牠是一種草食性昆蟲，長得有一點像蜈蚣，但是沒有毒鉗喔！

millipede [ˈmɪləˌpid] (n.) 馬陸
例 A millipede looks like a centipede, but they are different.
馬陸看起來很像蜈蚣，但牠們是很不一樣的。
比 centi + ped = centipede (n.) 百足蟲、蜈蚣（肉食性，吃昆蟲，有毒鉗）

字首 + 字根 + 字尾

mill + enn + ium = millennium

徐薇教你記 mill- 一千，-enn- 年的，-ium 一個群組或結構。millennium 每
一個一千年，也就是千禧年。

millennium [məˈlɛnɪəm] (n.) 千年；千禧年
例 The coming of the millennium in year two thousand caused panic worldwide.
西元二千年千禧年來臨時曾造成全球恐慌。

舉一反三 ▶▶▶

初級字
million [ˈmɪljən] (n.) 百萬
例 You look like a million dollars in that dress!
你穿這件連衣裙看起來真是金光閃閃、貴氣逼人啊！

milliard [ˈmɪljɑrd] (n.)（英）十億
例 The word "milliard" means "billion" in American English.
英文的「milliard」在美式英文中就是「billion」。

? **Quiz Time**

將下列選項填入正確的空格中
(A) kilo (B) milli (C) mill

( ) 1. 公釐 = _____ + meter
( ) 2. 公升 = _____ + liter

8

徐薇老師教你
記憶訣竅：字
根、字首、字
尾，見招拆招
最有效！

9

舉一反三將
單字分為初
級、實用、
進階三級，
單字量全面
升級喔！

10

別忘了每單元結束，要
做練習，加深印象喔！

LEVEL **ONE**
翹腳輕鬆背

Ruby

uni-

▶one，表「單一的」

日本知名文具品牌三菱公司就是用 uni 為商標。

🎧 mp3: 001

字首 + 單字

uni + it = unit

unit [`junɪt]（n.）單位

例 Each **unit** of this book introduces a different English prefix or suffix.
這本書的每個單元介紹不同的字首或字尾。

補充 ICU = Intensive Care Unit 加護病房

I → intensive 密集的、集中的

C → care 照顧、照料

U → unit 單位

uni + form = uniform

徐薇教你記 大家都穿統一的單一形式，就是制服。

form [fɔrm]（n.）類型；形式

uniform [`junə͵fɔrm]（n.）制服

例 Nurses have to wear **uniform** when they work.
護士工作時要穿著制服。

字首 + 字根

uni + vers = universe → university

徐薇教你記 universe 宇宙，古人認為全世界只有一個以太陽為中心的宇宙，所以它也表示全世界。以前的人如果一路念到了大學，就覺得擁有全世界的知識、擁有全宇宙，所以大學叫做 university。

-vers-（字根）翻轉

universe [`junə͵vɝs]（n.）宇宙；全世界

例 She believes that there is intelligent life in the **universe**.
她相信宇宙中存在高智慧生命。

表「數字」的字首 **uni-**

初級字	corn [kɔrn]（n.）玉米
	unicorn [ˋjunɪˏkɔrn]（n.）獨角獸
	記 獨角獸的頭上長了一根玉米
	補充 拉丁文 cornus 表示「角（horn）」。
	例 A **unicorn** is an imaginary animal.
	獨角獸是想像出來的動物。
	cycle [ˋsaɪkl̩]（n.）循環；週期
	unicycle [ˋjunɪˏsaɪkl̩]（n.）單輪車
	例 It's not easy to ride a **unicycle**.
	騎單輪車不容易。
實用字	on [ɑn]（prep./adv.）在…上
	union [ˋjunjən]（n.）聯盟
	例 Our company is a member of this trade **union**.
	我們公司是這個貿易聯盟的成員之一。
	-que（形容詞字尾）表「風格、形式」
	unique [juˋnik]（adj.）獨特的；獨一無二的
	記 只有一個、單獨的形式，就是「獨特的」、「獨一無二的」
	例 The singer sang this song in a very **unique** way.
	那歌手以非常獨特的方式唱這首歌。
進階字	-anim-（字根）想法
	unanimous [ˏjuˋnænəməs]（adj.）意見一致的
	例 The new project got **unanimous** approval by the committee.
	該項新計畫獲得委員會一致通過。
	lateral [ˋlætərəl]（adj.）側面的；橫向的
	unilateral [ˏjunɪˋlætərəl]（adj.）一方的；單面的
	例 The fight against the **unilateral** trade policy has lasted for one month.
	反對單邊貿易政策的抗爭已持續一個月了。

表「數字」的字首 2

bi-

▶two，表「兩個」

說再見時常會說 "bye bye"，bye 重複兩次，所以記得 bi- 是指「兩個」。

🎧 mp3: 002

字首 + 單字

徐薇教你記	weekly （週的）→ biweekly （雙週的）
	monthly （月的）→ bimonthly （雙月的）
	yearly （年的）→ biyearly （兩年一次的；一年兩次的）

bi + 時間 = 兩個…的（時間）

biweekly [baɪˋwiklɪ]（adj./adv.）雙週的

例　This is a **biweekly** magazine.
　　這是一本雙週刊。

biyearly [baɪˋjɪrlɪ]（adj./adv.）兩年一次的；一年兩次的
例 The school has a general English test **biyearly**.
這間學校每兩年舉行一次英文測試。

bi + **annual** = **biannual**

annual [ˋænjʊəl]（adj.）一年一次的；年度的
biannual [baɪˋænjʊəl]（adj.）一年兩次的；半年一次的
例 The **biannual** exhibition will be held in this hall.
這個半年展將會在這個禮堂舉行。

bi + **cycle** = **bicycle**

徐薇教你記 cycle 循環、週期，也表示一個圓。腳踏車就有兩個輪子（兩個圓）喔。

cycle [ˋsaɪkḷ]（n.）週期；循環
bicycle [ˋbaɪsɪkḷ]（n.）腳踏車
例 Tom goes to work by **bicycle** every day.
湯姆每天騎自行車上班。
比 uni- + cycle = unicycle 單輪車

bi + **lingual** = **bilingual**

lingual [ˋlɪŋgwəl]（adj.）發舌音的；語言的
bilingual [baɪˋlɪŋgwəl]（adj.）雙語的；能說兩種語言的
例 He works as a **bilingual** salesperson in the computer company.
他在這家電腦公司擔任雙語銷售人員。

字首 + 字根

bi + **cephal** = **biceps**

-cephal-（字根）頭
biceps [ˋbaɪsɛps]（n.）二頭肌
例 He works out to develop his **biceps** every day.
他每天健身來鍛練二頭肌。

初級字	million [ˋmɪljən]（n.）百萬 billion [ˋbɪljən]（n.）十億 例 This computer company earns a **billion** dollars a year. 這家電腦公司一年賺十億元。
	sexual [ˋsɛkʃʊəl]（adj.）性別的 bisexual [baɪˋsɛkʃʊəl]（adj.）雙性的 例 He has a key pal who is **bisexual**. 他有一位網友是雙性戀。
實用字	-ocul-（字根）眼睛 binoculars [bɪˋnɑkjələz]（n.）雙筒望遠鏡 例 The salesperson claims that these are the best **binoculars** for bird watching on the market. 銷售員宣稱這是市面上賞鳥用的最好的雙筒望遠鏡。
	-gam-（字根）婚配 bigamy [ˋbɪgəmɪ]（n.）重婚罪 例 He admitted that he had committed **bigamy**. 他承認犯了重婚罪。
	athlon（希臘文）競賽 biathlon [baɪˋæθⱡɑn]（n.）冬季兩項運動（冬奧比賽項目之一） 例 The **biathlon** is a winter sport that combines cross-country skiing and rifle shooting. 冬季兩項是由越野滑雪與射擊兩個項目所結合而成的冬季運動。
	plane [plen]（n.）飛機 biplane [ˋbaɪplen]（n.）雙翼飛機 例 For a period of time, almost all aircraft were **biplanes**. 有一段時間，幾乎所有的飛行器都是雙翼飛機。

進階字

centennial [sɛn'tɛnɪəl]（adj.）一百年一次的
bicentennial [ˌbaɪsɛn'tɛnɪəl]（adj.）兩百年一次的

例 People are looking forward to the **bicentennial** meteor shower next week.
人們期待著下週兩百年才出現一次的流星雨。

lateral ['lætərəl]（adj.）側面的；橫向的
bilateral [baɪ'lætərəl]（adj.）雙邊的；雙方的

例 The two countries have signed a **bilateral** agreement to prevent smuggling.
這兩個國家已簽訂了雙邊協議來防止走私。

furca（拉丁文）叉子
bifurcate ['baɪfɚˌket]（v.）（道路、河流、樹枝）分叉，分支

例 The river **bifurcates** into two streams near the bridge.
這條河流在那座橋附近分叉為兩條小溪。

? Quiz Time

將下列選項填入正確的空格中

（A）annual　（B）sexual　（C）lingual　（D）lateral　（E）yearly

（　　）1. 兩年一次的 = bi + ＿＿＿＿＿＿＿

（　　）2. 一年兩次的 = bi + ＿＿＿＿＿＿＿

（　　）3. 雙邊的　　 = bi + ＿＿＿＿＿＿＿

（　　）4. 雙語的　　 = bi + ＿＿＿＿＿＿＿

（　　）5. 雙性的　　 = bi + ＿＿＿＿＿＿＿

解答：1. E 2. A 3. D 4. C 5. B

tri-

▶three，表「三」

字首 tri- 很好記，它跟數字三的英文 three 長得很像，也是「三個」的意思。

🎧 mp3: 003

字首 + 單字

tri + cycle = tricycle

徐薇教你記　bicycle 是腳踏車，把前面的 bi- 改成 tri-，就變成三輪車囉。

比較 ｛ uni + cycle = unicycle（一個輪子 → 單輪車）
　　　 bi + cycle = bicycle（兩個輪子 → 腳踏車）

tricycle [ˈtraɪsɪkl̩]（n.）三輪車

例　Little kids like **tricycles**.
　　小孩子喜歡三輪車。

tri + color = tricolor

color [ˈkʌlɚ]（n.）顏色
tricolor [ˈtraɪˌkʌlɚ]（adj.）三色的；（n.）三色旗（如：法國國旗）

例　My mom grows some viola **tricolors** at the backyard.
　　我媽媽在後院種了一些三色菫。

比較 ｛ unicolor 單色的
　　　 bicolor 雙色的

字首 + 字根

tri + ple = triple

徐薇教你記　把一個東西重複折三次，就變成「三倍」。

-ple-（字根）折疊
triple [ˈtrɪpl̩]（n./adj.）三倍（的）

例　Fifteen is the **triple** of five.
　　十五是五的三倍。

初級字

angle [ˋæŋgḷ]（n.）角度
triangle [ˋtraɪˌæŋgḷ]（n.）三角形
例 The teacher drew a **triangle** on the blackboard.
那老師在黑板上畫了一個三角形。

monthly [ˋmʌnθlɪ]（adj./adv.）每月的
trimonthly [traɪˋmʌnθlɪ]（adj./adv.）每三個月一次的
例 This is a **trimonthly** meeting.
這是每三個月一次的會議。

yearly [ˋjɪrlɪ]（adj./adv.）每年
triyearly [traɪˋjɪrlɪ]（adj./adv.）三年一次的
例 The teachers take turns teaching the first graders **triyearly**.
教師們每三年輪流教一年級的新生。

實用字

million [ˋmɪljən]（n.）百萬
billion [ˋbɪljən]（n.）十億
trillion [ˋtrɪljən]（n.）兆；萬億
例 The annual budget of this country is over one **trillion** US dollars.
這個國家的年度預算超過一兆美金。

-pod-（字根）腳
tripod [ˋtraɪpɑd]（n.）三腳架，三腳凳
例 The photographer used a **tripod** to support the camera.
這位攝影師用腳架來支撐相機。

-ad（名詞字尾）表「時間群組、單位」

Triassic [traɪˈæsɪk]（n./adj.）三疊紀（的）

例 Eoraptors were the dinosaurs that lived during the **Triassic** period.
始盜龍是三疊紀時期的恐龍。

---

athlon（希臘文）競賽

triathlon [traɪˈæθlɑn]（n.）鐵人三項、三項全能比賽（結合游泳、騎單車和長跑）

比 biathlon 冬季兩項運動（冬奧比賽項目之一）

例 Marty won the **triathlon** championship this year.
馬提贏得了今年鐵人三項的冠軍。

? Quiz Time

將下列選項填入正確的空格中

（A）cycle （B）pod （C）athlon （D）color （E）angle

（　　） 1. 三色的　= tri + ＿＿＿＿＿＿

（　　） 2. 三腳架　= tri + ＿＿＿＿＿＿

（　　） 3. 鐵人三項 = tri + ＿＿＿＿＿＿

（　　） 4. 三角形　= tri + ＿＿＿＿＿＿

（　　） 5. 三輪車　= tri + ＿＿＿＿＿＿

解答：1. D 2. B 3. C 4. E 5. A

表「數字」的字首 4

oct-

▶**eight**，表「八」

變化型：octa-, octo-

🎧 mp3: 004

字首 + 字根

octo + pus = octopus

> 徐薇教你記　pus 從古字 ped「腳」演變而來，所以 octopus 是八爪魚、章魚。

octopus ['ɑktəpəs]（n.）章魚

例　Many visitors came to the aquarium to see the famous **octopus**.
許多遊客來到該水族館看那隻有名的章魚。

octa + vo = octavo

octavo [ɑk'tevo]（n.）八開紙；八開本

例　Picture books are usually printed in **octavo**.
繪本通常是印成八開的大小。

octa + gon = octagon

> 徐薇教你記　字根 -gon- 跟單字 angle「角度」來自相同字源，所以 octagon 是八角形。

octagon ['ɑktəˌɡɑn]（n.）八角形；八邊形

例　Miss Wang asked us to measure the area of the **octagon**.
王老師要我們量出這個八邊形的面積。

比　penta（五的）+ gon = pentagon 五角形；（美國）五角大樓

字首 + 字根 + 字尾

octo + gena + ian = octogenarian

> 徐薇教你記　-gena- 表示「十次」，-ian 表示「…的人」。經歷過八個十年的人，也就是八十幾歲的老人囉。

octogenarian [ˌɑktədʒə'nɛrɪən]（n.）八旬老人（80-89 歲）

例　Both her grandparents are **octogenarians**.
她的祖父母都是八十幾歲的老人家了。

初級字	**October** [ɑk`tobə] （n.）十月 （記）October 十月原本指羅馬年曆的八月，凱撒大帝登基後，身旁的大臣看懂星象，認為應該像埃及的陽曆一樣一年要有十二個月，所以在一年的開頭加入了兩個新的月份 January 一月和 February 二月，原本的八月 October 就往後順推變成了十月。 （例）Lisa's birthday is in **October**. 麗莎的生日在十月。
	centenary [sɛn`tɛnərɪ] （n./adj.）一百年（的） **octocentenary** [͵ɑktəsɛn`tɛnərɪ] （n./adj.）八百年（的） （例）The scientists discovered the **octocentenary** return of a comet. 科學家們發現了一顆繞行週期為八百年的彗星。
實用字	**-enn-** （字根）年的 **octennial** [ɑk`tɛnɪəl] （adj.）八年一次的 （例）The **octennial** election was a great event for this club. 每八年一次的選舉對這個俱樂部來說是一件大事。
	style [staɪl] （n.）風格；形式 **octostyle** [`ɑktḷ͵staɪl] （n.）八柱形式（前方有八根柱子） （例）Many ancient Greek temples were **octostyle**, like the Parthenon. 許多古希臘廟宇都是八柱式的風格，如帕德嫩神殿就是。
進階字	**octet** [ɑk`tɛt] （n.）八重奏 （例）The performance of the **octet** last night was incredible. 昨晚那八重奏的演出真是太棒了。
	-ane （化學字尾）烷 **octane** [`ɑkten] （n.）辛烷 （例）The **octane** contains eight carbon atoms. 辛烷含有八個碳原子。

? Quiz Time

拼出正確單字

1. 章魚　　_____

2. 八角形　_____

3. 八旬老人　_____

4. 十月　　_____

5. 八開紙　_____

解答：1. octopus　2. octagon　3. octogenarian　4. October　5. octavo

表「數字」的字首 5

deca-

▶ten，表「十」

記　December 本來是十月，凱撒登基後增加了兩個月份，所以 December 就變成十二月了。

變化型：deci

字首 deci- 用在測量單位時，通常表示 tenth 十分之一。

🎧 mp3: 005

衍生字

(deca + ade = deca**de**)

　　-ade（名詞字尾）表「時間群組，單位」

decade [ˋdɛked]（n.）十；十年

例　They have known each other for **decades**.
他們已經認識好幾十年了。

deci + al = decimal

-al（形容詞字尾）表「性質」

decimal [ˋdɛsəml]（n./adj.）十進位（的）；小數（的）

例 Many countries use the **decimal** currency system.
許多國家使用十進位的貨幣系統。

字首 + 單字

deci + bel = decibel

bel [bɛl]（n.）貝耳（音量比率的單位）

decibel [ˋdɛsəˏbɛl]（n.）分貝（聲音大小的單位，也是十進位的計算方式）

例 We will be fined if the machine makes more than 100 **decibels** of noise.
如果這台機器的噪音超過一百分貝，我們會被罰款。

deca + athlon = decathlon

athlon（希臘文）競賽

decathlon [dɪˋkæθˏlɑn]（n.）（田徑）十項運動

例 The **decathlon** is comprised of ten different track-and-field events.
十項運動包含了十種不同的田徑項目。

舉一反三 ▶▶▶

初級字	-gon-（字根）角度 decagon [ˋdɛkəˏgɑn]（n.）十角形；十邊形 例 Can you figure out the area of the **decagon**? 你知道這個十角形的面積是多少嗎？
	membris（拉丁文）月份 December [dɪˋsɛmbə]（n.）十二月 例 The little girl was born in **December**. 這個小女孩是十二月生的。
實用字	liter [ˋlitə]（n.）公升 deciliter [ˋdɛsəˏlitə]（n.）十分之一公升；一百毫升 例 She had only drunk three **deciliters** of whisky, but she was already drunk. 她只喝了三百毫升的威士忌酒，但她已經喝醉了。

進階字

meter [`mitɚ] (n.)（1）公尺（2）計量器；儀表
decimeter [`dɛsəˌmitɚ] (n.) 十分之一米；十公分
例 A **decimeter** equals ten centimeters.
十分之一米等於十公分。

-log- （字根）字；說
Decalogue [`dɛkəˌlɔg] (n.) 十誡（Ten Commandments）
例 The old priest is explaining the **Decalogue**.
那位老牧師正在講解十誡的內容。

-pod- （字根）腳
decapod [`dɛkəˌpɑd] (n.) 十腳類動物；（動物分類）十足目
例 The **decapods** include many groups, like lobsters and crabs.
十足目包含了很多族群，像是龍蝦和螃蟹。

? Quiz Time

拼出正確單字

1. 十年　　　_____

2. 分貝　　　_____

3. 十二月　　_____

4. 十項運動　_____

5. 小數　　　_____

解答：1. decade　2. decibel　3. December　4. decathlon　5. decimal

表「數字」的字首 6

cent(i)-

▶hundred, hundredth，表「百的；百分之一的」

記 英文單字 cent 就是一分錢，一百個一分錢等於一塊錢。

🎧 mp3: 006

字首 + 單字

(**centi + grade = centigrade**)

徐薇教你記 grade 表示「分等級、等分」。攝氏度數有一百個刻度的級距。

grade [gred]（n.）分等；級別
centigrade [ˈsɛntəˌgred]（n.）攝氏度數（= Celsius）

例 The highest temperature is in Taipei with 39 degrees **centigrade**.
最高溫是在臺北，為攝氏三十九度。

字首 + 字根

(**centi + ped = centipede**)

徐薇教你記 字根 -ped- 表示「腳」，有一百隻腳的是什麼？沒錯，就是百足蟲——蜈蚣！

centipede [ˈsɛntəˌpid]（n.）蜈蚣

例 Keep away from the **centipede**. It's poisonous.
離那蜈蚣遠一點。牠有毒。

字首 + 字根 + 字尾

(**cent + en + arian = centenarian**)

徐薇教你記 -en(n)- 表示「…年的」，-arian 指「人」。跟一百年有關的人，就是「百歲人瑞」。

centenarian [ˌsɛntəˈnɛrɪən]（n.）百歲的人；人瑞

例 There are three **centenarians** living in this village.
這個村莊有三位百歲人瑞。

表「數字」的字首 **cent(i)-**

初級字	**cent** [sɛnt]（n.）一分錢 例 There are 100 **cents** in one dollar. 一百個一分錢等於一元美金。
	uria（拉丁文）（時間的）群組 **century** [ˋsɛntʃərɪ]（n.）世紀；一百年 例 The light bulb was invented in the nineteenth **century**. 燈泡發明於十九世紀。
實用字	**meter** [ˋmitɚ]（n.）公尺 **centimeter** [ˋsɛntəˌmitɚ]（n.）公分（百分之一公尺） 例 One hundred **centimeters** make one meter. 一百公分就是一公尺。
	liter [ˋlitɚ]（n.）公升 **centiliter** [ˋsɛntəˌlitɚ]（n.）厘升（百分之一公升＝十毫升） 例 Add twenty **centiliters** of alcohol into the solution. 將二十厘升的酒精加入溶液中。
	-enn-（字根）年的 **centennial** [sɛnˋtɛnjəl]（adj.）第一百週年的；百年紀念的 例 Colorado is nicknamed the "**Centennial** State" of the US. 科羅拉多州被暱稱為美國的「百年州」。
進階字	**centuria**（拉丁文）百人隊（古羅馬軍隊編制） **centurion** [sɛnˋtʃurɪən]（n.）百夫長（古羅馬軍隊官職） 例 A **centurion** was a professional officer of the Roman army. 百夫長是羅馬軍隊的專職軍官。
	-ply-（字根）折 **centuple** [ˋsɛntupl]（v.）乘以一百；（adj.）百倍的 例 **Centuple** four is four hundred. 把四乘以一百就是四百。

拼出正確單字

1. 蜈蚣　_____

2. 一百年　_____

3. 攝氏　_____

4. 公分　_____

5. 百歲人瑞　_____

解答：1. centipede　2. century　3. centigrade　4. centimeter　5. centenarian

表「數字」的字首 7

kilo-

▶thousand，表「千」

記　英文單字 kilo 就是一千克、一公斤的意思。

🎧 mp3: 007

字首 + 單字

kilo + gram = kilogram

　　gram [græm] (n.) 公克

kilogram [ˈkɪləˌgræm] (n.) 公斤（一千公克，縮寫 kg，常簡寫為 kilo）

例　The baby weighs ten **kilograms**.
　　這小嬰孩重十公斤。

kilo + meter = kilometer

　　meter [ˈmitɚ] (n.) 公尺

kilometer [ˈkɪləˌmitɚ] (n.) 公里（一千公尺，縮寫 km）

例　The Amazon River is more than six thousand **kilometers** in length.
　　亞馬遜河超過六千公里長。

初級字	liter [ˋlitɚ]（n.）公升 **kiloliter** [ˋkɪlə͵litɚ]（n.）千升；公秉 例 One thousand liters make one **kiloliter**. 一千公升等於一公秉。
	volt [volt]（n.）伏特 **kilovolt** [ˋkɪlə͵volt]（n.）千伏特 例 How many **kilovolt** amperes does this machine require? 這台機器需要多少千伏安培的電？
實用字	byte [baɪt]（n.）位元組（電腦資訊計算單位） **kilobyte** [ˋkɪlə͵baɪt]（n.）千位元組（縮寫 kb） 例 This file is more than a thousand **kilobytes**. 這個檔案超過一千 kb。
	calorie [ˋkælərɪ]（n.）卡（熱量單位）、卡路里 **kilocalorie** [ˋkɪlə͵kælərɪ]（n.）大卡（一千卡） 例 A man requires about two thousand **kilocalories** every day. 一個人每天需要約兩千大卡的熱量。
進階字	hertz [hɝts]（n.）赫茲 **kilohertz** [ˋkɪlə͵hɝts]（n.）千赫 例 We use **kilohertz** as the unit of frequency. 我們用千赫作為頻率的單位。
	ton [tʌn]（n.）噸 **kiloton** [ˋkɪlə͵tʌn]（n.）千噸（縮寫 kt） 例 The cargo carried by the ship was less than one **kiloton**. 這艘船所裝載的貨物不到一千噸。
	watt [wɑt]（n.）瓦特 **kilowatt** [ˋkɪlə͵wɑt]（n.）千瓦（縮寫 kw） 例 Do you know how many **kilowatt** hours a TV set consumes every month? 你知道一台電視機每個月會消耗多少電力嗎？

? Quiz Time

將下列選項填入正確的空格中

（A）gram （B）liter （C）meter （D）byte （E）watt

（　　）1. 公秉　　　= kilo + ＿＿＿＿＿＿＿

（　　）2. 公里　　　= kilo + ＿＿＿＿＿＿＿

（　　）3. 千瓦　　　= kilo + ＿＿＿＿＿＿＿

（　　）4. 公斤　　　= kilo + ＿＿＿＿＿＿＿

（　　）5. 千位元組 = kilo + ＿＿＿＿＿＿＿

解答：1. B　2. C　3. E　4. A　5. D

表「數字」的字首 8 ....

mill(i)-

▶thousand, thousandth，表「千的；千分之一的」

🎧 mp3: 008

字首 + 單字

┌ **milli + meter = millimeter** ┐

　　meter [`mɪtə] （n.）公尺

millimeter [`mɪlə,mitə] （n.）公釐（千分之一公尺，簡寫 mm）

例 The bug is only five **millimeters** long.
這隻蟲子只有五公釐長。

比 centi + meter = centimeter （n.）公分（百分之一公尺）

1

(milli + gram = milli**gram**)

gram [græm]（n.）公克

milligram [ˋmɪləˏgræm]（n.）毫克（千分之一克）

例 The vitamin pill contains three hundred **milligrams** of calcium.
這顆維他命丸含有三百毫克的鈣。

比 kilo + gram = kilogram（n.）公斤（一千公克）

字首 + 字根

(milli + ped = milli**pede**)

徐薇教你記 字根 -ped- 表示足部、腳，所以 millipede 就是千足蟲（馬陸）。
牠是一種草食性昆蟲，長得有一點像蜈蚣，但是沒有毒鉗喔！

millipede [ˋmɪləˏpid]（n.）馬陸

例 A **millipede** looks like a centipede, but they are different.
馬陸看起來很像蜈蚣，但牠們是很不一樣的。

比 centi + ped = centipede（n.）百足蟲、蜈蚣（肉食性，吃昆蟲，有毒鉗）

字首 + 字根 + 字尾

(mill + enn + ium = mill**ennium**)

徐薇教你記 mill- 一千，-enn- 年的，-ium 一個群組或結構。millennium 每一個一千年，也就是千禧年。

millennium [məˋlɛnɪəm]（n.）千年；千禧年

例 The coming of the **millennium** in year two thousand caused panic worldwide.
西元二千年千禧年來臨時曾造成全球恐慌。

舉一反三▶▶▶

初級字

million [ˋmɪljən]（n.）百萬

例 You look like a **million** dollars in that dress!
你穿這件連衣裙看起來真是金光閃閃、貴氣逼人啊！

milliard [ˋmɪljɑrd]（n.）〔英〕十億

例 The word "**milliard**" means "billion" in American English.
英文的「milliard」在美式英文中就是「billion」。

實用字	**liter** [ˈlitɚ]（n.）公升 **milliliter** [ˈmɪləˌlitɚ]（n.）毫升 例 The "ml" on the container stands for **milliliter**. 容器上面的「ml」意思是指毫升。
	second [ˈsɛkənd]（n.）秒 **millisecond** [ˈmɪləˌsɛkənd]（n.）毫秒（千分之一秒） 例 It only requires a **millisecond** of contact to pulse the pump. 只要碰觸一毫秒之內就可以啟動幫浦。
進階字	**watt** [wɑt]（n.）瓦特 **milliwatt** [ˈmɪləˌwɑt]（n.）毫瓦 例 Do you know how many **milliwatts** the laser pointer requires? 你知道這個鐳射筆需要多少毫瓦嗎？
	-bar-（字根）壓力，重量 **millibar** [ˈmɪləˌbɑr]（n.）毫巴（大氣壓力單位） 例 The scale showed that the pressure of the atmosphere is 1013.25 **millibars**. 儀器上測得的大氣壓力是 1013.25 毫巴。

?

Quiz Time

將下列選項填入正確的空格中

（A）kilo （B）milli （C）mill

（　　）1. 公釐　 = ＿＿＿＿＿＿＿ + meter

（　　）2. 公升　 = ＿＿＿＿＿＿＿ + liter

（　　）3. 馬陸　 = ＿＿＿＿＿＿＿ + pede

（　　）4. 公斤　 = ＿＿＿＿＿＿＿ + gram

（　　）5. 千禧年 = ＿＿＿＿＿＿＿ + ennium

解答：1. B 2. A 3. B 4. A 5. C

anti-

▶against, opposite to，表「反對；抵抗」

🎧 mp3: 009

字首 + 單字

anti + body = antibody

> 徐薇教你記 　對抗侵入身體的東西，就是「抗體」。

body [ˈbɑdɪ] (n.) 身體
anti**body** [ˈæntɪˌbɑdɪ] (n.) 抗體

例　The **antibodies** can protect our bodies against infections.
抗體可以保護我們的身體以對抗感染。

anti + cancer = anticancer

cancer [ˈkænsɚ] (n.) 癌症
anti**cancer** [ˌæntɪˈkænsɚ] (adj.) 抗癌的

例　There isn't any clinical study on the new **anticancer** drugs.
目前還沒有針對這個抗癌新藥的臨床研究。

anti + aging = anti-aging

age [edʒ] (n.) 年紀；(v.) 變老
anti-**aging** [ˌæntɪˈedʒɪŋ] (adj.) 抗老化的

例　The **anti-aging** night cream is very efficient.
這個抗老化晚霜很有效。

字首 + 字根 + 字尾

anti + path + y = antipathy

-path- （字根）感受
anti**path**y [ænˈtɪpəθɪ] (n.) 反感

例　The star has a deep **antipathy** for the press.
那明星對媒體很反感。

舉一反三 ▶▶▶

<table>
<tr>
<td rowspan="3">初級字</td>
<td>

rust [rʌst]（n.）鏽

antirust [ˌæntɪˋrʌst]（adj.）防銹的

例 There is a thick layer of **antirust** paint on the surface of the box.
這個箱子的表面有一層很厚的防銹漆。
</td>
</tr>
<tr>
<td>

war [wɔr]（n.）戰爭

antiwar [ˌæntɪˋwɔr]（adj.）反戰的

例 The **antiwar** demonstration has lasted for ten days.
這個反戰遊行已經延續十天了。
</td>
</tr>
<tr>
<td>

clockwise [ˋklɑkˌwaɪz]（adj.）順時針的

anticlockwise [ˌæntɪˋklɑkwaɪz]（adj.）逆時針的

例 You should push the top and turn it **anticlockwise** to open it.
你要壓著這個蓋子然後以逆時針的方向轉來打開它。
</td>
</tr>
<tr>
<td rowspan="3">實用字</td>
<td>

aircraft [ˋɛrˌkræft]（n.）航空器；飛行器

antiaircraft [ˌæntɪˋɛrˌkræft]（adj.）防空的

例 The army has invented a new **antiaircraft** radar system.
陸軍已發明出一套新的防空雷達系統。
</td>
</tr>
<tr>
<td>

biotic [baɪˋɑtɪk]（adj.）生物的

antibiotic [ˌæntɪbaɪˋɑtɪk]（n.）抗生素

例 I'm taking **antibiotics** for a nasal infection.
因為鼻子發炎感染我正服用抗生素。
</td>
</tr>
<tr>
<td>

septic [ˋsɛptɪk]（adj.）受感染的

antiseptic [ˌæntəˋsɛptɪk]（n.）消毒劑，殺菌劑；
（adj.）抗菌的；無菌的

例 Wounds should be cleaned with soap and water or skin **antiseptics**.
傷口應該用肥皂加水或是皮膚消毒藥水清洗。
</td>
</tr>
<tr>
<td rowspan="1">進階字</td>
<td>

pollution [pəˋluʃən]（n.）污染

antipollution [ˌæntɪpəˋluʃən]（adj.）反污染的；反對公害的

例 The congress passed the new **antipollution** law to protect the water resources.
國會通過新的反污染法案以保護水資源。
</td>
</tr>
</table>

-thes- （字根）放置
antithesis [æn`tɪθəsɪs]（n.）對照；對比

例 Jason is tall and handsome -- the very **antithesis** of his brother.
傑生又高又帥，和他弟弟比起來真是兩個極端。

-dot- （字根）給
antidote [`æntɪˌdot]（n.）解毒劑；緩解辦法

例 There is no specific **antidote** to the mushroom poison.
並沒有解這種蘑菇毒的藥。

social [`soʃəl]（adj.）社會的
antisocial [ˌæntɪ`soʃəl]（adj.）反社會的；危害社會的

例 Stealing, vandalism, heavy drinking and excessive smoking are considered **antisocial** behaviors.
偷竊、破壞公物、酗酒和吸菸過量都算是反社會行為。

? Quiz Time

將下列選項填入正確的空格中

（A）rust （B）pathy （C）aging （D）cancer （E）body

（　　） 1. 抗體　＝ anti + _____

（　　） 2. 抗癌的 ＝ anti + _____

（　　） 3. 防鏽的 ＝ anti + _____

（　　） 4. 反感　＝ anti + _____

（　　） 5. 抗老的 ＝ anti + _____

解答：1. E 2. D 3. A 4. B 5. C

表「否定」的字首 2

non-

▶not, no，表「沒有」

許多 n 開頭的字都有否定意味，如：not, no, neither, none 等。

🎧 mp3: 010

字首 + 單字

non + smoking = nonsmoking

smoking [ˋsmokɪŋ]（adj.）吸煙的
nonsmoking [nɑnˋsmokɪŋ]（adj.）非吸煙的

例 I want a table in the **nonsmoking** area.
請給我非吸煙區的座位。

non + stop = nonstop

stop [stɑp]（n.）停止
nonstop [nɑnˋstɑp]（adj.）不停的

補充 nonstop flight 直達航班

例 After a **nonstop**, ten-hour meeting, they were all exhausted.
在十個小時沒停的會議後，他們都累壞了。

non + sense = nonsense

徐薇教你記 沒有判斷就說出來，表示是胡說八道。

sense [sɛns]（n.）知覺；理解；判斷力
nonsense [ˋnɑnsɛns]（n.）胡言亂語；無意義的事

例 The meeting is **nonsense** and nothing but a waste of time.
這場會議一點意義都沒有，只是在浪費時間而已。

字首 + 單字 + 字尾

non + exist + ent = nonexistent

exist [ɪgˋzɪst]（v.）存在
nonexistent [ˌnɑnɪgˋzɪstənt]（adj.）不存在的

例 He said the ghosts were **nonexistent**.
他說鬼魂是不存在的。

舉一反三▶▶▶

初級字

profit [ˈprɑfɪt]（n.）利潤，盈利
nonprofit [nɑnˈprɑfɪt]（adj.）非營利性的
例 This **nonprofit** organization is dedicated to wildlife conservation.
這間非營利機構致力於保護野生動植物。

official [əˈfɪʃəl]（adj.）正式的；官方的
nonofficial [ˌnɑnəˈfɪʃəl]（adj.）非正式的；非官方的
例 According to a **nonofficial** estimate, more than 90% of parents worried about their children's future.
根據非正式的統計，超過百分之九十的父母對孩子的未來感到擔心。

實用字

party [ˈpɑrtɪ]（n.）派對；黨
nonparty [nɑnˈpɑrtɪ]（adj.）無黨派的
例 Sam is not interested in politics. He is **nonparty**.
山姆對政治沒興趣。他無黨無派。

fiction [ˈfɪkʃən]（n.）小說；虛構的故事
nonfiction [nɑnˈfɪkʃən]（n.）記實性文體的散文
例 I read Judy's novels, not her **nonfiction** works.
我讀茱蒂的小說，而不是她的散文作品。

payment [ˈpemənt]（n.）付款；支付款項
nonpayment [nɑnˈpemənt]（n.）停付；拒付款；未付
例 Their car was confiscated for their **nonpayment** of the mortgage.
他們的車子被沒收了因為他們沒繳貸款。

進階字

resident [ˈrɛzədənt]（n.）居民；居住者
nonresident [nɑnˈrɛzədənt]（n.）非本地居民；非本旅館住客
例 The club is open to **nonresidents**.
該俱樂部開放給非本旅館住客。

describe [dɪˈskraɪb]（v.）描繪；敘述

nondescribe [ˌnɑndɪˈskrɪpt]（adj.）難以形容的

例 He saw a man in **nondescript** clothing standing at the corner at midnight.
他半夜看到一個穿著平庸的男人站在轉角處。

Quiz Time

依提示填入適當單字

直↓ 1. It is a _____ estimate.

   3. I will book a _____ flight.

   5. Don't smoke in a _____ area.

橫→ 2. Don't talk _____.

   4. NPO stands for _____ organization.

   6. I like to read a _____ work.

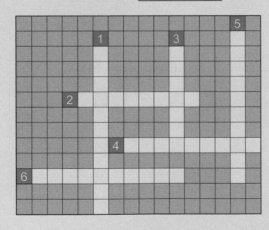

解答：1. nonofficial 2. nonsense 3. nonstop 4. nonprofit 5. nonsmoking 6. nonfiction

un-

▶ （1）在動詞前，表「相反的動作」
（2）在形容詞前，表「否定」

比 字首 un- = not，表「不…」
字首 uni- = one，表「一個的」

🎧 mp3: 011

字首 + 單字

un + easy = uneasy

easy [ˋizɪ]（adj.）舒適的
uneasy [ʌnˋizɪ]（adj.）不安的、不舒服的
例 Nancy felt **uneasy** at the party because she didn't know anyone.
南西在派對中覺得不自在，因為她不認識任何一個人。

un + fair = unfair

fair [fɛr]（adj.）公平的
unfair [ʌnˋfɛr]（adj.）不公平的
例 It's **unfair** to blame Jerry.
責怪傑瑞是不公平的。

un + lock = unlock

lock [lɑk]（v.）鎖上
unlock [ʌnˋlɑk]（v.）開…鎖
例 Could you **unlock** the door for me?
你可以幫我開門嗎？

un + tie = untie

tie [taɪ]（v.）綁
untie [ʌnˋtaɪ]（v.）鬆綁，鬆開，解開
例 Can you help me **untie** the knot? It's too tight.
你可以幫我解開這個結嗎？它太緊了。

(**un + usual= unusual**)

usual [ˋjuʒʊəl]（adj.）平常的
un**usual** [ʌnˋjuʒʊəl]（adj.）不平常的
例 It's **unusual** for her to come to work so early.
對她來說這麼早上班很不尋常。

字首 + 單字 + 字尾 ▶

(**un + believe + able = unbelievable**)

徐薇教你記 un- 表「相反的動作」，believe 相信，-able 可以…的。
unbelievable 無法令人相信的，難以置信的。

believe [bəˋliv]（v.）相信
un**believable** [ˌʌnbɪˋlivəbl̩]（adj.）難以置信的
例 The champion ate an **unbelievable** amount of food.
那位冠軍的食量大到令人難以置信。

舉一反三 ▶▶▶

初級字

certain [ˋsɝtən]（adj.）確定的
un**certain** [ʌnˋsɝtən]（adj.）不確定的
例 They are **uncertain** about his arrival.
他們不確定他何時會來。

happy [ˋhæpɪ]（adj.）快樂的
un**happy** [ʌnˋhæpɪ]（adj.）不快樂的
例 He sounded **unhappy** in the phone.
他在電話裡聽起來不快樂。

fortunate [ˋfɔrtʃənɪt]（adj.）幸運的
un**fortunate** [ʌnˋfɔrtʃənɪt]（adj.）不幸的
例 It was **unfortunate** that no one survived the air crash.
很不幸，這場空難中無人生還。

necessary [`nɛsə,sɛrɪ] （adj.）有需要的、必要的
unnecessary [ʌn`nɛsə,sɛrɪ] （adj.）不必要的

例 It is **unnecessary** to bring so many things because it's only a two-day trip.
帶這麼多東西實在沒有必要，因為它只是個兩天的旅遊而已。

plug [plʌg] （n.）插頭、插座；（v.）插電
unplug [ʌn`plʌg] （v.）拔掉電源插頭

例 You should **unplug** the iron after ironing.
衣服燙完後你應該要拔掉電熨斗的插頭。

equal [`ikwəl] （adj.）相等的；同樣的
unequal [ʌn`ikwəl] （adj.）不相等的；不均衡的

例 The couple has quite an **unequal** relationship.
這對夫妻的關係相當不平等。

forgettable [fə`gɛtəbl] （adj.）易忘記的；可能被遺忘的
unforgettable [,ʌnfə`gɛtəbl] （adj.）難以忘懷的

例 He learned an **unforgettable** lesson from his first job.
他在第一份工作中學到永生難忘的教訓。

identify [aɪ`dɛntə,faɪ] （v.）辨認；確認
unidentified [,ʌnaɪ`dɛntə,faɪd] （adj.）無法辨認的；身分不明的

例 The letters UFO stand for **Unidentified** Flying Object.
UFO 的意思是「不明的飛行物體」。

qualified [`kwɑlə,faɪd] （adj.）合格的；具備資格的
unqualified [ʌn`kwɑlə,faɪd] （adj.）不合格的

例 They found him **unqualified** for the job.
他們發現他不夠資格做這份工作。

? Quiz Time

依提示填入適當單字

直↓ 1. When bad things happen, it is _____.

3. The boy ate a horse! It's _____!

5. Feeling _____ means you're uncomfortable and worried.

7. The stingy man gives you money. It's _____.

橫→ 2. Use a key to _____ the door.

4. Please _____ the shoelaces.

6. Everyone made mistakes, but only he is not being blamed.
It is _____.

8. She looks _____. What's wrong with her?

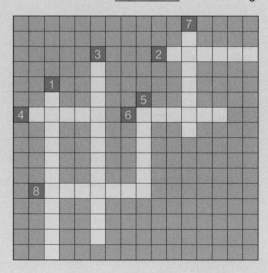

解答：1. unfortunate 2. unlock 3. unbelievable 4. untie
5. uneasy 6. unfair 7. unusual 8. unhappy

其他字首 1

auto-

▶self，表「自力的；自動的」

🎧 mp3: 012

字首 + 單字

auto + bike = autobike

bike [baɪk]（n.）腳踏車

autobike [ˋɔtəˌbaɪk]（n.）機車（自動腳踏車，台語的「歐多拜」）

例 You can see lots of **autobikes** on the roads in this country.
在這個國家，你可以見到馬路上有許多機車。

auto + mobile = automobile

mobile [ˋmobḷ]（adj.）活動的，可移動的

automobile [ˋɔtəməˌbil]（n.）汽車

例 The committee emphasized the need to take necessary steps for the promotion of the **automobile** industry.
該委員會強調了需要採取必要措施宣傳汽車工業。

auto + graph = autograph

徐薇教你記　畫出代表自己的圖案，就是親筆簽名。很多名流與名人不是簽名字，而是畫一個圖案來代表自己，這個也是 autograph。

-graph-（字根）寫，畫

autograph [ˋɔtəˌɡræf]（n./v.）親筆簽名

例 I got Ruby's **autograph** finally.
我終於拿到露比的簽名了。

auto + biography = autobiography

徐薇教你記　-bio- 生命，-graph- 畫，biography 把人的一生畫下來，就是傳記。autobiography 自己的傳記，也就是自傳。

biography [baɪˋɑɡrəfɪ]（n.）傳記

autobiography [ˌɔtəbaɪˋɑɡrəfɪ]（n.）自傳

例 She decided to publish her **autobiography**.
她決定要出版自傳。

（ auto + **gam** + y = auto**gam**y ）

-gam-（字根）婚配

autogam**y** [ɔˋtɑgəmɪ]（n.）（植物）自花授粉；（動物）自體繁殖

例 Hydras are **autogamy** animals.
水螅是自體繁殖的動物。

比 bi + gamy = bigamy 重婚罪（兩個婚姻同時存在）

舉一反三▶▶▶

初級字	run [rʌn]（n.）跑步；運作、執行 **auto**run [ˋɔtoˏrʌn]（n.）自動執行（程式） 例 You can disable the **autorun** function by pressing the key. 你可以按這個鍵來停止自動執行功能。
	timer [ˋtaɪmɚ]（n.）計時器；碼錶 **auto**timer [ˏɔtoˋtaɪmɚ]（n.）自動定時開關 例 You can set the **autotimer** on the fan if you want it to stop automatically. 如果你想要電扇自己停止，你可以設定它上面的自動定時開關。
	*men-（古字根）思考 **auto**matic [ˏɔtəˋmætɪk]（adj.）自動的 例 There is no doorknob because the door is **automatic**. 沒有門把是因為這扇門是自動門。
實用字	pilot [ˋpaɪlət]（n.）駕駛員、領航 **auto**pilot [ˋɔtoˏpaɪlət]（n.）自動駕駛，自動導航；不受控制 例 She kept talking but his mind went on **autopilot**. 她一直不斷地說，但他的心思卻飄走了。
	immunity [ɪˋmjunətɪ]（n.）免疫力 **auto**immunity [ˏɔtoɪˋmjunətɪ]（n.）自體免疫力 例 Having a balanced diet can help you keep your **autoimmunity**. 均衡的飲食可以幫助你維持自體免疫力。

進階字

-nom- （字根）治理；法律
autonomy [ɔˋtɑnəmɪ]（n.）自治權

例 Those people want **autonomy** -- they don't want to follow this government anymore.
那些人們想要自治權，他們不想再跟隨這個政府了。

-cracy （名詞字尾）表「政府的形成」
autocracy [ɔˋtɑkrəsɪ]（n.）獨裁統治；獨裁國家

例 The revolution caused the overthrow of the **autocracy**.
這場革命導致了獨裁政體的結束。

-clav- （字根）鑰匙，關閉
autoclave [ˋɔtəˏklev]（n.）高壓滅菌釜，加壓滅菌器

例 The **autoclave** uses steam to sterilize equipment.
高壓滅菌器是用水蒸氣來將器材消毒殺菌。

didactic [daɪˋdæktɪk]（adj.）說教的
autodidact [ˏɔtəˋdaɪdækt]（n.）自學者；自學成功的人

例 Thankfully these days we have the Internet, where **autodidacts** can find what they need for themselves.
幸好現在有網路，自學者可以從中幫自己找到需要的資訊。

? Quiz Time

拼出正確單字

1. 汽車 ＿＿＿＿＿＿＿＿＿＿＿＿＿

2. 自動的 ＿＿＿＿＿＿＿＿＿＿＿＿＿

3. 自傳 ＿＿＿＿＿＿＿＿＿＿＿＿＿

4. 親筆簽名 ＿＿＿＿＿＿＿＿＿＿＿＿＿

5. 機車 ＿＿＿＿＿＿＿＿＿＿＿＿＿

解答：1. automobile 2. automatic 3. autobiography 4. autograph 5. autobike

co-

▶together, with，表「一起；共同」

為了發音上的方便，會隨後方所接字母而改變為 com-、con-、col- 或 cor-。

🎧 mp3: 013

字首 + 單字

co + education = coeducation

education [ˌɛdʒʊˈkeʃən]（n.）教育
coeducation [ˌkoɛdʒəˈkeʃən]（n.）男女同校（簡稱 co-ed）

例 This girls' high school shifted to **coeducation** ten years ago.
這間女子高中十年前轉為男女合校。

co + operate = cooperate

operate [ˈɑpəret]（v.）操作；運作
cooperate [koˈɑpəret]（v.）合作

例 The police tried to persuade the gunman but he refused to **cooperate**.
警方試圖說服那名槍手，但他拒絕合作。

com + promise = compromise

promise [ˈprɑmɪs]（v./n.）承諾
compromise [ˈkɑmprəˌmaɪz]（v.）和解

例 Jack and Jill finally agreed to **compromise**.
傑克和吉兒最後終於同意和解了。

con + science = conscience

徐薇教你記　con- 一起，science 科學。conscience 則是「良知」，因為「科技始終來自於人性」；人類求知求真，並願意拿出來和大家共用，都是出於良善的心。

science [ˈsaɪəns]（n.）科學
conscience [ˈkɑnʃəns]（n.）良知；道德心；善惡觀念

例 She has a guilty **conscience** after beating her child.
在她打了孩子之後，她有一種罪惡感。

字首 + 單字 + 字尾

(col + **labor** + ate = collaborate)

徐薇教你記 大家一起付出努力，表示「同心協力」。

labor [ˈlebɚ]（n.）勞動，勞力
collaborate [kəˈlæbəˌret]（v.）同心協力

例 Artists from different fields are **collaborating** on this art project.
來自不同領域的藝術家們正同心協力完成這個藝術計畫。

舉一反三▶▶▶

初級字	**fuse** [fjuz]（v.）使融合；接合 **confuse** [kənˈfjuz]（v.）使困惑 例 Her weird behavior **confused** me. 她怪異的舉動讓我感到困惑。
	worker [ˈwɝkɚ]（n.）工作者 **coworker** [koˈwɝkɚ]（n.）同事 例 Daniel is a **coworker** of mine. 丹尼爾是我的一個同事。
	centre [ˈsɛntɚ]（n.）中央、中心點（=center）；（v.）使置中 **concentrate** [ˈkɑnsɛnˌtret]（v.）集中；全神貫注 例 It is difficult to **concentrate** in such a noisy place. 如此吵雜的地方實在很難讓人專心。
實用字	**firm** [fɝm]（adj.）堅硬的，確定的 **confirm** [kənˈfɝm]（v.）證實 例 You should **confirm** your flight before departure. 你在離開前應該先確定一下你的航班。
	incidence [ˈɪnsədn̩s]（n.）發生率；影響 **coincidence** [koˈɪnsədn̩s]（n.）巧合 例 You bought exactly the same bag as mine -- what a **coincidence**! 你買了個和我的一模一樣的袋子——真是巧啊！

respond [rɪˈspɑnd] (v.) 回答；回應
correspond [ˌkɔrəˈspɑnd] (v.) 使符合；使調和

例 My latest job is to **correspond** with the writers of the new book.
我最新的工作是協調這本新書的幾位作者。

進階字

front [frʌnt] (n.) 前面
confront [kənˈfrʌnt] (v.) 面對

例 You have to learn to **confront** your problems alone.
你必須學習獨自面對自己的問題。

-junct- （字根）加入，連接
conjunction [kənˈdʒʌŋkʃən] (n.) 連接詞

例 Use the right **conjunction** instead of a comma to combine the two sentences.
用正確的連接詞，而不是逗點，來連接這兩個句子。

-tag- （字根）接觸
contagious [kənˈtedʒəs] (adj.) 接觸傳染的；患傳染病的；有感染力的

例 Influenza is a highly **contagious** disease.
流感具有高度傳染性。

? Quiz Time

依提示填入適當單字，並猜出直線處的隱藏單字

1. When boys and girls study together, it is called _____.

2. I work with you. You are my _____.

3. What you say should _____ with what you do.

4. When people do things together, they _____.

5. You'd better _____ when you are working.

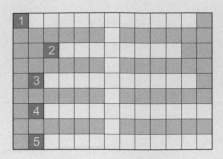

解答：1. coeducation 2. coworker 3. correspond 4. collaborate 5. concentrate
隱藏單字：cooperate

 其他字首 **3**

ex-

▶out，表「向外」

變形包括 e-, ec-, ef-, es-, extra- 等，依後方字母不同而改變。

🎧 mp3: 014

字首 + 單字

(**ex + it = exit**)

exit [ˋɛksɪt]（n.）出口

例 You should take **exit** five if you want to go to the theater.
如果你要去電影院，你要走五號出口。

(**ex + press = express**)

press [prɛs]（v./n.）壓，按
express [ɪkˋsprɛs]（v.）表達

例 She **expressed** her anger by not talking to them.
她藉著不跟他們說話來表達她的憤怒。

ex + plain = explain

徐薇教你記 把自己的想法清楚明白的向外表示，就是「解釋」。

plain [plen] （adj.）直接的；明白的
explain [ɪkˋsplen] （v.）解釋

例 Can you **explain** it to me?
你可以向我解釋一下嗎？

字首 + 字根

ex + spect = expect

徐薇教你記 一直往外看，表示「預期、期待」。

-spect- （字根）看
expect [ɪksˋpɛkt] （v.）預期

例 She didn't **expect** to see him at the party.
她沒料到會在派對上碰到他。

ef + fect = effect

徐薇教你記 向外做出來的，表示「效用、效力」。

-fect- （字根）做
effect [ɪˋfɛkt] （n.）效力

例 The medicine has a great **effect** on the disease.
這個藥物對這種疾病很有效。

字首 + 單字 + 字尾

e + value + ate = evaluate

徐薇教你記 把價值找出來，表示「評估」。

value [ˋvælju] （n.）價值
evaluate [ɪˋvæljuͺet] （v.）評估

例 It is difficult to **evaluate** the influence of this policy.
要評估這項政策的影響並不容易。

比 re- + evaluate = re-evaluate 重新評估

舉一反三 ▶▶▶

初級字	**-port-**（字根）攜帶 **ex**port [ɪksˋport]（v.）出口（貨物） 例 Italian olive oils are **exported** to many countries. 義大利橄欖油出口到很多國家去。
	cape [kep]（n.）斗篷 **es**cape [əˋskep]（v.）逃脫 例 It is said that a lion has **escaped** from the zoo. 聽說有一頭獅子逃出動物園了。
實用字	**pose** [poz]（v.）擺姿勢 **ex**pose [ɪksˋpoz]（v.）暴露 例 The man was seriously injured in the accident and his bone was **exposed**. 這男人在意外中受重傷，連骨頭都暴露出來了。
	-duc-（字根）領導、引導 **e**ducate [ˋɛdʒəˏket]（v.）教育、培育 例 The officials try to **educate** the public about the consequence of drinking and driving. 官方試圖教育大眾關於酒後駕車的結果。
進階字	**-secu-**（字根）跟隨 **ex**ecute [ˋɛksɪˏkjut]（v.）執行；實施；將…處死 例 The prisoner was **executed** for his crime. 囚犯因他的罪行而被處死。
	-clud-（字根）關閉 **ex**clude [ɪksˋklud]（v.）把…排除在外 例 Henry has been **excluded** from school for bullying. 亨利因霸淩同學而被退學。
	agger（拉丁文）堆積，源自字根 -ger-「載送」 **ex**aggerate [ɪgˋzædʒəˏret]（v.）誇大；使擴大 記 向外大量的堆高，表示「擴張、誇大」。 例 The effect of the medicine has been greatly **exaggerated**. 這藥的效果被過度誇大了。

其他字首 4

inter-

▶between，表「在⋯之間；互相」

🎧 mp3: 015

字首 + 單字

inter + act = interact

　　act [ækt]（v.）行動
interact [ˌɪntəˈækt]（v.）互動

例 The teacher told her that her child **interacted** well with other children at school.
老師告訴她她的孩子在學校和其它孩子互動良好。

inter + net = Internet

徐薇教你記 彼此相互連著的網，就是「網路」。

　　net [nɛt]（n.）網子
Internet [ˈɪntəˌnɛt]（n.）網路；互聯網

例　Do you spend a lot of time surfing the **Internet**?
你有花很多時間在瀏覽網路嗎?

(inter + **national** = inter**national**)

徐薇教你記　國與國之間的,也就是「國際的」。

national [`næʃənl]（adj.）國家的
international [ˌɪntɚ`næʃənl]（adj.）國際的

例　Global warming is an **international** issue.
全球暖化是國際性的議題。

字首 + 字根

(inter + **rupt** = **interrupt**)

徐薇教你記　-rupt- 打破（break）,interrupt 從中間打破它,表示「中斷、打斷」。

interrupt [ˌɪntɚ`rʌpt]（v.）打斷;妨礙

例　Don't **interrupt** the teacher when she is talking.
老師在講話時不要打斷她。

舉一反三▶▶▶

初級字	view [vju]（v.）看 **inter**view [`ɪntɚˌvju]（n./v.）採訪;面談;面試 例　Mary has a job **interview** tomorrow afternoon. 瑪麗明天下午有面試。
	change [tʃendʒ]（n./v.）改變 **inter**change [ˌɪntɚ`tʃendʒ]（n./v.）互換;交替 例　The conference was held for the **interchange** of new ideas and different opinions. 舉行會議是要讓新的想法和不同的意見可以交流。
實用字	com = communication [kəˌmjunə`keʃən]（n.）溝通 **inter**com [`ɪntɚˌkɑm]（n.）內部對講機 例　The staff uses the **intercom** in the studio while working. 工作人員在攝影棚內工作時都是用內部對講機。

ferire（拉丁文）擊、打
interfere [ˌɪntɚˈfɪr]（v.）干涉；干預

例 You should never **interfere** in another's private life.
你不應該介入別人的私生活。

-ject-（字根）投、擲
interjection [ˌɪntɚˈdʒɛkʃən]（n.）感歎詞

例 "Ugh" and "Wow" are both **interjections**.
「啊」和「哇」兩個都是感歎詞。

-cept-（字根）拿
intercept [ˌɪntɚˈsɛpt]（v.）中途攔截

例 Ben tried to pass the ball to a teammate in the corner, but it was **intercepted**.
班恩試著傳球給角落的隊友，但是被攔截下來了。

media [ˈmɪdɪə]（n.）媒介；中間；居中
intermediary [ˌɪntɚˈmɪdɪˌɛrɪ]（n.）（居中間）調停者；斡旋人

例 The officer volunteered to be the **intermediary** between the police and the gunman.
那位警官自願當警方和槍手之間的斡旋人。

? Quiz Time

將下列選項填入正確的空格中

（A）view （B）net （C）rupt （D）change （E）act

（　　） 1. 打斷 = inter + ＿＿＿＿＿＿

（　　） 2. 網路 = inter + ＿＿＿＿＿＿

（　　） 3. 互動 = inter + ＿＿＿＿＿＿

（　　） 4. 訪問 = inter + ＿＿＿＿＿＿

（　　） 5. 交替 = inter + ＿＿＿＿＿＿

解答：1. C 2. B 3. E 4. A 5. D

micro-

▶small，表「小的」

大家都知道一家公司 Microsoft 微軟，就和這字首有關。

🎧 mp3: 016

字首 + 單字

micro + scope = microscope

徐薇教你記 可以看到很小的觀察範圍的儀器，就是指「顯微鏡」。

scope [skop]（n.）鏡；觀察儀器；觀察範圍
microscope [ˋmaɪkrəˏskop]（n.）顯微鏡

例 He looked at the cells with the **microscope**.
他用顯微鏡來看細胞。

micro + wave = microwave

wave [wev]（n.）波浪；波動
microwave [ˋmaɪkroˏwev]（n.）微波；微波爐

例 The old **microwave** takes much longer to cook the food.
用那台老舊微波爐煮東西要多花很多時間。

舉一反三▶▶▶

初級字

-phon-（字根）聲音
microphone [ˋmaɪkrəˏfon]（n.）麥克風

記 使小聲音變大的東西。

例 Her voice can be heard clearly even without using the **microphone**.
她即使不用麥克風也能讓聲音清楚被聽見。

---

soft [sɔft]（adj.）柔軟的
Microsoft [ˋmaɪkroˏsɔft]（n.）美國微軟公司

例 I was an employee at **Microsoft** for fifteen years.
我曾擔任微軟公司的員工有十五年的時間。

film [fɪlm]（n.）膠捲；軟片
microfilm [ˋmaɪkrəˌfɪlm]（n.）縮微膠片；（v.）拍成縮微膠片
例 The **microfilm** included a lot of important documents.
這縮小膠片內含有許多重要文件。

meter [ˋmitɚ]（n.）米，公尺；測量儀
micrometer [maɪˋkrɑmətɚ]（n.）微米；測微計
例 The telescope doesn't work because the **micrometer** is broken.
望遠鏡因為上頭的測微計破損了，所以沒法使用。

processor [ˋprɑsɛsɚ]（n.）處理機
microprocessor [ˌmaɪkroˋprɑsɛsɚ]（n.）（電腦的）微處理器
例 A **microprocessor** is the central processing unit of a computer.
微處理器是電腦裡的一個中央處理器。

graph [græf]（n.）圖表
micrograph [ˋmaɪkrəˌgræf]（n.）顯微照相；顯微圖
例 We looked at the **micrograph** to see the features of the cell.
我們看顯微圖像來觀察細胞的特徵。

surgery [ˋsɝdʒərɪ]（n.）外科手術
microsurgery [ˌmaɪkroˋsɝdʒərɪ]（n.）顯微手術
例 Tomorrow, I will have **microsurgery** on my right knee.
明天，我的右膝要接受顯微手術。

biology [baɪˋɑlədʒɪ]（n.）生物學
microbiology [ˌmaɪkrobaɪˋɑlədʒɪ]（n.）微生物學
例 In brief, **microbiology** is the study of microbes, such as bacteria and viruses.
簡單地說，微生物學就是在研究微生物，像是細菌和病毒。

Quiz Time

將下列選項填入正確的空格中

（A）wave （B）scope （C）phone （D）graph （E）film

（　　）1. 麥克風　　= micro + ＿＿＿＿＿＿＿＿

（　　）2. 微波爐　　= micro + ＿＿＿＿＿＿＿＿

（　　）3. 顯微鏡　　= micro + ＿＿＿＿＿＿＿＿

（　　）4. 縮微膠片 = micro + ＿＿＿＿＿＿＿＿

（　　）5. 顯微照相 = micro + ＿＿＿＿＿＿＿＿

解答：1. C 2. A 3. B 4. E 5. D

其他字首 6

mis-

▶false, wrong，表「錯誤的」

🎧 mp3: 017

字首 + 單字

mis + take = mistake

徐薇教你記　拿錯了，也就是「錯誤」。

　　take [tek]（v.）拿；取

mistake [mə`stek]（v.）弄錯；（n.）錯誤

例　We all make mistakes.
　　我們都會犯錯。

> **mis + use = misuse**

use [jus]（n.）使用

misuse [mɪsˋjus]（n.）誤用；濫用

例 This park is nothing but a **misuse** of taxpayers' money.
這個公園只不過是在濫用納稅人的錢罷了。

> **mis + lead = mislead**

lead [lid]（v.）領導

mislead [mɪsˋlid]（v.）誤導

例 The man tried to **mislead** the police but failed.
那男人想要誤導警方，但沒有成功。

> **mis + understand = misunderstand**

understand [ˏʌndɚˋstænd]（v.）瞭解

misunderstand [ˏmɪsʌndɚˋstænd]（v.）誤會，誤解

例 The clerk **misunderstood** my words and gave me a book that I already had.
店員誤解了我的話，然後給了我一本我已經有的書。

> **mis + fortune = misfortune**

徐薇教你記 fortune 財富，misfortune 錯誤的財富，飛來橫財不一定是件好事，反而會造成不幸，因此 misfortune 也就表示「不幸」。

fortune [ˋfɔrtʃən]（n.）幸運；財富

misfortune [mɪsˋfɔrtʃən]（n.）不幸

例 **Misfortune** never comes singly.
禍不單行。

舉一反三 ▶▶▶

初級字

spell [spɛl]（v.）拼字

misspell [mɪsˋspɛl]（v.）拼錯

例 Don't **misspell** the word "misspell."
別把 misspell 那個字拼錯了。

match [mætʃ]（v.）搭配；相配

mismatch [ˏmɪsˋmætʃ]（v.）配錯

例 The two teams were badly **mismatched**.
這兩個團隊搭配得糟透了。

實用字

conduct [kənˋdʌkt]（v.）帶領、執行
[ˋkɑndʌkt]（n.）舉止；管理方法
misconduct [misˋkɑndʌkt]（n.）管理不當；失職
例 The financial **misconduct** may cause great loss for the company.
財務的管理失當會為該公司帶來巨大損失。

inform [ɪnˋfɔrm]（v.）傳達；告知
misinform [ˌmɪsɪnˋfɔrm]（v.）誤傳；誤報
例 I was told to come at three, but apparently I was **misinformed**.
我被告知要三點鐘到，但顯然我被告知的訊息是錯誤的。

進階字

interpret [ɪnˋtɝprɪt]（v.）詮釋；說明；口譯
misinterpret [ˌmɪsɪnˋtɝprɪt]（v.）解釋錯誤；誤釋
例 Her point of view was **misinterpreted** by the press.
她的立場被媒體錯誤解讀。

nomen（拉丁文）名字
misnomer [misˋnomɚ]（n.）用詞錯誤；誤稱；寫錯名字
例 It's a bit of a **misnomer** to refer to those assistants as nurses.
稱呼那些助手為護士有點用詞錯誤。

? Quiz Time

將下列選項填入正確的空格中

（A）take （B）use （C）fortune （D）spell （E）lead

（　　） 1. 弄錯 = mis + ＿＿＿＿＿＿

（　　） 2. 拼錯 = mis + ＿＿＿＿＿＿

（　　） 3. 誤導 = mis + ＿＿＿＿＿＿

（　　） 4. 誤用 = mis + ＿＿＿＿＿＿

（　　） 5. 不幸 = mis + ＿＿＿＿＿＿

解答：1. A 2. D 3. E 4. B 5. C

其他字首 7

re-

▶ （1）again，表「再」
　　（2）back，表「回到…」

re- = again，再做一次。要再做一次是不是得先回到原點？所以 re- 也有「回到…」的意思。

🎧 mp3: 018

字首 + 單字

re + turn = return

徐薇教你記 再轉一次就轉回來了，表示「返回；歸還」。

turn [tɝn]（v.）轉彎
return [rɪˋtɝn]（v.）歸還；返回
例　He **returned** the books to the library.
　　他將書歸還給圖書館。

re + view = review

徐薇教你記 看過的再看一次，就是指「複習」。

view [vju]（n.）景物；考察；（v.）看
review [rɪˋvju]（v./n.）再檢查，複習
例　We have a **review** test every month.
　　我們每個月都有一次複習測驗。

字首 + 字根

re + pet = repeat

徐薇教你記 再度去尋求，就會重複做一樣的事、說一樣的話。

-pet-（字根）尋求
repeat [rɪˋpit]（v./n.）重複
例　Please **repeat** the sentences with me.
　　請跟我一起複誦這些句子。

字首 + 單字 + 字尾

re + fresh + ment = refreshment

徐薇教你記 re- 回到，fresh 清新的，-ment 名詞字尾。讓你回返到頭腦清晰狀態的東西，指「提神的食物或飲料」。

refresh [rɪˋfrɛʃ]（v.）使清新
refreshment [rɪˋfrɛʃmənt]（n.）（讓人恢復精神的）飲料、小點心

例 I need some fresh air and light **refreshments** to refresh myself.
我需要一些新鮮空氣和清爽的飲料來讓自己提神。

字首 + 字根 + 字尾

re + juven + ate = rejuvenate

徐薇教你記 re- 回到，-juven- 年輕的，-ate 動詞字尾。讓人回到年輕時候，也就是「回春」。

juvenile [ˋdʒuvənḷ]（adj.）青少年的
rejuvenate [rɪˋdʒuvənet]（v.）回春；使返老還童

例 The one-week vacation has certainly **rejuvenated** her.
一週的假期讓她整個人又恢復神采。

舉一反三 ▶▶▶

初級字	
	play [ple]（v.）玩；比賽；播放 **replay** [riˋple]（v.）重新比賽；重播 **例** They **replayed** the video of the baseball game. 他們重播了那場棒球賽。
	use [juz]（v.）使用 **reuse** [riˋjuz]（v.）再使用，重複使用 **例** Please **reuse** the bags. Don't use so many plastic bags. 請重複使用這些袋子。不要用這麼多塑膠袋。
	do [du]（v.）做 **redo** [riˋdu]（v.）再做，重做 **例** You have to **redo** it all over again. 你必須全部重來一遍。

fill [fɪl]（v.）裝滿
refill [ˌriˈfɪl]（v.）續杯　[ˈriˌfɪl]（n.）續杯
例 She asked the waiter for another **refill**.
她向服務員要求再續杯。

call [kɔl]（v.）叫喚；打電話
recall [rɪˈkɔl]（v.）回憶
例 Can you **recall** what he told you last night?
你能回想一下昨晚他跟你說了什麼嗎？

cover [ˈkʌvɚ]（v.）覆蓋
recover [rɪˈkʌvɚ]（v.）恢復；重新找到
例 Nicole just **recovered** from a bad cold.
妮可才剛從重感冒中恢復過來。

-nov-（字根）新的
renovate [ˈrɛnəˌvet]（v.）更新；重做
例 We need to **renovate** the building -- it looks way too old.
我們需要更新這棟建築，它看起來太老舊了。

minisci（拉丁文）記得
reminiscence [ˌrɛməˈnɪsn̩s]（n./v.）回憶；回想；回憶錄
例 Ruby plans to write her **reminiscence**.
露比計畫要寫她的回憶錄。

naissance [ˈnesn̩s]（n.）誕生；產生
renaissance [rəˈnesn̩s]（n.）新生；R 大寫指文藝復興時期
例 This painting is the masterpiece in the **Renaissance**.
這幅畫作是文藝復興時期的傑作。

-put-（字根）想；想法
reputation [ˌrɛpjəˈteʃn̩]（n.）名聲；名譽
記 你的美名、聲譽會讓大家一再想起你。
例 He has the **reputation** of being a good dentist.
他是聲譽良好的牙醫。

? **Quiz Time**

將下列選項填入正確的空格中

（A）fresh （B）call （C）turn （D）view （E）fill

（　　）1. 續杯　　= re + ＿＿＿＿＿＿＿

（　　）2. 使清新 = re + ＿＿＿＿＿＿＿

（　　）3. 複習　　= re + ＿＿＿＿＿＿＿

（　　）4. 回想　　= re + ＿＿＿＿＿＿＿

（　　）5. 歸還　　= re + ＿＿＿＿＿＿＿

解答：1. E 2. A 3. D 4. B 5. C

其他字首 8

sub-

▶under，表「在…之下」

字首 sub- 的變化形包括：suc-、sup-、sus- 等，依所接單字的第一個字母不同而改變。

🎧 mp3: 019

字首 + 單字

sub + way = subway

徐薇教你記　在道路的下面，就是指地下鐵。

way [we]（n.）道路

subway [ˈsʌbˌwe]（n.）地下鐵

例 Robin takes the **subway** to work every morning.
羅賓每天早上搭地鐵上班。

sub + marine = submarine

徐薇教你記 在海洋的下面，就是指潛水艇。

marine [mə`rin]（adj.）海洋的
submarine [`sʌbməˌrin]（n.）潛水艇

例 Have you ever seen a submarine?
你有看過潛水艇嗎？

sub + normal = subnormal

徐薇教你記 比正常的等級再次一個等級，就變成了不正常的。

normal [`nɔrml̩]（adj.）正常的
subnormal [sʌb`nɔrml̩]（adj.）低於正常標準的，不正常的；低能的

例 The subnormal temperature confused many animals.
異常的氣溫讓許多動物相當困惑。

字首 + 字根

sup + port = support

徐薇教你記 下面一直帶東西來補充，表示「支援、支持」。

-port-（字根）攜帶；運送
support [sə`port]（v./n.）支援；支持

例 My family gave me a lot of support when I started my own business.
我家人在我開始創業時給了我很大的支持。

sus + spect = suspect

徐薇教你記 在下面偷偷的看、觀察，表示「懷疑」。

-spect-（字根）看
suspect [sə`spɛkt]（v.）懷疑、猜想

例 She suspected their motives for doing so.
她懷疑他們那樣做的動機。

初級字

title [ˈtaɪtḷ]（n.）標題；頭銜
subtitle [ˈsʌbˌtaɪtḷ]（n./v.）副標；（附）字幕
例 We can see the movie which has Chinese **subtitles**.
我們可以去看那部有中文字幕的電影。

tropical [ˈtrɑpɪkḷ]（adj.）熱帶的
subtropical [sʌbˈtrɑpɪkḷ]（adj.）亞熱帶的
例 This kind of bird only lives in **subtropical** areas.
這個種類的鳥只生活在亞熱帶地區。

實用字

-ceed-（字根）前進
succeed [səkˈsid]（v.）成功
記 從下面走向台上就表示你成功了。
例 I believe I will **succeed** some day.
我相信有一天我會成功。

urban [ˈɝbən]（adj.）都會的
suburban [səˈbɝbən]（adj.）郊外的；郊區的
例 Many people move to **suburban** communities for better living quality.
許多人為了有較好的生活品質搬到郊區的社區去。

-pend-（字根）懸掛
suspend [səˈspɛnd]（v.）暫停，中止；懸掛
例 About two hundred flights were **suspended** because of the strike.
約有兩百個航班因這起罷工停飛。

進階字

-stitut-（字根）站立
substitute [ˈsʌbstəˌtjut]（v.）代替
記 站在你下面來取代你。
例 You can **substitute** olive oil for butter in this recipe.
這個食譜裡的奶油你可以用橄欖油來代替。

ordinate [ˈɔrdṇet]（adj.）協調的、搭配的
subordinate [səˈbɔrdṇɪt]（n.）部屬；（adj.）隸屬的、下級的
例 The **subordinate** listened to the man in charge.
部屬聽從負責人員的指令。

中翻英，英翻中

( ) 1. submarine （A）部屬 （B）地鐵 （C）潛水艇

( ) 2. 支持 （A）support （B）succeed （C）suspect

( ) 3. subtitle （A）頭銜 （B）副標 （C）代替

( ) 4. 懷疑 （A）suspect （B）suspend （C）suburban

( ) 5. subordinate （A）亞熱帶的 （B）低能的 （C）下級的

解答：1. C 2. A 3. B 4. A 5. C

其他字首 9

super-/sur-

▶above, over，表「在…之上；超越」

🎧 mp3: 020

字首 + 單字

sur + face = surface

徐薇教你記 在臉部的平面之上，表示「表面」。

face [fes]（n.）臉
surface [ˋsɝfɪs]（n.）表面

例 There isn't any water on the **surface** of the moon.
月球表面沒有水。

sur + name = surname

徐薇教你記 「行不改名，坐不改姓」，姓氏比名字還重要。surname 在名字之上、高於名字等級，就是「姓氏」。

name [nem]（n.）名字
surname [ˋsɝ͵nem]（n.）姓氏

例 Please fill out the form with your name and **surname**.
請在表格中填入名字與姓氏。

---

sur + plus = surplus

徐薇教你記 plus 再加上去，就是更多。surplus 比更多還要多，就會「過剩」，也表示有「盈餘」。

plus [plʌs]（prep.）加上
surplus [ˋsɝpləs]（n.）盈餘；（adj.）過剩的

例 There is no food **surplus** in this country this year.
這個國家今年沒有多餘的食物了。

字首 + 字根 + 字尾

super + vis + or = supervisor

徐薇教你記 super- 在⋯之上，-vis- 看，-or 做⋯的人。在上面看的人，就是「監督的人；主管」。

-vis- （字根）看
supervis**or** [ˋsupɚ͵vaɪzɚ]（n.）監督者；主管

例 Mr. Lin is the **supervisor** of the department.
林先生是這個部門的主管。

舉一反三 ▶▶▶

初級字	man [mæn]（n.）人；男人 **super**man [ˋsupɚ͵mæn]（n.）超人 **例** We call him **superman** because he can do many things at the same time. 我們叫他「超人」，因為他可以同時做許多事。
	market [ˋmɑrkɪt]（n.）市場 **super**market [ˋsupɚ͵mɑrkɪt]（n.）超級市場 **例** I usually go to the **supermarket** to buy milk and cheese. 我通常去超市買牛奶和起司。

實用字

natural [ˈnætʃərəl]（adj.）自然的
super**natural** [ˌsupɚˈnætʃərəl]（adj.）超自然的
例 There is no explanation for the **supernatural** phenomenon.
這個超自然現象仍舊沒有任何解釋。

pass [pæs]（v.）通過
sur**pass** [sɚˈpæs]（v.）超越；勝過
例 The actress **surpassed** herself in her latest film.
該女演員在這部她最新的電影中超越了自己。

round [raʊnd]（adj.）圓形的；（prep.）環繞
sur**round** [sɚˈraʊnd]（v.）環繞；包圍
例 This park is **surrounded** by trees.
這個公園被樹木包圍著。

進階字

face [fes]（n.）臉
super**ficial** [ˌsupɚˈfɪʃəl]（adj.）表面的；膚淺的
例 I only have a very **superficial** knowledge of modern art.
我對當代藝術只有很膚淺的認識。

-ior （形容詞字尾）拉丁比較級字尾，表「更⋯的」
super**ior** [sɚˈpɪrɪɚ]（adj.）較優的；較高的
例 We have to hand in the daily report to our **superior** officer.
我們要將每日的報告交給長官。

-stitut- （字根）站
super**stition** [ˌsupɚˈstɪʃən]（n.）迷信
記 站在超越人類的位置就是指神明，引申為迷信之意。
例 That the number 13 is unlucky is an old **superstition**.
數字十三代表不幸是一個舊迷信。

? Quiz Time

中翻英，英翻中

( ) 1. surface　　　（A）盈餘　　　（B）表面　　　（C）姓氏

( ) 2. 主管　　　　（A）supervisor　（B）superior　（C）Superman

( ) 3. 迷信　　　　（A）supernatural（B）superficial（C）superstition

( ) 4. surpass　　　（A）超越　　　（B）環繞　　　（C）過剩的

( ) 5. supermarket（A）市場　　　（B）超市　　　（C）超商

解答：1. B 2. A 3. C 4. A 5. B

其他字首 10

tele-

▶**far，表「遠的」**
tele- 原本為字根，但常做字首用。

🎧 mp3: 021

字首 + 單字

tele + vision = television

徐薇教你記 使你看到很遠的東西呈現在你面前，就是「電視」。

vision [ˋvɪʒən]（n.）視力；視覺
television [ˋtɛləˏvɪʒən]（n.）電視

例 Dad turned off the **television** and asked me to do my homework first.
爸爸把電視關掉，並叫我先去做功課。

(**tele** + **scope** = **telescope**)

徐薇教你記　能讓你看到很遠的範圍，就是「望遠鏡」。

scope [skop] (n.) 範圍；領域
telescope [ˈtɛləˌskop] (n.) 望遠鏡

例　You can use a **telescope** to observe the stars in the sky.
你可以用望遠鏡來觀察天空中的星星。

字首 + 字根

(**tele** + **phon** = **telephone**)

徐薇教你記　能讓你聽到很遠的聲音，就是指「電話」。

-**phon**- (字根) 聲音
telephone [ˈtɛləfon] (n.) 電話

例　The **telephone** was a great invention in the 19th century.
電話是十九世紀的一項偉大發明。

字首 + 字根 + 字尾

(**tele** + **path** + **y** = **telepathy**)

徐薇教你記　-path- 感覺，-y 名詞字尾，telepathy 在很遠就有感覺，表示
「心電感應」。

telepathy [təˈlɛpəθɪ] (n.) 心靈感應

例　It seems that there is **telepathy** between the twin sisters.
這對雙胞胎姊妹之間彷彿存在著心靈感應。

舉一反三▶▶▶

<table>
<tr>
<td rowspan="2">初
級
字</td>
<td>
cast [kæst] (v.) 丟、拋
telecast [ˈtɛləˌkæst] (v.) (電視節目) 播送、播映
例　The match will be **telecast** live on channel ten tonight.
這場比賽今晚在第十頻道將有現場直播。
</td>
</tr>
<tr>
<td>
-**gram**- (字根) 畫；寫
telegram [ˈtɛləˌgræm] (n.) 電報
例　The **telegram** was once the fastest way of sending messages around the world.
電報曾經是全球傳遞訊息最快的方式。
</td>
</tr>
</table>

實用字	graph [græf]（n.）圖表 **tele**graph [ˈtɛləˌgræf]（n.）電報；電報機 例 The news came by **telegraph**. 這則新聞是用電報傳來的。
	photography [fəˈtɑgrəfɪ]（n.）攝影術；照相術 **tele**photography [ˌtɛləfəˈtɑgrəfɪ]（n.）遠距攝影術 例 The company announced their latest product of **telephotography**. 這間公司發佈了他們最新的遠距攝影產品。
進階字	marathon [ˈmærəθɑn]（n.）馬拉松 **tele**thon [ˈtɛləθɑn]（n.）（通常為募款而播送的）馬拉松式電視節目 例 Many famous stars attended the **telethon** to raise money for the poor children. 許多知名明星參加了這個電視馬拉松節目為貧窮孩子募款。
	communication [kəˌmjunəˈkeʃən]（n.）溝通 **tele**communication [ˌtɛləkəˌmjunəˈkeʃən]（n.）電信 例 This company has been the kingpin of the **telecommunication** industry since they bought another two companies. 自從這家公司買下另外兩間公司後，他們就成為電信業界的龍頭了。

❓ Quiz Time

將下列選項填入正確的空格中

（A）scope　（B）gram　（C）vision　（D）phone　（E）pathy

（　　）1. 電視　　= tele + _____

（　　）2. 電報　　= tele + _____

（　　）3. 電話　　= tele + _____

（　　）4. 心電感應 = tele + _____

（　　）5. 望遠鏡　= tele + _____

解答：1. C 2. B 3. D 4. E 5. A

-er

▶表「做⋯的人；用來做⋯的器具」

通常放在動詞的後面，變化形常見的有 -or, -ar。

🎧 mp3: 022

單字 + 字尾

play + er = player

> 徐薇教你記　play 可以指打球，從事運動、玩耍或彈奏樂器等，player 就是指做這些動作的人：打球的人叫選手，會玩的人叫玩家，玩弄女生的叫花花公子。

player [ˋpleɚ]（n.）選手；玩家；花花公子

例 We need at least four **players** to play poker.
我們需要至少四名玩家來打撲克牌。

dance + er = dancer

dance [dæns]（v.）跳舞
dancer [ˋdænsɚ]（n.）舞者

例 Nana is an excellent ballet **dancer**.
娜娜是一名優秀的芭蕾舞者。

teach + er = teacher

teach [titʃ]（v.）教導
teacher [ˋtitʃɚ]（n.）老師

例 **Teacher** Ruby is always kind and patient to the students.
露比老師總是對學生們又慈愛又有耐心。

visit + or = visitor

> 徐薇教你記　當動詞最後的結尾是 -ate、-ct、或 -it，通常會將 -er 轉換成 -or。

visit [ˋvɪzɪt]（v.）拜訪
visitor [ˋvɪzɪtɚ]（n.）拜訪者，訪客

例 Thousands of **visitors** come to this temple every month.
每個月都有上千名遊客來到這座寺廟。

contain + er = container

contain [kənˋten] (v.) 包含
container [kənˋtenɚ] (n.) 容器；貨櫃

例 Mom put the pickles in a glass **container**.
媽媽把醃製食品放在一個玻璃容器裡。

cook + er = cooker

徐薇教你記 cook 煮東西，可是後面加 -er 的時候，cooker 是指用來烹調的器具、炊具，千萬不要以為是指煮東西的人——廚師喔。

cook [kʊk] (v.) 煮；(n.) 廚師
cooker [ˋkʊkɚ] (n.) 炊具；烹調器具

例 Most families still use gas **cookers**.
大多數的家庭仍在使用煤氣爐。

舉一反三▶▶▶

初級字	catch [kætʃ] (v.) 捕 catcher [ˋkætʃɚ] (n.) 捕手 例 The **catcher** is also the captain of this baseball team. 該捕手同時也是這個棒球隊的隊長。
	sing [sɪŋ] (v.) 唱歌 singer [ˋsɪŋɚ] (n.) 歌手 例 Ruby is my favorite **singer**. 露比是我最愛的歌手。
實用字	direct [dəˋrɛkt] (v.) 指導 director [dəˋrɛktɚ] (n.) 導演 例 She is the first woman to win the best **director** award. 她是第一個贏得最佳導演獎的女性。
	lie [laɪ] (v.) 說謊 liar [ˋlaɪɚ] (n.) 說謊者 例 Don't be a **liar**. 不要當說謊的人。

donate [do'net] (v.) 捐贈
donor ['donə] (n.) 捐贈者

例 An anonymous **donor** gave a great fortune to the charity.
一位匿名捐贈者送給這個慈善機構一大筆錢。

manufacture [ˌmænjə'fæktʃə] (v.) 加工；製造
manufacturer [ˌmænjə'fæktʃərə] (n.) 製造商；廠商

例 We sent the washing machine to the **manufacturer** because it broke down.
我們把洗衣機送回給廠商因為它故障了。

profess [prə'fɛs] (v.) 公開宣稱
professor [prə'fɛsə] (n.) 教授

例 Dr. Lee is a **professor** of Chinese literature.
李博士是中國文學教授。

Quiz Time

依提示填入適當單字，空格內只需填入單數型態

直↓　1. They go to museums.

3. They make movies.

5. They play baseball.

7. They are in a game.

橫→　2. They have good voice.

4. They help students.

6. They can be put on the stove.

8. They don't tell the truth.

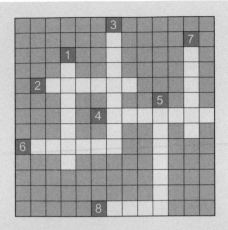

解答：1. visitor　2. singer　3. director　4. teacher　5. catcher　6. cooker　7. player　8. liar

表「人」的名詞字尾 **2**

-ese

▶表「國民（語文）」，也常作形容詞用

字尾 -ese 代表某個族群、國民，或是這個族群或國民所使用的語言或文字。

🎧 mp3: 023

單字 + 字尾

China + ese = Chinese

China [ˋtʃaɪnə]（n.）中國
Chinese [ˌtʃaɪˋniz] [n.] 華人；中文（adj.）中國的；華人的；中文的

例　The **Chinese** have a culture which is more than five thousand years old.
中國人有超過五千年的文化。

Japan + ese = Japanese

Japan [dʒəˋpæn]（n.）日本

Japanese [ˌdʒæpəˋniz]（n.）日本人；日文（adj.）日本的；日本人的；日文的

例 The Germans and the **Japanese** fought side by side in World War Two.
德國和日本在二戰期間是友軍。

Taiwan + ese = Taiwanese

Taiwan [ˋtaɪwɑn]（n.）台灣

Taiwanese [ˌtaɪwəˋnis]（n.）台灣人；台語（adj.）台灣的；台灣人的；台語的

例 Most **Taiwanese** prefer tea to coffee.
大部分的台灣人比較喜歡茶而不是咖啡。

Canton + ese = Cantonese

Canton [ˋkæntɑn]（n.）廣東

Cantonese [ˌkæntəˋnis]（n.）廣東人；廣東話
　　　　　　　　　　　　（adj.）廣東的；廣東人的；廣東話的

例 Growing up in Hong Kong, he learned both English and **Cantonese**.
他在香港長大，所以他同時學了英文和廣東話。

journal + ese = journalese

徐薇教你記 -ese 也可表某種文體。journal 是新聞報紙、雜誌，journalese 則是指新聞用語、新聞文體。

journal [ˋdʒɝnḷ]（n.）報紙，雜誌

journalese [ˌdʒɝnḷˋiz]（n.）新聞用語，新聞文體

例 This article is hard to read for those of us who don't speak **journalese**.
這篇文章對我們這些不懂新聞用語的人而言太難讀了。

舉一反三 ▶▶▶

初級字

Vienna [vɪˋɛnə]（n.）維也納（奧地利首都）

Viennese [ˌviəˋnis]（n.）維也納人；（adj.）維也納的；維也納人的

例 When we were in Austria, we had our picture taken with some **Viennese**.
當我們在奧地利旅遊時，我們有和一些維也納當地的人合照。

Vietnam [ˌvjɛtˋnæm] （n.）越南
Vietnam**ese** [vɪˌɛtnəˋmiz] （n.）越南人；越語
　　　　　　　　　　　　　（adj.）越南（人）的；越語的

例 Lately, many **Vietnamese** have been exploited for cheap labor.
近來，許多越南人受到低薪的剝削。

實用字

official [əˋfɪʃəl] （adj.）官方的；公務上的
official**ese** [əˌfɪʃəˋliz] （n.）公文用語

例 The politicians spoke **officialese** to show how smart they were.
這些政治人物用繁複字彙的官方語言來說話以顯示他們有多聰明。

Portugal [ˋpɔrtʃʊɡl̩] （n.）葡萄牙
Portugu**ese** [ˋpɔrtʃʊˌgiz] （n.）葡萄牙人；葡萄牙語
　　　　　　　　　　　　（adj.）葡萄牙（人）的；葡萄牙語的

例 There are many famous **Portuguese** explorers in history.
歷史上有許多有名的葡萄牙探險家。

進階字

legal [ˋligl̩] （adj.）法律上的；合法的
legal**ese** [ˋligəˌliz] （n.）法律措辭；法律用語

例 The **legalese** he used in the document made it difficult for us to understand.
他在這份文件中所用的法律術語讓我們難以理解。

Senegal [ˌsɛnɪˋgɔl] （n.）塞內加爾（西非國家）
Senegal**ese** [ˌsɛnɪgəˋliz] （n.）塞內加爾人；塞內加爾語
　　　　　　　　　　　　（adj.）塞內加爾（人）的；塞內加爾語的

例 The **Senegalese** were all crazy about the soccer game.
塞內加爾人對這場足球賽非常瘋狂。

拼出正確單字

1. 中文 ＿＿＿＿＿＿＿＿＿＿＿＿

2. 台灣的 ＿＿＿＿＿＿＿＿＿＿＿＿

3. 日本人 ＿＿＿＿＿＿＿＿＿＿＿＿

4. 新聞用語 ＿＿＿＿＿＿＿＿＿＿＿＿

5. 公文用語 ＿＿＿＿＿＿＿＿＿＿＿＿

解答：1. Chinese 2. Taiwanese 3. Japanese 4. journalese 5. officialese

表「人」的名詞字尾 **3** ⋯⋯⋯⋯⋯⋯⋯⋯

-ess

▶表「女性」

英文中表「人」的字尾有很多，如 -er, -or, -ar 等，如果要特別標明女性的身份，則是用 -ess。

🎧 mp3: 024

單字＋字尾

act + ess = actress

　徐薇教你記　act 演戲，actor 男演員。如果要特別強調是女演員，後面會加 -ess，成為 actress。

actor [ˋæktɚ]（n.）男演員
actress [ˋæktrɪs]（n.）女演員

例　The singer's mother used to be an **actress** when she was young.
這位歌手的母親年輕時曾是一名女演員。

(wait + ess = waitress)

徐薇教你記　wait 等待。waiter 在旁邊等待的人，就是服務生。waitress 則是女服務生。

waiter [ˋwetɚ]（n.）男侍；服務員
waitress [ˋwetrɪs]（n.）女侍；女服務員
例　The **waitress** took us to our table quickly.
該名女服務員馬上帶我們到我們的位子。

舉一反三▶▶▶

初級字	god [gɑd]（n.）神明；上帝 **goddess** [ˋgɑdɪs]（n.）女神 例　Athena was the ancient Greek **goddess** of heroic endeavor. 雅典娜是古希臘的勝利女神。
	prince [prɪns]（n.）王子 **princess** [ˋprɪnsɪs]（n.）公主，王妃，太子妃 例　She became a **princess** after she married the prince. 她嫁給王子後就成了王妃。
實用字	count [kaʊnt]（n.）伯爵 **countess** [ˋkaʊntɪs]（n.）伯爵夫人；女伯爵 例　This school was founded by a **countess** a hundred years ago. 這間學校是一百年前由一位伯爵夫人所籌設的。
	host [host]（n.）（男）主人 **hostess** [ˋhostɪs]（n.）女主人 例　They all toasted to the **hostess** of the party. 他們所有人都向女主人敬酒致意。
	steward [ˋstjuwɚd]（n.）（火車、客機等的）男服務員 **stewardess** [ˋstjuwɚdəs]（n.）（火車、客機等的）女服務員 例　She works as a **stewardess** of the club. 她在這間俱樂部擔任女服務員的工作。

baron ['bærən]（n.）男爵
baroness ['bærənɪs]（n.）男爵夫人
例 The **baroness** donated all her money to the church.
該名男爵夫人將全部的錢都捐給教會。

emperor ['ɛmpərɚ]（n.）皇帝
empress ['ɛmprɪs]（n.）女皇；皇后
例 This country was ruled by an **empress** hundreds of years ago.
這個國家在數百年前是由一位女皇所統治的。

tiger ['taɪgɚ]（n.）老虎
tigress ['taɪgrɛs]（n.）母老虎；兇悍的女人
例 She can be a **tigress** when she gets angry.
她生氣時會變得像隻母老虎一般兇悍。

? Quiz Time

依提示寫出對應的表女性身分的單字

範例：baron → baroness

1. waiter → _____

2. prince → _____

3. host → _____

4. actor → _____

5. god → _____

解答：1. waitress 2. princess 3. hostess 4. actress 5. goddess

表「人」的名詞字尾 4

-ie / -y

▶表「小」，常作專有名詞的暱稱

這個名詞字尾有點類似中文說的「小明、小華、小強」等比較親暱的稱呼。例如：John → Johnny，Sam → Sammy，Bob → Bobbie

🎧 mp3: 025

單字 + 字尾

bird + ie = birdie

徐薇教你記 bird 鳥，birdie 就變成小鳥。在高爾夫球術語，birdie 是指低於標準桿一桿，球像小鳥一樣飛得又快又準。在羽毛球術語，birdie 是指那顆羽毛球，因為它有羽毛在空中飛來飛去，像小鳥一樣。

bird [bɝd]（n.）鳥
birdie [ˋbɝdɪ]（n.）（1）小鳥（2）（高爾夫球術語）低於標準桿一桿（3）羽毛球
例 Everyone cheered when he made a **birdie**.
當他打出低於標準桿一桿的成績時，每個人都歡呼了起來。

talk + ie = talkie

徐薇教你記 talkie 會說話的影像，就是有聲電影。walkie-talkie 可以拿著一邊走一邊在說話的小東西，就是無線對講機。

talk [tɔk]（n./v.）談話
talkie [ˋtɔkɪ]（n.）有聲電影
walkie-talkie [ˋwɔkɪˋtɔkɪ]（n.）無線電對講機
例 The policemen spoke to each other on their **walkie-talkies**.
員警們用無線電對講機相互交談。

舉一反三 ▶▶▶

初級字	babe [beb]（n.）嬰孩；年輕辣妹 baby [ˈbebɪ]（n.）嬰兒 例 The young couple is happy about the coming **baby**. 這對年輕夫妻對即將來到的孩子感到很開心。
初級字	cook [kʊk]（n.）廚師；烹飪 cookie [ˈkʊkɪ]（n.）餅乾 例 Mom taught us how to bake **cookies**. 媽媽教我們如何烤餅乾。
實用字	food [fud]（n.）食物 foodie [ˈfudɪ]（n.）美食家 例 Ruby is quite a **foodie**; she enjoys cooking and loves buying food and eating good meals. 露比實在是個美食家，她喜歡烹飪，熱愛買吃的以及吃好料。
實用字	move [muv]（n./v.）運動，移動 movie [ˈmuvɪ]（n.）電影 例 They like to watch **movies** when they have free time. 他們有空時喜歡看電影。
實用字	self [sɛlf]（n.）自己，自身 selfie [ˈsɛlfɪ]（n.）自拍照 例 David posted a series of close-up **selfies** on his Instagram yesterday. 大衛昨天在自己的 Instagram 上面登出了一系列自拍照。 補充 selfie stick 自拍棒
進階字	group [grʊp]（n.）團體 groupie [ˈgrʊpɪ]（n.）（樂團、明星等的）狂熱粉絲 例 Some **groupies** kept waiting in front of the hotel where the band was staying until midnight. 一些瘋狂粉絲一直等在那個樂團下榻的飯店門口直到半夜。
進階字	new [njʊ]（adj.）新的 newbie [ˈnjʊbɪ]（n.）新手 例 I might be a seasoned editor, but I'm still a **newbie** in marketing. 我雖然是個頗有經驗的編輯，但在行銷方面依然是個新手。 補充 newbie 最常指電腦網路新手，因為不是正式用字，常有戲謔意味。

? Quiz Time

拼出正確單字

1. 電影　　_____

2. 餅乾　　_____

3. 嬰兒　　_____

4. 狂熱粉絲　_____

5. 小鳥／羽毛球 _____

解答：1. movie　2. cookie　3. baby　4. groupie　5. birdie

表「人」的名詞字尾 5

-ist

▶表「具某種專精項目的人」

🎧 mp3: 026

單字 + 字尾

(art + ist = artist)

徐薇教你記　在藝術方面的專家就是藝術家。

art [ɑrt]（n.）藝術

artist [ˋɑrtɪst]（n.）藝術家。

例　Van Gogh is one of my favorite **artists**.
　　梵谷是我最喜歡的藝術家之一。

(**special + ist = specialist**)

徐薇教你記　某個特別項目上最專業的人，也就是專家。

special [`spɛʃəl]（adj.）特別的；（n.）特別的東西；專業的東西
special**ist** [`spɛʃəlɪst]（n.）專家
例　He is a **specialist** in computer viruses.
　　他是電腦病毒方面的專家。

(**dent + ist = dentist**)

dent [`dɛnt]（n.）齒；凹痕
dent**ist** [`dɛntɪst]（n.）牙醫
例　I have an appointment with my **dentist** at three this afternoon.
　　我今天下午三點和我的牙醫有約診。

字首 + 字根 + 字尾

(**anti + agon + ist = antagonist**)

徐薇教你記　anti- 對抗，-agon- 競爭、求生。專門和你對抗以求得生存的人，就是你的對手、敵手。

antagon**ist** [æn`tægənɪst]（n.）敵手；對手
例　They didn't want to compromise with the **antagonists**.
　　他們不想和對手妥協。

舉一反三▶▶▶

初級字	piano [pɪ`æno]（n.）鋼琴 pian**ist** [pɪ`ænɪst]（n.）鋼琴家 例　She is a famous jazz **pianist**. 　　她是一位有名的爵士鋼琴家。
	tour [tʊr]（n.）旅遊；旅行 tour**ist** [`tʊrɪst]（n.）觀光客；旅遊者 例　Millions of **tourists** visit Hawaii every year. 　　每年都有數百萬的遊客造訪夏威夷。
實用字	novel [`nɑvl̩]（n.）小說 novel**ist** [`nɑvl̩ɪst]（n.）小說家 例　Muragami is a well-known Japanese **novelist**. 　　村上是非常知名的日本小說家。

violin [ˌvaɪəˈlɪn] (n.) 小提琴
violin**ist** [ˌvaɪəˈlɪnɪst] (n.) 小提琴家
例 Her dream is to be a **violinist** in the future.
她的夢想是未來成為一名小提琴家。

進階字

motorcycle [ˈmotɚˌsaɪk!] (n.) 摩托車
motorcycl**ist** [ˈmotɚˌsaɪklɪst] (n.) 機車騎士
例 The **motorcyclist** was taken to the hospital after the car crash.
那名機車騎士在車禍之後被送到醫院了。

dogma [ˈdɔɡmə] (n.) 教條；獨斷
dogmat**ist** [ˈdɔɡmətɪst] (n.) 武斷的人
例 Victor is a **dogmatist**. He never listens to our opinions.
維克是個武斷的人。他從不聽我們的意見。

? Quiz Time

依提示填入適當單字，空格內只需填入單數型態

直↓　1. They play the piano well.

　　　3. They write good stories.

　　　5. They are creative.

橫→　2. They are experts.

　　　4. They travel a lot.

　　　6. They cure toothache.

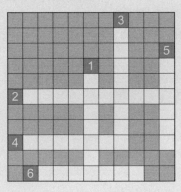

解答：1. pianist 2. specialist 3. novelist 4. tourist 5. artist 6. dentist

-man

▶表「做⋯的人」

-man 做字尾時，不一定是指男人，而是指「進行某個活動的人」。

🎧 mp3: 027

單字 + 字尾

(chair + man = chairman)

> 徐薇教你記　在會議中坐在主要高椅子上的人，指主席。

chair [tʃɛr] (n.) 椅子
chairman [ˋtʃɛrmən] (n.) 主席

例　Jack was elected **chairman** of this committee.
傑克獲選為這個委員會的主席。

(stunt + man = stuntman)

stunt [stʌnt] (n.) 特技；驚險的動作
stuntman [ˋstʌntmən] (n.) 特技演員；危險動作的替身

例　The superstar used to be a **stuntman** when he was young.
這位超級巨星年輕時曾擔任過特技演員。

(sale + s + man = salesman)

> 徐薇教你記　sale 加了 s 之後，後面再接 -man。這個 s 本來是 's，表所有格，後來只保留 s。salesman 負責銷售的人，也就是業務員。

sale [sel] (n.) 銷售
salesman [ˋselzmən] (n.) 業務員；推銷員

例　John is one of the top **salesmen** in this company.
約翰在這間公司是頂尖業務員之一。

> 補充　現在因講究兩性平等，所以通常將男性的 man 改為中性的 person，如：chairperson, salesperson。

(state + s + man = statesman)

state [stet]（n.）國家；政府
statesman [ˋstetsmæn]（n.）政治家

例 What are the differences between a **statesman** and a politician?
政治家和政客的差別在哪裡？

舉一反三 ▶▶▶

初級字	bat [bæt]（n.）蝙蝠 **Batman** [ˋbætmən]（n.）蝙蝠俠 例 The **Batman** is a created character. 蝙蝠俠是一個創造出來的角色。
	bat [bæt]（n.）棒、棍 **batsman** [ˋbætsmən]（n.）（板球或棒球的）擊球手 例 Joe's father used to be a **batsman**. 喬的爸爸曾是一位擊球手。
實用字	business [ˋbɪznɪs]（n.）商業 **businessman** [ˋbɪznɪsmən]（n.）商人 例 He became a very successful **businessman** at the age of fifty. 他在五十歲時成為一位非常成功的商人。
	mail [mel]（n.）信件 **mailman** [ˋmelˌmən]（n.）郵差 例 A **mailman** carries and delivers mail every day. 郵差每天遞送信件。
進階字	camera [ˋkæmərə]（n.）相機；攝影機 **cameraman** [ˋkæmərəˌmæn]（n.）（電視、電影的）攝影師 例 He works as a **cameraman** in a TV station. 他在一家電視臺擔任攝影師的工作。
	craft [kræft]（n.）工藝，手藝 **craftsman** [ˋkræftsmən]（n.）工匠，匠人 例 The teapots are handmade by trained **craftsmen**. 這些茶壺是由老練的匠人手工製作的。

抽象名詞字尾 1

-ance

▶表示「情況；性質；行為」

許多名詞同時具有 -ance 與 -ancy，或 -ence 與 -ency 兩種形式。

🎧 mp3: 028

單字 + 字尾

differ + ence = difference

differ [ˋdɪfɚ]（v.）相異

differ**ence** [ˋdɪfərəns]（n.）相異處；不同處

例　There is not much **difference** between Florida and Georgia.
佛羅里達州和喬治亞州沒有太大的不同。

appear + ance = appearance

徐薇教你記　出現的情形，就是你看到的「外表」。

appear [əˋpɪr]（v.）出現

appear**ance** [əˋpɪrəns]（n.）外表；出現

例 The girl's **appearance** was repulsive after PE class.
那女孩的外表在體育課後變得很難看。

vac + ancy = **vacancy**

徐薇教你記　-vac- 空的，vacancy 空空的、可以使用的狀態，就是「空缺」或「空位」。放假時家裡唱空城計，所以 vacation 是「假期」。vacuum cleaner 吸塵器，vacuum 也是 -vac- 變化而來的。

-vac-（字根）空的
vacancy [ˋvekənsɪ]（n.）空位；空缺
例 The top floor has a **vacancy**.
最上層還有一個空位。

abs + **ess** + ence = **abs**ence

徐薇教你記　abs- 離開，-ess- 成為，-ence 名詞字尾。absence 成為離開的狀態，就是缺席。

abs-（字首）離開
absence [ˋæbsns̩]（n.）缺席
例 This is your third **absence**, so you can't come to the class again.
這是你第三次缺席了，所以你不能再來上課了。

舉一反三 ▶▶▶

初級字	confident [ˋkɑnfədənt]（adj.）自信的；有信心的 confidence [ˋkɑnfədəns]（n.）自信；信心 **例** I don't have much **confidence** in her after her behavior in recent months. 在她這幾個月的行為之後，我對她實在沒什麼信心。
	distant [ˋdɪstənt]（adj.）遙遠的；有距離的 distance [ˋdɪstəns]（n.）距離 **例** He can run a long **distance**. 他可以跑很長的距離。

實用字	excel [ɪkˈsɛl] (v.) 優於… excellence [ˈɛksləns] (n.) 優秀 例 This is an award for **excellence** in broadcasting. 這是給廣播界優秀人員的一個獎。
	tend [tɛnd] (v.) 傾向於… tendency [ˈtɛndənsɪ] (n.) 傾向 例 My dad has a **tendency** to exaggerate when he tells stories. 我老爸在講故事時有誇張的傾向。
進階字	hinder [ˈhɪndɚ] (v.) 妨礙；阻礙 hindrance [ˈhɪndrəns] (n.) 妨礙；障礙 例 The weak teammate is a **hindrance** to us. 軟弱的隊友對我們而言是阻礙。
	suffice [səˈfaɪs] (v.) 足夠；足以 sufficiency [səˈfɪʃənsɪ] (n.) 充足；足夠 例 He has a **sufficiency** of money in the bank. 他銀行裡有足夠的錢。

❓ Quiz Time

填空

( ) 1. 空缺：vac＿＿＿ （A）ance （B）ancy （C）ence （D）ency

( ) 2. 相異處：differ＿＿＿ （A）ance （B）ancy （C）ence （D）ency

( ) 3. 外表：appear＿＿＿ （A）ance （B）ancy （C）ence （D）ency

( ) 4. 傾向：tend＿＿＿ （A）ance （B）ancy （C）ence （D）ency

( ) 5. 缺席：abs＿＿＿ （A）ance （B）ancy （C）ence （D）ency

解答：1. B 2. C 3. A 4. D 5. C

抽象名詞字尾 2

-ion

▶表「動作的狀態或結果」

這個名詞字尾的變形還有 -ation, -tion, -sion

🎧 mp3: 029

單字 + 字尾

act + ion = action

act [ækt]（v.）行動
action [ˋækʃən]（n.）行動；動作
例 Punching the drunk man was the wrong **action** to take.
毆打醉漢是不對的行為。

televise + ion = television

televise [ˋtɛləˌvaɪz]（v.）以電視播送
television [ˋtɛləˌvɪʒən]（n.）電視
例 In the 1950s, no one had more than one **television**.
在一九五零年代，沒有人有超過一台以上的電視機。

promote + ion = promotion

promote [prəˋmot]（v.）（1）促進（2）升職
promotion [prəˋmoʃən]（n.）提升；晉級
例 The **promotion** brought many people to this store.
促銷活動為該店帶來了許多人潮。

organize + ation = organization

徐薇教你記 WTO = World Trade Organization 世界貿易組織。

organize [ˋɔrgəˌnaɪz]（v.）組織起來
organization [ˌɔrgənəˋzeʃən]（n.）組織
例 *Grandma's* is an **organization** which helps the poor.
「老奶奶之家」是一個幫助窮人的組織。

初級字	move [muv]（v.）移動 motion [`moʃən]（n.）動作 例 Do not touch the car when it is in **motion**! 當車子在移動時，不要去碰它。
	invite [ɪn`vaɪt]（v.）邀請 invitation [ˌɪnvə`teʃən]（n.）邀請函；請帖 例 The **invitation** is only for one person. I'm sorry. 這張邀請函只邀請一位。很抱歉。
實用字	appreciate [ə`priʃɪˌet]（v.）感激；欣賞 appreciation [əˌpriʃɪ`eʃən]（n.）感謝；欣賞 例 You should show some **appreciation** for what I have done. 你應該要對我所做的事情表達一些感激之意。
	operate [`apəˌret]（v.）操作 operation [ˌapə`reʃən]（n.）手術；操作 例 The sick man had to have an **operation**. 那生病的男人必須要接受手術。
進階字	starve [starv]（v.）餓 starvation [star`veʃən]（n.）飢餓 例 If you don't hurry back, I will die of **starvation**. 如果你不快點回來，我就要餓死了。
	tense [tɛns]（v.）拉緊；使緊張 tension [`tɛnʃən]（n.）緊張；緊繃 例 The **tension** between those two rivals makes the proposal even more dramatic. 那兩個情敵間的緊張情勢使得求婚更加戲劇化。

? **Quiz Time**

依提示填入適當單字，並猜出直線處的隱藏單字

1. The _____ brought many people to this store.

2. He had an _____ to remove stones from his kidney.

3. _____s speak louder than words.

4. I'm happy to accept your _____.

5. NPO stands for nonprofit _____.

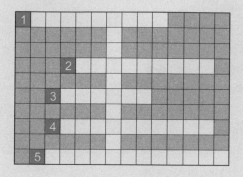

解答：1. promotion 2. operation 3. Action 4. invitation 5. organization

隱藏單字：television

-ment

▶表「結果；手段；狀態；性質」，加在動詞或形容詞後

🎧 mp3: 030

單字 + 字尾

move + ment = movement

徐薇教你記 移動的狀態，表示「活動、物體的運動」。

move [muv] (v.) 移動
move**ment** [ˋmuvmənt] (n.) 活動；運動

例 The **movement** of the sparrow was very cute.
這隻麻雀活動的樣子非常可愛。

agree + ment = agreement

agree [əˋgri] (v.) 同意
agree**ment** [əˋgrimənt] (n.) 同意；協議

例 Let's come to an **agreement** about this contract.
關於這份合約，我們來達成協議吧！

judge + ment = judgment

徐薇教你記 去判斷的過程就是「審判」，去判斷的性質就是「判斷力」。

judge [dʒʌdʒ] (v.) 判決；判斷
judg**ment** [ˋdʒʌdʒmənt] (n.) 審判；判斷力；看法

例 The jury reached a **judgment** about the defendant.
陪審團對被告做出判決。

舉一反三▶▶▶

初級字	base [bes]（v.）以…為基地 base**ment** [ˈbesmənt]（n.）地下室 例 The office is in the **basement**. 辦公室位於地下室。
	argue [ˈɑrgjʊ]（v.）爭論 argu**ment** [ˈɑrgjəmənt]（n.）辯論；論點 例 Don't get involved in an **argument** with angry customers. 別捲入憤怒顧客們的爭論當中。
實用字	excite [ɪkˈsaɪt]（v.）使興奮 excite**ment** [ɪkˈsaɪtmənt]（n.）令人興奮的事物 例 The movie didn't have enough **excitement**, so I left. 那部電影刺激感不夠，所以我就走了。
	refresh [rɪˈfrɛʃ]（v.）使清新；使提振精神 refresh**ment** [rɪˈfrɛʃmənt]（n.）提振精神的東西（如茶點、飲料） 例 We didn't like the **refreshments** at the baseball game. 我們不喜歡棒球賽裡提供的茶點飲料。
進階字	fulfill [fʊlˈfɪl]（v.）執行命令；履行承諾 fulfill**ment** [fʊlˈfɪlmənt]（n.）完成；履行 例 Becoming a king was a **fulfillment** of his destiny. 當國王是在履行他的天命。
	treat [trit]（v.）對待；請客 treat**ment** [ˈtritmənt]（n.）對待；待遇 例 The **treatment** of the natives is appalling. 原住民的待遇令人震驚。

? Quiz Time

依提示拼出正確單字

1. I don't think that's a very strong _____.
   （我認為這個論點不太站得住腳。）
2. They signed an _____ to end the war.
   （他們簽署了終止戰爭的協議。）
3. The alcohol will affect your _____.
   （酒精會影響判斷力。）
4. The astronomers study the _____s of the stars.
   （天文學家研究星體的運動。）
5. There are some _____s in the back of the meeting room.
   （會議室後方有一些茶點飲料。）

解答：1. argument 2. agreement 3. judgment 4. movement 5. refreshment

抽象名詞字尾 4 ••

-ness

▶表「性質；情況；狀態」，加在形容詞後，常作抽象名詞

🎧 mp3: 031

••

單字 + 字尾

good + ness = goodness

徐薇教你記　好的個性，就是「善良」。

good [gʊd]（adj.）好的
goodness [ˈgʊdnɪs]（n.）（1）善良（2）（口語）天啊！

例　He adopted the child out of the **goodness** of his heart.
出於善心，他領養了這個孩子。

---

bitter + ness = bitterness

bitter [ˋbɪtɚ]（adj.）苦的
bitterness [ˋbɪtɚnɪs]（n.）苦味；痛苦

例 The **bitterness** of the beer made me desire something sweet.
那啤酒的苦味讓我想吃點甜的。

單字 + 字尾 + 字尾

meaning + less + ness = meaninglessness

徐薇教你記　meaning 意義，-less 缺少的，後面再加上名詞字尾 -ness，變成缺乏意義的狀態，表示「毫無意義」。

meaningless [ˋminɪŋlɪs]（adj.）無意義的
meaninglessness [ˋminɪŋləsnɪs]（n.）沒有意義

例 There is such **meaninglessness** to this war.
這場戰爭真是太沒意義了。

---

self + ish + ness = selfishness

徐薇教你記　self 自己，-ish 有…性質的，-ness 狀態。有自私的情況，就是「自私自利」。

selfish [ˋsɛlfɪʃ]（adj.）自私的
selfishness [ˋsɛlfɪʃnɪs]（n.）自私自利

例 **Selfishness** is the root of all evil.
自私是萬惡的根源。

舉一反三 ▶▶▶

初級字	great [gret]（adj.）偉大的；極好的 **greatness** [ˋgretnɪs]（n.）偉大；崇高 例 Too many people are concerned with **greatness**. 太多人在乎要變得偉大。
	ill [ɪl]（adj.）生病的 **illness** [ˋɪlnɪs]（n.）疾病 例 The old woman was stricken with an **illness**. 那老婦人疾病纏身。

實用字	**happy** [ˈhæpɪ]（adj.）快樂的 **happiness** [ˈhæpɪnɪs]（n.）幸福，快樂 例 He thinks there are so many challenges in the pursuit of **happiness**. 他覺得在追求幸福的路上有太多挑戰。
	kind [kaɪnd]（adj.）仁慈的 **kindness** [ˈkaɪndnɪs]（n.）仁慈 例 She was surprised at the **kindness** of the stranger. 她對那陌生人的善行感到驚訝。
進階字	**sweet** [swit]（adj.）甜的 **sweetness** [ˈswitnɪs]（n.）甜美；芬芳 例 What is the **sweetness** of the chocolate like? 那巧克力的甜味像什麼？
	bright [braɪt]（adj.）明亮的 **brightness** [ˈbraɪtnɪs]（n.）明亮 例 There is something wrong with the **brightness** of the room. 房間如此明亮很不對勁。

? Quiz Time

寫出以下形容詞的名詞型態

1. good → _____

2. happy → _____

3. selfish → _____

4. ill → _____

5. bitter → _____

解答：1. goodness 2. happiness 3. selfishness 4. illness 5. bitterness

抽象名詞字尾 5

-ship

▶表「**狀態；關係；身分；資格；權限**」等

單字 ship 是船，如果當作字尾來使用，都是指比較抽象的概念。

🎧 mp3: 032

單字 + 字尾

friend + ship = friendship

徐薇教你記　朋友之間的關係，就是友情。

friend [frɛnd] (n.) 朋友
friend**ship** [ˈfrɛndʃɪp] (n.) 友情

例　We cherish our **friendship** very much.
　　我們非常珍視我們的友情。

relation + ship = relationship

徐薇教你記　彼此之間有關聯性的關係，指「人際關係」或「一段感情」。

relation [rɪˈleʃən] (n.) 關係；關聯
relation**ship** [rɪˈleʃənʃɪp] (n.) 人際關係

例　What is the **relationship** between you and Ruby?
　　你和露比之間的關係是什麼？

leader + ship = leadership

leader [ˈlidɚ] (n.) 領導者
leader**ship** [ˈlidɚʃɪp] (n.) 領導權；領導能力

例　The party won the **leadership** of the council in the election.
　　該黨在這次選舉中贏得了議會的主導權。

scholar + ship = scholarship

徐薇教你記　scholar（school+ar），在學界的專家，指「學者」。scholarship 就是學者要具備的能力、學術成就；具學者資格可獲得的權利就是獎學金。

scholar [ˈskɑlɚ] (n.) 學者
scholar**ship** [ˈskɑlɚʃɪp] (n.) 學術成就；獎學金

例　She won a **scholarship** to USC.
　　她拿到南加大的獎學金。

舉一反三 ▶▶▶

<table>
<tr>
<td rowspan="2">初級字</td>
<td>

member [ˈmɛmbɚ] (n.) 成員
membership [ˈmɛmbɚʃɪp] (n.) 會員資格
例 We have to renew our mall **membership** every year.
我們每年都要更新購物中心的會員資格。

補充 membership card 會員卡（具會員資格的卡）
</td>
</tr>
<tr>
<td>

owner [ˈonɚ] (n.) 所有者
ownership [ˈonɚʃɪp] (n.) 所有權
例 This is the proof of my **ownership** of this company.
這就是我擁有這家公司所有權的證明。
</td>
</tr>
<tr>
<td rowspan="2">實用字</td>
<td>

reader [ˈridɚ] (n.) 讀者
readership [ˈridɚʃɪp] (n.) 讀者群
例 The magazine has a **readership** of more than ten thousand.
這本雜誌的讀者群超過一萬人。
</td>
</tr>
<tr>
<td>

champion [ˈtʃæmpɪən] (n.) 冠軍；第一名（人或隊伍）
championship [ˈtʃæmpɪənʃɪp] (n.) 冠軍頭銜；錦標賽
例 She has held the **championship** for the past five years.
她過去五年來一直都是冠軍。
</td>
</tr>
<tr>
<td rowspan="3">進階字</td>
<td>

fellow [ˈfɛlo] (n.) 男人；夥伴
fellowship [ˈfɛloʃɪp] (n.) 交情；夥伴關係
例 He enjoyed the **fellowship** of other workers in the company.
他很喜歡在這間公司和其它同事的情誼。
</td>
</tr>
<tr>
<td>

hard [hɑrd] (adj.) 辛勤的、困難的
hardship [ˈhɑrdʃɪp] (n.) 艱難；困苦
例 They moved to the country when they met economic **hardship**.
當他們遇到經濟困難時，他們就搬到鄉下去了。
</td>
</tr>
<tr>
<td>

workman [ˈwɝkmən] (n.) 工匠；技工
workmanship [ˈwɝkmənʃɪp] (n.) 手藝；技術；工藝品
例 This exhibition presented the excellent **workmanship** of the 20th century.
這個展覽展出了二十世紀傑出的工藝作品。
</td>
</tr>
</table>

動詞字尾 **1**

-fy

▶表「做成…；使…化」

變化型：-ify

🎧 mp3: 033

單字 + 字尾

class + ify = classify

徐薇教你記　使東西像班級一樣的分級，也就是「分類」。

class [klæs]（n.）（1）等級（2）班級

classify [ˈklæsəˌfaɪ]（v.）將…分類、分等級

例　Let's **classify** the sensitive materials.
　　我們將這些感光材料分類吧。

identity + fy = identify

徐薇教你記 使認出身分來，表示「確認、識別」。

identity [aɪˋdɛntətɪ] (n.) 身分；本身
identify [aɪˋdɛntəˌfaɪ] (v.) 確認；識別
例 Please look at the pictures to **identify** the killer.
請看照片來辨認殺手是哪一個。

字根 + 字尾

satis + fy = satisfy

徐薇教你記 使感到足夠，也就是「使滿意、使滿足」。

-satis- (字根) 足夠的
satisfy [ˋsætɪsˌfaɪ] (v.) 使滿意；使滿足
例 The student's answer does not **satisfy** the professor.
教授不滿意該學生的回答。

舉一反三▶▶▶

初級字	beauty [ˋbjutɪ] (n.) 美麗 beautify [ˋbjutəˌfaɪ] (v.) 使變得美麗；美化 例 They planted the flowers to **beautify** the park. 他們種了很多花來美化公園。
	quality [ˋkwɑlətɪ] (n.) 品質 qualify [ˋkwɑləˌfaɪ] (v.) 使合格；使具資格 例 You do not **qualify** for a loan. 你不具備貸款的資格。
實用字	note [not] (n.) 筆記；記錄 notify [ˋnotəˌfaɪ] (v.) 通知；告知 例 The line is busy and has been **notified** of your call. Please wait. 線路忙線中，已為您轉接。請稍候。

specific [spɪˋsɪfɪk]（adj.）特定的
specify [ˋspɛsəˌfaɪ]（v.）具體指定；說明
例 She did not **specify** why she wants her money back.
她沒有具體說明為什麼她想拿回她的錢。

進階字

deity [ˋdiətɪ]（n.）神明
deify [ˋdiəˌfaɪ]（v.）將⋯奉為神明；神格化
例 Ancient people usually **deified** their emperors.
古代的人通常會將他們的帝王神格化。

false [fɔls]（n.）錯誤
falsify [ˋfɔlsəˌfaɪ]（v.）扭曲；造假
例 Do not **falsify** the documents, or you will go to jail.
文件不要造假，不然你會坐牢。

Quiz Time

從選項中選出適當的字填入空格中使句意通順

① identify ② satisfy ③ notify ④ classify ⑤ qualify

1. The victim lost her memory, so she couldn't _____ the robber.

2. It's your job to _____ these documents.

3. To _____ for the contest, you have to be over 18.

4. The steak was too raw to _____ the customer.

5. The school will _____ parents if their children fail to come to school.

解答：1. ① 2. ④ 3. ⑤ 4. ② 5. ③

-ize / -ise

▶表「…化；使變成…狀態」

通常放在名詞後面，表示「使變成名詞的樣子」。-ize 為美式拼法，-ise 是英式拼法。

🎧 mp3: 034

單字 + 字尾

modern + ize = modernize

> 徐薇教你記 使變成現代的狀態，就是「現代化」。

modern [ˈmɑdən]（adj.）現代的
modernize [ˈmɑdənˌaɪz]（v.）使現代化
例 It's time to **modernize** the factory.
該是讓工廠現代化的時候了。

organ + ize = organize

> 徐薇教你記 將一個個不同功能的器官串起來，就是「組織化」。人類是上帝精美的傑作，我們的五臟六腑互相搭配得非常協調、有組織。

organ [ˈɔrgən]（n.）器官
organize [ˈɔrgəˌnaɪz]（v.）組織
例 You should **organize** this messy bedroom.
你應該要把這個亂糟糟的房間整理一下。

critic + ize = criticize

critic [ˈkrɪtɪk]（n.）批評的人；愛吹毛求疵的人
criticize [ˈkrɪtɪˌsaɪz]（v.）批評；批判
例 If you always **criticize** people, they will hate you.
如果你總是批評別人，他們會討厭你。

舉一反三 ▶ ▶ ▶

初級字

character [ˋkærɪktɚ] (n.) 性格；個性
characterize [ˋkærɪktɚ͵raɪz] (v.) 具有⋯特徵；描繪⋯的特性
例 Let's not **characterize** the teacher as evil yet.
我們先別把老師說成是惡魔。

summary [ˋsʌmərɪ] (n.) 大綱；摘要
summarize [ˋsʌmə͵raɪz] (v.) 作總結
例 The man **summarized** the report in a few words at the end of the presentation.
那個人在簡報的最後，用幾句話對這份報告作了一個總結。

實用字

special [ˋspɛʃəl] (adj.) 特別的
specialize [ˋspɛʃəl͵aɪz] (v.) 專攻；專精於⋯
例 The shop **specializes** in Swiss chocolate.
這家店是瑞士巧克力專門店。

symbol [ˋsɪmbl̩] (n.) 象徵；標誌
symbolize [ˋsɪmbl̩͵aɪz] (v.) 象徵；標誌
例 This jade necklace **symbolizes** our friendship.
這條玉石項鍊象徵了我們的友情。

進階字

-hypno- （字根）睡眠
hypnotize [ˋhɪpnə͵taɪz] (v.) 催眠
例 We should **hypnotize** the witness to find out the truth.
我們應該將目擊證人催眠以得到真相。

idol [ˋaɪdl̩] (n.) 偶像
idolize [ˋaɪdl̩͵aɪz] (v.) 崇拜；熱愛
例 The teenagers all **idolize** the new pop singer.
青少年們崇拜那新流行歌手。

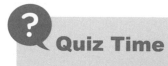

Quiz Time

依提示填入適當單字

1. Can you _____ the report for me?

2. Let's _____ the factory to increase output.

3. People often _____ dogs as loyal pets.

4. Please _____ and classify the documents.

5. This restaurant _____s in seafood.

6. If I _____ her, she will get very angry.

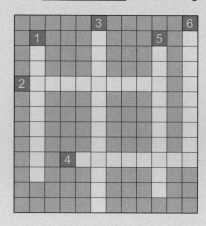

解答：1. summarize 2. modernize 3. characterize 4. organize 5. specialize 6. criticize

形容詞字尾 1

-able

▶表「有能力做」，常加在動詞後

記 able (adj.) 可以的；能夠的

🎧 mp3: 035

單字 + 字尾

drink + able = drinkable

drink [drɪŋk] (v.) 喝
drinkable [ˋdrɪŋkəb!] (adj.) 可以喝的
例 The children need **drinkable** water.
孩子需要可以喝的水。

comfort + able = comfortable

comfort [ˋkʌmfɚt] (v.) 安慰
comfortable [ˋkʌmfɚtəb!] (adj.) 舒適的
例 Please have a seat and make yourself **comfortable**.
請坐，讓你自己舒服一點。

rely + able = reliable

rely [rɪˋlaɪ] (v.) 信任；依靠
reliable [rɪˋlaɪəb!] (adj.) 值得信任的；可靠的
例 George is a **reliable** person.
喬治是個可靠的人。

believe + able = believable

徐薇教你記 believe 相信，believable 足以相信的，表示「可信的」。如果前面加字首 un-，代表相反的意思，unbelievable 就是「不可信的、難以置信的」。

believe [bəˋliv] (v.) 相信
believable [bəˋlivəb!] (adj.) 可信的
unbelievable [ˌʌnbəˋlivəb!] (adj.) 難以置信的
例 She has an **unbelievable** collection of shoes -- more than two hundred pairs.
她有令人難以置信的鞋子收藏，超過兩百雙。

port + able = portable

-port- （字根）持；握；攜帶

portable [ˈpɔrtəbḷ] （adj.）可攜帶的；可攜式的

例 It is convenient to have a **portable** freezer in our car.
我們車上有一台可攜式冰箱很方便。

補充 portable CD player = 可攜式的 CD 播放器
portable computer = 可攜式電腦

舉一反三 ▶▶▶

初級字	change [tʃendʒ] （v.）改變 changeable [ˈtʃendʒəbḷ] （adj.）可變的；善變的 **例** Her moods are quite **changeable**. 她的心情很多變。
	think [θɪŋk] （v.）想 thinkable [ˈθɪŋkəbḷ] （adj.）可想像的；可考慮的 **例** We need some **thinkable** plans, not unthinkable ones. 我們需要一些可以想像的計畫，而不是難以想像的。
實用字	suit [sut] （v.）適合；使相配 suitable [ˈsutəbḷ] （adj.）合適的；適宜的 **例** Your dress was not **suitable** for this occasion. 你的洋裝和這個場合不搭。
	compare [kəmˈpɛr] （v.）比較 comparable [kəmˈpɛrəbḷ] （adj.）可相比的；相當的 **例** Our prices are **comparable** with those of other companies. 我們的價格和其它公司的價格是差不多的。
進階字	dispense [dɪˈspɛns] （v.）免除 indispensable [ˌɪndɪsˈpɛnsəbḷ] （adj.）不可或缺的；必需的 **例** You can fire anyone, but this employee is **indispensable**. 你可以開除任何人，但這個員工是不可或缺的。

remark [rɪˋmɑrk] （v.）談到；評論
remarkable [rɪˋmɑrkəb!] （adj.）傑出的；非凡的、卓越的
例 His latest invention was **remarkable**.
他最新的發明相當不凡。

❓ **Quiz Time**

依提示填入適當單字，並猜出直線處的隱藏單字

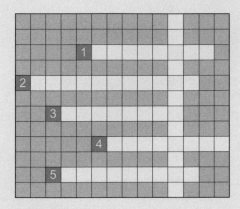

1. Cartoons are _____ for kids.

2. It's _____ to be at home.

3. We can trust a _____ man.

4. Bring your _____ computer to the café.

5. _____ water is clean and safe.

解答：1. suitable 2. comfortable 3. reliable 4. portable 5. Drinkable
隱藏單字：unbelievable

形容詞字尾 2

-ful

▶表「充滿⋯的」

來自形容詞 full「充滿的」，加在名詞之後，意思就是「充滿這個名詞的」。

🎧 mp3: 036

單字 + 字尾

hope + ful = hopeful

hope [hop]（n./v.）希望
hope**ful** [ˈhopfəl]（adj.）有希望的

例 We are **hopeful** that he can come back safe and sound.
我們希望他可以平安回來。

use + ful = useful

use [jus]（n.）使用；用途
use**ful** [ˈjusfəl]（adj.）有用的

例 This website provides **useful** information about the bus service.
這個網站提供與公車服務相關的有用資訊。

beauty + ful = beautiful

beauty [ˈbjutɪ]（n.）美麗
beauti**ful** [ˈbjutəfəl]（adj.）美麗的

例 Ruby is the most **beautiful** teacher I've ever seen.
露比是我見過最美的老師。

regret + ful = regretful

regret [rɪˈgrɛt]（n./v.）後悔
regret**ful** [rɪˈgrɛtfəl]（adj.）遺憾的；懊悔的

例 She gave us a **regretful** smile.
她給了我們一個遺憾的微笑。

初級字	help [hɛlp]（n./v.）幫助 **helpful** [ˋhɛlpfəl]（adj.）有幫助的 例 A good dictionary is very **helpful** for learning English. 一本好字典對學習英文來說非常有幫助。
	care [kɛr]（n./v.）關心 **careful** [ˋkɛrfəl]（adj.）小心的 例 Be **careful**. The floor is wet. 小心。地板是濕的。
實用字	skill [skɪl]（n.）技術 **skillful** [ˋskɪlfəl]（adj.）熟練的；技術好的 例 Get a **skillful** plumber to fix the sink. 找個技術純熟的水管工人來修水槽。
	thank [θæŋk]（n./v.）感謝 **thankful** [ˋθæŋkfəl]（adj.）感激的；欣慰的 例 I was **thankful** that the rain didn't last long. 我很感謝這雨沒有下太久。
進階字	fruit [frut]（n.）果實；水果 **fruitful** [ˋfrutfəl]（adj.）多產的 例 He is a **fruitful** author of nonfiction books. 他是位散文類書籍的多產作家。
	scorn [skɔrn]（n.）輕蔑、藐視 **scornful** [ˋskɔrnfəl]（adj.）輕蔑的 例 They were **scornful** at his opinion. 他們對他的意見很不屑。
	sorrow [ˋsɑro]（n.）悲傷；悲痛 **sorrowful** [ˋsɑrofəl]（adj.）悲傷的；哀痛的 例 She pondered with a **sorrowful** look. 她神情悲傷地沉思著。

將下列選項填入正確的空格中

（A）regret （B）use （C）hope （D）help （E）thank

（　　）1. 欣慰的　= ＿＿＿＿＿＿＿＿ + ful

（　　）2. 有用的　= ＿＿＿＿＿＿＿＿ + ful

（　　）3. 懊悔的　= ＿＿＿＿＿＿＿＿ + ful

（　　）4. 有助的　= ＿＿＿＿＿＿＿＿ + ful

（　　）5. 有希望的 = ＿＿＿＿＿＿＿＿ + ful

解答：1. E　2. B　3. A　4. D　5. C

形容詞字尾 3

-less

▶表「缺乏…的」

less 是形容詞 little 的比較級，表示「比較少的」；放在名詞後面當作字尾時，表示這個名詞沒有了或缺乏了。意義和字尾 -ful 剛好相反。

🎧 mp3: 037

單字 + 字尾

hope + less = hopeless

hope [hop]（v./n.）希望

hope**less** [ˋhoplɪs]（adj.）沒希望的

例 He was totally **hopeless** and didn't know what to do.
他徹底地絕望而且不知該怎麼做。

---

need + less = needless

need [nid] (v./n.) 需要
needless [ˈnidlɪs] (adj.) 不需要的
例 **Needless** to say, she'll buy the dress later.
不用說，她等一下就會買下那洋裝。

---

rest + less = restless

rest [rɛst] (v./n.) 休息
restless [ˈrɛstlɪs] (adj.) 不安的；煩躁的；不得休息的
例 She's the **restless** type. She never stays in a job for long.
她是停不下來的典型。她從未在一份工作上待太久。

---

price + less = priceless

price [praɪs] (n.) 價格
priceless [ˈpraɪslɪs] (adj.) 無價的；極珍貴的
例 The auctioneer has a **priceless** collection of antique vases.
這拍賣商有極為珍貴的古董花瓶收藏。

---

value + less = valueless

徐薇教你記 price 價格，priceless 沒有價格，因為它太貴重了、無法標價，所以是「無價的」。value 價值，valueless 沒有價值，指前面這個價值沒有了，所以是「毫無用處的」。要小心，這兩個字剛好是相反的涵義喔！

value [ˈvælju] (n.) 重要性；價值；益處
valueless [ˈvæljulɪs] (adj.) 無價值的；沒有用處的
例 The stocks she bought turned out to be **valueless** at last.
那些她買的股票最後變得一點價值也沒有了。

舉一反三 ▶▶▶

初級字	help [hɛlp] (v./n.) 幫助 helpless [ˈhɛlplɪs] (adj.) 沒有幫助的；無助的 例 The woman felt **helpless** because there was nothing she could do. 那女士覺得很無助，因為她沒法做任何事。
	use [jus] (n.) 使用，用途 useless [ˈjuslɪs] (adj.) 沒有用的 例 It's **useless** to ask for her help. 向她尋求幫助是沒有用的。

care [kɛr]（v./n.）關心，注意
care**less** [ˋkɛrlɪs]（adj.）不注意的，粗心的
例 He was so **careless** that he left his wallet on the table.
他太不小心了，把皮夾留在餐桌上了。

speech [spitʃ]（n.）說話能力；演講
speech**less** [ˋspitʃlɪs]（adj.）目瞪口呆的；一時說不出話來的
例 His words made us **speechless**.
他的言辭讓我們都傻眼了。

aim [em]（n.）目標
aim**less** [ˋemlɪs]（adj.）漫無目標的
例 She wandered in an **aimless** way around the park.
她漫無目的地在公園裡閒逛漫步。

reck [rɛk]（v.）顧慮；介意
reck**less** [ˋrɛklɪs]（adj.）鹵莽的；不注意的、不在乎的
例 Some people are quite **reckless** at driving.
有些人開車很鹵莽。

? Quiz Time

將下列選項填入正確的空格中

（A）value （B）price （C）hope （D）help （E）need

（　　） 1. 無價的　　 = _____ + less

（　　） 2. 無助的　　 = _____ + less

（　　） 3. 無望的　　 = _____ + less

（　　） 4. 不需要的　 = _____ + less

（　　） 5. 沒有用處的 = _____ + less

解答：1. B 2. D 3. C 4. E 5. A

形容詞字尾 4

-like

▶表「像…」，常加在名詞後

like 當動詞是「喜歡」，當介係詞是「像…一樣」。

🎧 mp3: 038

單字 + 字尾

child + like = childlike

徐薇教你記 像小孩一樣，也就是天真無邪的。

child [tʃaɪld]（n.）小孩
childlike [ˈtʃaɪldˌlaɪk]（adj.）天真無邪的
例 She has a **childlike** look and all the children like to talk to her.
她看起來很天真，所有的孩子都喜歡和她聊天。

dream + like = dreamlike

dream [drim]（n.）夢
dreamlike [ˈdrimˌlaɪk]（adj.）像夢一般的，如夢似幻的
例 There was a **dreamlike** scene at the beginning of the play.
在那場戲的一開始有一個如夢似幻的場景。

舉一反三▶▶▶

初級字	man [mæn]（n.）男人 manlike [ˈmænˌlaɪk]（adj.）有男子氣慨的 例 The boy talked with a deep voice because he wanted to be more **manlike**. 這男孩用低音講話，因為他想要更有男子氣慨一點。
	woman [ˈwʊmən]（n.）女子 womanlike [ˈwʊmənˌlaɪk]（adj.）像女人似的 例 The man sang this song with a **womanlike** voice. 這男人用像女生的聲音來唱這首歌。

實用字	business [ˈbɪznɪs]（n.）商業；生意；職業 businesslike [ˈbɪznɪslaɪk]（adj.）井然有序的；效率高的 例 The morning meeting was quite **businesslike**. 這個早會相當有效率。
	wave [wev]（n.）波浪 wavelike [ˈwevˌlaɪk]（adj.）波狀的；如波浪般的 例 The girl drew a **wavelike** line on the board. 那小女孩在板子上畫了一條波浪狀的線條。
進階字	feather [ˈfɛðɚ]（n.）羽毛 featherlike [ˈfɛðɚˌlaɪk]（adj.）輕如鴻毛的 例 It was difficult to gather the **featherlike** leaves while the wind was blowing. 風在吹的時候要集中這些輕如羽毛的樹葉是很困難的。
	ghost [gost]（n.）鬼 ghostlike [ˈgostˌlaɪk]（adj.）像鬼一樣的；恐怖的 例 He was seriously sick and had a **ghostlike** complexion. 他病得很重而且膚色很恐怖。

? Quiz Time

將下列選項填入正確的空格中

（A）business （B）feather （C）ghost （D）dream （E）child

（　　）1. 如夢似幻的　＝ ＿＿＿＿＿＿＿ + like

（　　）2. 輕如鴻毛的　＝ ＿＿＿＿＿＿＿ + like

（　　）3. 井然有序的　＝ ＿＿＿＿＿＿＿ + like

（　　）4. 天真無邪的　＝ ＿＿＿＿＿＿＿ + like

（　　）5. 很恐怖的　　＝ ＿＿＿＿＿＿＿ + like

解答：1. D 2. B 3. A 4. E 5. C

形容詞字尾 5

-ly

▶表「有…性質的」

形容詞 + -ly = 副詞；名詞 + -ly = 形容詞

🎧 mp3: 039

單字 + 字尾

friend + ly = friendly

徐薇教你記 friend 朋友，friendly 像朋友一般的，表示友善的。大家知道形容詞變成副詞，要再加上 -ly，所以形容詞 friendly 變成副詞是 friendlily 嗎？不是！像這類加上字尾 -ly 而形成的形容詞，副詞也是同一個字 friendly，以避免 lily 這樣重複的情形。

friend [frɛnd]（n.）朋友
friendly [ˈfrɛndlɪ]（adj.）友善的

例 This program is quite user-**friendly**.
這個程式相當容易使用。

love + ly = lovely

love [lʌv]（n.）愛
lovely [ˈlʌvlɪ]（adj.）可愛的

例 My friend Janet keeps a **lovely** rabbit.
我朋友珍妮養了一隻很可愛的小白兔。

hour + ly = hourly

徐薇教你記 hour 鐘點或小時，hourly 就是「以每小時來計算的」。

hour [aʊr]（n.）小時
hourly [ˈaʊrlɪ]（adj.）每小時的；以鐘點計算的

例 The **hourly** rate for babysitting is about two hundred dollars.
照顧小孩每小時的費用大概是兩百塊錢。

舉一反三▶▶▶

初級字	brother [ˈbrʌðɚ]（n.）兄弟 brother**ly** [ˈbrʌðɚlɪ]（adj.）兄弟的；友愛的 例 Boys often take the **brotherly** advice. 男孩子們通常會接受同儕男孩的建議。
	cost [kɔst]（n.）費用、成本 cost**ly** [ˈkɔstlɪ]（adj.）貴重的；昂貴的 例 It is **costly** to maintain such a huge villa. 要維持這樣一間大別墅費用是很高的。
實用字	leisure [ˈliʒɚ]（n.）空閒，無事可做 leisure**ly** [ˈliʒɚlɪ]（adj.）悠閒的 例 We spent a **leisurely** afternoon with the Lins on their farm. 我們和林家的人在他們的農場上度過了悠閒的下午。
	time [taɪm]（n.）時間 time**ly** [ˈtaɪmlɪ]（adj.）及時的 例 We thanked Jim for his **timely** warning. 我們感謝吉姆給我們及時的警示。
進階字	coward [ˈkauɚd]（n.）膽小鬼；懦夫 coward**ly** [ˈkauɚdlɪ]（adj.）膽小的；怯懦的 例 To speak ill of others behind their backs is a **cowardly** act. 在別人背後說人壞話是懦夫的行為。
	gentleman [ˈdʒɛntḷmən]（n.）紳士 gentleman**ly** [ˈdʒɛntḷmənlɪ]（adj.）紳士的，紳士作風的 例 His speech and behavior are quite **gentlemanly**. 他的說話和舉止都很有紳士風度。

rascal [ˈræskl̩]（n.）流氓
rascally [ˈræsklɪ]（adj.）流氓的；無賴的
例 I can't stand his **rascally** behavior anymore.
我再也無法忍受他耍流氓的行為了。

Quiz Time

依提示填入適當單字

1. The diamond ring is a _____ item.

2. They pay an _____ rate of $300.

3. Be _____ to your classmates.

4. The baby looks _____ in the dress.

5. Thanks for your _____ help.

解答：1. costly 2. hourly 3. friendly 4. lovely 5. timely

-OUS

▶表「充滿…的」，常加在名詞之後

🎧 mp3: 040

單字 + 字尾

danger + ous = dangerous

danger [ˋdendʒɚ]（n.）危險
dangerous [ˋdendʒərəs]（adj.）危險的

例 It is **dangerous** to swim in the river.
在這條河裡游泳是很危險的。

curio + ous = curious

徐薇教你記 curio 古董，curious 充滿了珍稀古玩，你一定會覺得很好奇「那是什麼？」所以 curious 就變成「好奇的」。

curio [ˋkjʊrɪo]（n.）古董；珍品
curious [ˋkjʊrɪəs]（adj.）好奇的

例 She is always **curious** about his love affairs.
她一直對他的緋聞很好奇。

fable + ous = fabulous

徐薇教你記 fabulous 充滿傳說性、讓人難以置信，口語裡也表示「棒極了」。

fable [ˋfebl̩]（n.）寓言，傳說；虛構的故事
fabulous [ˋfæbjələs]（adj.）傳說的；難以置信的；〔口〕極好的

例 A: How was the musical last night? B: It was **fabulous**.
A：昨晚的音樂劇如何？ B：太棒了。

vigor + ous = vigorous

vigor [ˋvɪgɚ]（n.）體力；精力
vigorous [ˋvɪgərəs]（adj.）精力充沛的

例 Grandpa Jim is a **vigorous** octogenarian.
吉姆爺爺是一位活力充沛的八旬老翁。

舉一反三 ▶▶▶

初級字

joy [dʒɔɪ] （n.）喜悅
joyous [ˈdʒɔɪəs] （adj.）快樂的
例 She talked about her wedding plans with a **joyous** voice.
她開心地談論著她的婚禮計畫。

fury [ˈfjʊrɪ] （n.）狂怒
furious [ˈfjʊrɪəs] （adj.）暴怒的
例 He was **furious** at the lie she told him.
他對她所說的謊言感到憤怒。

實用字

courage [ˈkɜɪdʒ] （n.）勇氣
courageous [kəˈredʒəs] （adj.）英勇的；勇敢的
例 It was **courageous** of her to challenge the director's plan.
她勇敢的對主管的計畫提出挑戰。

envy [ˈɛnvɪ] （n.）羨慕
envious [ˈɛnvɪəs] （adj.）羨慕的
比 jealous 強調忌妒到生氣眼紅
例 I am very **envious** of his new scooter. It's so cool.
我好羨慕他有新的機車。它好酷喔。

進階字

advantage [ədˈvæntɪdʒ] （n.）優點；優勢
advantageous [ədˈvæntɪdʒəs] （adj.）有利的；有益的
例 They offered an **advantageous** interest rate for the poorer families.
他們為較貧窮的家庭提供優惠的利率。

notoriety [ˌnotəˈraɪətɪ] （n.）聲名狼籍；惡名昭彰
notorious [noˈtorɪəs] （adj.）惡名昭彰的
例 The emperor was **notorious** for killing so many people.
這名帝王因殺人無數而惡名昭彰。

? Quiz Time

從選項中選出適當的形容詞作為提示字的同義詞，並填入空格中

fabulous / curious / dangerous / joyous / vigorous / furious

1. harmful → _____
2. happy → _____
3. energetic → _____
4. angry → _____
5. unbelievable → _____

解答：1. dangerous 2. joyous 3. vigorous 4. furious 5. fabulous

形容詞字尾 7

-y

▶表「含有⋯的；多⋯的」

通常放在名詞後面。例如：rain 雨→ rainy 多雨的。wind 風→
windy 風大的。

🎧 mp3: 041

單字 + 字尾

hunger + y = hungry

hunger [ˋhʌŋgɚ]（n.）飢餓
hungry [ˋhʌŋgrɪ]（adj.）飢餓的

例 I'm **hungry**. I need something to eat.
我餓了。我需要吃點東西。

anger + y = angry

anger [ˈæŋɡɚ]（n.）憤怒

angry [ˈæŋɡrɪ]（adj.）生氣的

例 Mary gets **angry** easily.
瑪麗很愛生氣。

補充 牛津字典 2018 年收錄新字 hangry（=hungry+angry）表示「餓到生氣的」。

flash + y = flashy

flash [flæʃ]（n.）閃光

flashy [ˈflæʃɪ]（adj.）閃光的；花俏的；俗麗的

例 Have you seen the **flashy** clothes she wears?
你有看過她穿那件閃亮亮的衣服嗎？

snoop + y = snoopy

徐薇教你記 snoop 窺探，snoopy 喜歡探人隱私的。在漫畫裡面有一隻小狗，一天到晚在旁邊看著他的主人們做一些有趣好玩的事，那隻小狗狗史奴比就是 Snoopy。

snoop [snup]（v.）窺探；窺視

snoopy [ˈsnupɪ]（adj.）愛探人隱私的；好管閒事的

例 She is kind of **snoopy**. She likes to listen to others' secrets.
她有點愛探人隱私，她喜歡聽別人的秘密。

舉一反三 ▶▶▶

初級字	
	cloud [klaʊd]（n.）雲 cloudy [ˈklaʊdɪ]（adj.）多雲的 **例** It's **cloudy** today. 今天是陰天。
	spice [spaɪs]（n.）香料 spicy [ˈspaɪsɪ]（adj.）加了香料的；辣的 **例** Jean likes **spicy** food but I don't. 珍喜歡辣的食物，但我不喜歡。

實用字	**pick** [pɪk]（v.）撿、挑 **picky** [ˋpɪkɪ]（adj.）挑剔的 例 I have to revise my report because my teacher is so **picky**. 我得重新修改我的報告，因為我的老師真的很挑剔。
	price [praɪs]（n.）價格 **pricey** [ˋpraɪsɪ]（adj.）昂貴的 例 Lucy bought some **pricey** wine for her wedding. 露西為她的婚禮買了一些昂貴的酒。
進階字	**cock** [kɑk]（n.）公雞 **cocky** [ˋkɑkɪ]（adj.）臭屁的；過度驕傲的 例 He is kind of **cocky**. 他有點臭屁。
	sneak [snik]（v.）偷溜 **sneaky** [ˋsnikɪ]（adj.）鬼鬼祟祟的 例 I saw a **sneaky** man standing outside the building last night. 我昨晚看到一個鬼鬼祟祟的男子站在該建築物的外面。 補充 sneak + er = sneaker 本指偷偷溜走的人，後來常用來指運動鞋，因運動鞋底的橡膠可以讓人走路時沒聲音，可以隨時溜走都不會被發現。

Quiz Time

依提示拼出正確單字

1. I won't wear that _____ shirt to work.
   （我才不要穿那件花俏襯衫去上班。）

2. Most Mexican food tastes _____.
   （大部分墨西哥菜吃起來很辣。）

3. I am so _____ that I could eat a horse.
   （我餓到可以吞下一頭牛了。）

4. She is very _____. It's really hard to please her.
   （她很挑剔。要取悅她真的很難。）

5. He looks _____ standing behind that door.
   （他站在門後看起來鬼鬼祟祟的。）

解答：1. flashy 2. spicy 3. hungry 4. picky 5. sneaky

副詞字尾 1

-ly

▶加在形容詞後形成情狀副詞，主要用來修飾動詞的動作

🎧 mp3: 042

單字 + 字尾

careful + ly = carefully

careful [ˈkɛrfəl]（adj.）小心謹慎的
carefully [ˈkɛrfəlɪ]（adv.）小心地

例 The little girl wrote down her name **carefully**.
那小女孩小心翼翼地寫下她的名字。

> **nice + ly = nicely**

nice [naɪs]（adj.）好的
nicely [ˋnaɪslɪ]（adv.）好地
例 The jeans fit you **nicely**.
這條牛仔褲很適合你。

> **beautiful + ly = beautifully**

beautiful [ˋbjutəfəl]（adj.）美麗的
beautifully [ˋbjutəfəlɪ]（adv.）美麗地；出色地
例 The little girl sings **beautifully**.
那個小女孩歌唱得很優美。

舉一反三▶▶▶

初級字	hopeful [ˋhopfəl]（adj.）充滿希望的 hopefully [ˋhopfəlɪ]（adv.）有希望地 例 **Hopefully** you will get well soon. 希望你可以快點好起來。
	generous [ˋdʒɛnərəs]（adj.）大方的 generously [ˋdʒɛnərəslɪ]（adv.）大方地、慷慨地 例 He **generously** gave the money to the children. 他大方地將錢給孩子們。
實用字	absolute [ˋæbsəlut]（adj.）純粹的；完全的 absolutely [ˋæbsəˌlutlɪ]（adv.）絕對地 例 We **absolutely** love Ruby. 我們絕對是愛露比的。
	fluent [ˋfluənt]（adj.）流利的；流暢的 fluently [ˋfluəntlɪ]（adv.）流利地；流暢地 例 He can speak Spanish **fluently**. 他會說流利的西班牙文。

rough [`rʌf]（adj.）大略的
roughly [`rʌflɪ]（adv.）大略地
例 **Roughly** speaking, fifty percent of the voters are against the plan.
大略來說，百分之五十的選民反對這個計畫。

進階字

approximate [ə`prɑksəmɪt]（adj.）近似的；接近的
approximately [ə`prɑksəmɪtlɪ]（adv.）大概；近乎
例 There were **approximately** twenty thousand people attending the demonstration.
大約有兩萬人參與了這場遊行。

ultimate [`ʌltɪmɪt]（adj.）最終的；終極的
ultimately [`ʌltɪmɪtlɪ]（adv.）最終；終極地
例 **Ultimately**, he will have to choose one for this job.
最後，他還是得選出一個人來做這份工作。

? Quiz Time

從選項中選出適當的字填入空格中使句意通順
absolutely / carefully / fluently / generously / nicely

1. The doctor checked my eyes _____.
2. The student speaks English and Japanese _____.
3. The superstar always dresses very _____.
4. She _____ gives her only bread to the beggar.
5. It's _____ impossible to work with all this noise.

解答：1. carefully 2. fluently 3. nicely 4. generously 5. absolutely

MEMO

LEVEL TWO
考試你要會

Ruby

di-

▶two, double，表「二；兩倍的」

希臘字首 di- 常用於化合物名稱，表示此化合物中某個化學元素有兩個單位，如：carbon dioxide 二氧化碳。

比 有時 di- 是 dis- 的省略，表 away，與這裡的字首 di- 不同，如：digress 離題。

🎧 mp3: 043

字首 + 單字

di + lemma = dilemma

徐薇教你記 出現兩個不同意見，令人「兩難」。

lemma（希臘文）前提；觀點

dilemma [dəˋlɛmə]（n.）進退維谷；進退兩難

例 Nancy is facing the **dilemma** of obeying her father or marrying the man she loves.
是服從父親還是嫁給自己所愛的人是南西面臨的難題。

字首 + 字根 + 字尾

di + ply + ma = diploma

徐薇教你記 重要文件都要對摺成兩層，後來就衍生為證書、文憑的意思。

-ply-（字根）折疊

diploma [dɪˋplomə]（n.）文憑

例 It's impossible to win this job without a college **diploma**.
沒有大學文憑是不可能得到這份工作的。

典故 diploma 最早指古羅馬政府發給蠻族雇傭軍的可對折的銅片證書，擁有這種證書的蠻族人，可以在羅馬帝國的道路和邊境自由通行。後來 diploma 也用來表示政府頒發的各種證書，如大學文憑。十八世紀，法國人開始稱呼他們與外國打交道的官員為 diplomat，也就是「持有 diploma 的人」；因此後來衍生出「diplomacy 外交」一字。

舉一反三 ▶▶▶

初級字

diploma [dɪˋplomə] (n.) 文憑
diplomacy [dɪˋploməsɪ] (n.) 外交
例 The new ambassador is highly experienced in international **diplomacy**.
新外交官在國際外交方面經驗豐富。

oxide [ˋɑksaɪd] (n.) 氧化物
dioxide [daɪˋɑksaɪd] (n.) 二氧化物
補充 二氧化碳的名稱是 carbon dioxide; CO_2 是化學式寫法。
例 Plants absorb carbon **dioxide** during photosynthesis.
植物透過光合作用吸收二氧化碳。

實用字

-OX- (字根) 氧
dioxin [daɪˋɑksɪn] (n.) 戴奧辛 (化學名稱)
例 **Dioxins** are a group of chemicals known to increase the likelihood of cancer.
戴奧辛是著名的會增加癌症可能的一種化學物質的組合。

phthongos (希臘文) 聲音
diphthong [ˋdɪfθɔŋ] (n.) 雙母音
例 **Diphthongs** can be found in English words like "sound" and "pipe."
英文字像是「sound」和「pipe」之中可以找到雙母音。

進階字

-graph- (字根) 寫；寫下的文字
digraph [ˋdaɪgræf] (n.) 兩字母一音
例 In English, the **digraph** "ph" is pronounced as "f".
英語中，「ph」兩字母會發音成「f」的音。

-tom- (字根) 切割
dichotomy [daɪˋkɑtəmɪ] (n.) 對立，一分為二
補充 dicho 源自希臘文，也表示二。
例 Is there a **dichotomy** between work and play?
工作與玩樂之間是可以二分的嗎？

ptykhe (希臘文) 摺疊
diptych [ˋdɪptɪk] (n.) 雙聯畫
例 Many **diptychs** are on display at the Middle Age Art exhibition.
有許多雙聯畫在中古藝術展覽中展出。

中翻英，英翻中

( ) 1. 文憑 　　(A) diploma 　(B) diplomat 　(C) diplomacy

( ) 2. dilemma 　(A) 兩難 　　(B) 文憑 　　(C) 二分法

( ) 3. dioxide 　　(A) 戴奧辛 　(B) 氧化物 　(C) 二氧化物

( ) 4. diphthong 　(A) 雙聯畫 　(B) 雙母音 　(C) 兩字母一音

( ) 5. 外交 　　(A) diploma 　(B) diplomat 　(C) diplomacy

解答：1. A 2. A 3. C 4. B 5. C

表「數字」的字首 2

du-/duo-

▶two、double，表「二；兩倍的」

單字 duo 就是兩人組合，所以字首 duo- 就是兩個的意思。

變化型：du-, dou-, do-

🎧 mp3: 044

字首 + 字根

do + decem = dozen

徐薇教你記 do- 是 duo- 的簡化，就是二；再加上字根 -decem- 十，就是十二。

-decem-（字根）＋

dozen [ˋdʌzn̩]（n.）一打；十二個

例 The two men finished a **dozen** beer bottles at the party, and then they had serious headache after that.
那兩個男人在派對上喝完了一打啤酒，然後他們在那之後都有劇烈的頭痛。

du + plex = duplex

-plex- （字根）折疊

duplex [ˋduplɛks] （adj.）雙重的；雙面打印的

（n.）〔美〕雙層樓公寓；雙拼式房屋

例 The Thompsons bought an old house and remodeled it into a **duplex**.
湯普森一家人買了一棟老房子將它改造成雙層公寓。

補充 字根 -plex-/-ply-/-plic- 皆為同源，表「折疊」；如「complex 情結」一字也用到這個字根。

字首 + 字根 + 字尾

du + plic + ate = duplicate

徐薇教你記 du- 兩個，-plic- 折疊，-ate 動詞字尾。duplicate 把它摺成兩份也就是去「複製」。

duplicate [ˋdupləˌket] （v.）複製

例 There's no point in **duplicating** work that has already been done.
重複做已經做完的工作是沒有意義的。

du + plic + ity = duplicity

徐薇教你記 du- 兩個，-plic- 折疊，-ity 抽象名詞字尾。duplicity 折起來不攤開表示不坦率、欺騙。

duplicity [duˋplɪsətɪ] （n.）欺騙；兩面手法；口是心非

例 He was guilty of **duplicity** in his private dealings.
他對他私下交易的欺騙行為感到有罪惡感。

衍生字

doubt

徐薇教你記 心懷二意，不知該不該相信，就是在懷疑囉。

doubt [daʊt] （n./v.）懷疑

例 There is no **doubt** that the greatest threat to polar bears comes from global warming.
毫無疑問，對北極熊來說最大的威脅就是來自全球暖化。

duet [duˋɛt] （n./v.）（奏）二重奏；（唱）二重唱

例 The host of the show did a **duet** with one of the guests.
這場秀的主持人和其中一名賓客表演了一段二重唱。

舉一反三 ▶▶▶

初級字	plus（拉丁文）更多 **double** [ˋdʌbl̩]（adj.）兩倍的；（v.）使加倍；（n.）二倍；替身 例 Membership almost **doubled** in two years. 會員人數在兩年內成長了幾乎兩倍。
	duo [ˋduo]（n.）二人組合，搭檔 例 Laurel and Hardy was a popular comedy **duo** in America. 勞萊與哈台曾是美國很受歡迎的喜劇雙人組。
實用字	**dual** [ˋduəl]（adj.）雙重的 例 She has **dual** British and American nationality. 她有英美雙重國籍。
	duel [ˋduəl]（n.）決鬥 例 The stranger challenged him to a **duel**. 那名陌生人向他單挑決鬥。
進階字	-decem-（字根）十 **duodecimal** [ˌduoˋdɛsəml]（adj.）十二進位的 例 Units of time in many civilizations are **duodecimal**. 許多文明的時間單位是採十二進位制。
	-ious（形容詞字尾）充滿⋯的 **dubious** [ˋdubɪəs]（adj.）可疑的；曖昧不明的 例 The woman's **dubious** reply didn't help us understand the truth. 這女人曖昧模糊的回覆並沒有幫助我們了解事實。

Quiz Time

中翻英，英翻中

( ) 1. 一打　　　（A）double　（B）duplex　　（C）dozen

( ) 2. duplicate　（A）複製　　（B）欺騙　　　（C）雙重的

( ) 3. 決鬥　　　（A）dual　　（B）duel　　　（C）duet

( ) 4. doubt　　　（A）懷疑　　（B）加倍　　　（C）複製

( ) 5. dubious　　（A）雙重的　（B）十二進位的　（C）曖昧不明的

解答：1. C 2. A 3. B 4. A 5. C

表「數字」的字首 3

quadr-/quart-

▶four，表「四」

字首 quadr- 會根據所接字母變化為 quadri- 或 quadru-，也會變為 quart- 或 quar-。

🎧 mp3: 045

衍生字

quarter

徐薇教你記　quarter 最早指東西切成四份的其中一份，後來演變為四分之一的意思。

quarter [ˈkwɔrtɚ]（n.）四分之一；一刻鐘；一季；二十五分硬幣

補充　quarterback（美式足球）四分衛

例　The soap opera lasted an hour and a **quarter**.
這部連續劇演了一小時十五分鐘。

quarantine

典故　quarantine 源自拉丁文 quadraginta 表示 forty（quadr=four, gin=ten）。十七世紀義大利威尼斯港對來自瘟疫區的商船會實行四十天隔離檢驗，以確保瘟疫不會入境；後來 quarantine 就衍生出「隔離」的意思。

quarantine [ˈkwɔrənˌtin]（n./v.）檢疫隔離

例　The health officials placed the ship's crew in **quarantine**.
衛生官員將該船的全體船員隔離進行檢疫。

字首 + 字根

quadru + ped = quadruped

-ped-（字根）腳

quadruped [ˈkwɑdrəˌpɛd]（n.）四足動物

例　Horses, lions and dogs are all **quadrupeds**.
馬、獅子和狗都是四足動物。

補充　pedal 踏板、pedestrian 行人，都來自字根 -ped-。

字首 + 字根 + 字尾

quadri + later + al = quadrilateral

-later-（字根）邊

quadrilateral [ˌkwɑdrəˈlætərəl]（n.）四邊形；（adj.）四邊的

例　Squares and rectangles are **quadrilaterals**.
正方形和長方形都是四邊形。

舉一反三▶▶▶

初級字	**quartet** [kwɔrˈtɛt]（n.）四重奏；四重唱 例　The string **quartet** was playing Beethoven. 那個弦樂四重奏正在演奏貝多芬的樂曲。 -ple-（字根）折疊 **quadruple** [kwɑˈdrupl̩]（adj.）四倍的；（v.）使變成四倍 例　Beck's stock earnings **quadrupled**, but he wasn't satisfied at all. 貝克的股票賺了四倍，但是他一點也不滿足。

實用字

plege （希臘文）擊、打、敲
quadriplegia [‚kwɑdrɪˋplidʒɪə] （n.）四肢麻痺

例 After the accident, the girl had to spend the rest of her life in a wheelchair because of **quadriplegia**.
那場意外發生後，那女孩就因為四肢麻痺的緣故必須下半輩子都坐輪椅了。

-enn- （字根）年
quadrennial [kwɑdˋrɛnɪəl] （adj.）四年一次的

例 Since 1896, the Olympic Games have been the greatest **quadrennial** event around the world.
自一八九六年起，奧運就是全世界最盛大的四年一度的事件了。

biceps [ˋbaɪsɛps] （n.）二頭肌
quadriceps [ˋkwɑdrɪsɛps] （n.）四頭肌（簡稱 quads）

例 This exercise helps to strengthen your **quadriceps**.
這個運動能幫助強化你的四頭肌。

進階字

quadruplet [kwɑˋdruplɪt] （n.）四胞胎之一（簡稱 quad）

例 Since in vitro fertilization started two decades ago, there has been an explosion of twins, triplets, **quadruplets**, even quintuplets.
自從二十年前有人工受孕開始，雙胞胎、三胞胎、四胞胎，甚至五胞胎就越來越多了。

lingual [ˋlɪŋgwəl] （adj.）語言的
quadrilingual [‚kwɑdrɪˋlɪŋgwəl] （adj.）四國語言的

例 The manual was **quadrilingual** – English, French, Japanese and Chinese.
這份手冊有四國語言，英文、法文、日文和中文。

quarter [ˋkwɔrtɚ] （n.）四分之一
quadrant [ˋkwɑdrənt] （n.）四分之一區域；象限；四分之一圓；象限儀

例 The old lady was sent to the hospital because of acute right upper **quadrant** abdominal pain.
那位老太太因為急性右上腹疼痛被送往醫院了。

-phon- （字根）聲音
quadraphonic [‚kwɑdrəˋfɑnɪk] （adj.）四聲道的
（= **quadro**phonic）

例 **Quadraphonic** stereo was a hit in the 1970s.
四聲道音響在一九七〇年代曾經很紅。

angle [ˋæŋgl̩]（n.）角度
quadrangle [ˋkwɑdræŋgl̩]（n.）（周圍有建築物的）方庭，四方院

補充 簡稱 quad。

例 Tom Quad, one of the **quadrangles** of Christ Church in Oxford, is also the largest college quad in Oxford.
湯姆方庭是牛津大學基督堂學院的一個方庭，也是牛津大學最大的一個方庭。

? Quiz Time

依提示填入適當單字

直↓　1. A dog is a _____.

　　　3. A _____ is 15 minutes.

　　　5. To _____ is to become four times as big.

橫→　2. A _____ has four singers.

　　　4. I spent a week in _____ at home because I had a fever.

　　　6. The Olympic Games is _____.

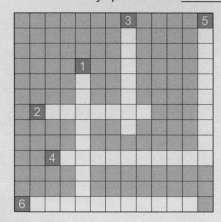

解答：1. quadruped 2. quartet 3. quarter 4. quarantine 5. quadruple 6. quadrennial

penta-/quint-

▶five，表「五」

希臘字首 penta-、拉丁字首 quint- 都表示五。
penta- 的變化型為 pent-；quint- 的變化型為 quinqu-。

🎧 mp3: 046

衍生字

Quentin

> **徐薇教你記** 英文名字 Quentin 源自拉丁文 quintus，指家中的第五個小孩。起源於古羅馬傳統大家庭依照家中孩子出生排序搭配數字取名的習俗。Quentin 也是法國人名。

Quentin [ˈkwɛntn̩] (n.) 昆汀（男子名）

例 The famous movie director, **Quentin** Tarantino, has won two Oscars for Best Original Screenplay.
知名導演昆汀塔倫提諾曾獲得兩座奧斯卡最佳原著劇本獎。

字首 + 字根

penta + gon = pentagon

> **徐薇教你記** penta- 五，-gon- 角度，pentagon 就是五角形或五邊形。

-gon- （字根）角度

pentagon [ˈpɛntəˌɡɑn] (n.) 五角形；（美國）國防部五角大廈

例 The **Pentagon** is a symbol of the U.S. military rather than just a building.
美國五角大廈是美國軍方的象徵，而不只是一棟建築物。

quint + essent + ial = quintessential

徐薇教你記　essent 來自古字根 *es 表「存在」，引申為「本質、精華」之意。加上字首 quint- 五，quintessence 原指水火土風四種元素外的第五種元素，引申為最精華、典型的部分。再加上形容詞字尾 -ial 則表示「最典型的」。

essence [ˈɛsn̩s]（n.）要素；本質

quintessential [ˌkwɪntəˈsɛnʃəl]（adj.）最典型的；最本質的

例　The candy-covered apple is one of those **quintessential** Halloween treats.
包裹糖衣的蘋果是萬聖節最典型的點心之一。

舉一反三 ▶▶▶

初級字	-gram-（字根）寫；畫 pentagram [ˈpɛntəˌɡræm]（n.）五角星，五芒星 例　He is interested in occult power and he has got a **pentagram** tattoo on his arms. 他對玄妙力量很感興趣，還在手臂上弄了五角星的刺青。
	athlon（希臘文）競賽 pentathlon [pɛnˈtæθlən]（n.）五項全能運動 例　The **pentathlon** consists of running, swimming, riding, shooting, and fencing. 五項全能運動包括賽跑、游泳、騎馬、射擊和擊劍。
實用字	quintet [kwɪnˈtɛt]（n.）五重唱；五重奏 例　An acapella **quintet** is performing at the concert hall tonight. 一個五人無伴奏合唱團今晚會在音樂廳表演。
	-ple-（字根）折疊 quintuple [kwɪnˈtupl̩]（adj.）五倍的；（v.）使成五倍 例　Since 2010, the company's revenue has **quintupled**. 這間公司的營收從 2010 年來成長了五倍。

quintuplet [kwɪnˋtʌplɪt]（n.）五胞胎之一（簡稱 quint）

例 The farmer was surprised to find the sheep had given birth to **quintuplet** lambs.
那名農夫很驚訝地發現那頭羊生了五胞胎小羊。

進階字

-enn-（字根）年
quinquennial [kwɪnˋkwɛnɪəl]（adj.）每五年的

例 We conduct a **quinquennial** review of research progress made during our funding period.
我們在資助期間會每五年進行一次研究進度的檢查。

chord [kɔrd]（n.）弦
pentachord [ˋpɛntəˏkɔrd]（n.）五弦琴；五音音階

例 **Pentachords** are rarely seen these days.
五弦琴現在很少見了。

tone [ton]（n.）全音（樂理用語）
pentatonic [ˏpɛntəˋtonɪk]（adj.）五音的

例 Many traditional Chinese tunes were based on the **pentatonic** scale.
許多中國傳統曲調是以五聲音階為基礎譜曲。

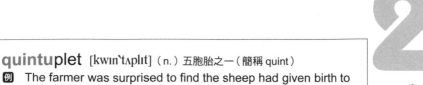

Quiz Time

中翻英，英翻中

（　）1. pentagon 　　（A）五芒星 　　（B）五角形 　　（C）五胞胎

（　）2. quintessential（A）每五年的 　（B）五音的 　　（C）最典型的

（　）3. 五倍的 　　　（A）quintuple 　（B）quintet 　（C）quintuplet

（　）4. 五項全能運動（A）pentathlon（B）pentagon（C）quintuplet

（　）5. 五角星 　　　（A）pentatonic（B）pentagram（C）pentachord

解答：1. B 2. C 3. A 4. A 5. B

mega-

▶large, million，表「大的；超級；百萬（的）」

mega- 用於單位表示百萬，引申為巨大的意思。

🎧 mp3: 047

字首 + 單字

mega + byte= megabyte

byte [baɪt]（n.）位元組（電腦資訊計算單位）

megabyte [ˋmɛɡɚˏbaɪt]（n.）百萬位元組（縮寫 MB）

例 The size of the photo is over two **megabytes**.
這張照片的大小超過 2MB。

mega + city = megacity

city [ˋsɪtɪ]（n.）城市

megacity [ˋmɛɡɚˏsɪtɪ]（n.）百萬人口以上的城市；大城市

例 New York is a typical **megacity**.
紐約是典型的大城市。

mega + store = megastore

store [stor]（n.）商店

megastore [ˋmɛɡɚˏstor]（n.）大賣場；超大型商場

例 The company planned to build a **megastore** near the station.
這家公司計畫要在靠近車站的地方蓋一間超大賣場。

舉一反三 ▶▶▶

初級字

phone [fon]（n.）電話；話筒

megaphone [ˋmɛɡɚˏfon]（n.）擴音器；話筒；大聲公

例 The leader of the demonstration used a **megaphone** to talk to the followers.
遊行隊伍的領導人用擴音器對著跟隨的群眾講話。

star [stɑr]（n.）明星；星星
megastar [ˈmɛɡəˌstɑr]（n.）超級巨星；百萬明星
例 After she had her first hit song, she became a **megastar**.
在她出了第一首暢銷曲後，她就成超級巨星了。

實用字

buck [bʌk]（n.）（美俚）元
megabuck [ˈmɛɡəˌbʌk]（n.）一百萬美金
例 The superstar made **megabucks** over one movie.
這位巨星一部電影就賺了幾百萬美金。

polis （希臘文）城市
megalopolis [ˌmɛɡəˈlopəlɪs]（n.）都會區；巨大都會
例 You can take the shuttles around the **megalopolis** in this country.
在這個國家你可以搭乘通勤巴士來回各個都會區之間。

進階字

maniac [ˈmenɪˌæk]（adj.）發狂的
megalomaniac [ˌmɛɡələˈmenɪˌæk]（n./adj.）自大狂（的）；妄自尊大的人
例 He often brags about the contacts he has, but we think he is no more than a **megalomaniac**.
他常吹牛說他有很多人脈，但我們覺得他只不過是個自大狂罷了。

pixel [ˈpɪksl̩]（n.）像素，畫素
megapixel [ˈmɛɡəˌpɪksl̩]（n.）百萬畫素（解析度單位）
例 Their latest smartphone features a 20 **megapixel** camera.
他們最新型的智慧型手機標榜有兩千萬畫素的相機鏡頭。

lithic [ˈlɪθɪk]（adj.）石頭的
megalithic [ˌmɛɡəˈlɪθɪk]（adj.）巨石建造的
例 They found an ancient **megalithic** temple on the island.
他們在這個島上發現了一個以巨石建造的遠古神廟。

表「否定」的字首 1

contra-/
counter-

►against，表「反的，逆的；反對的」

counter 當做英文動詞時，表示「反對、對抗」；當部首時也有類似的意思。這個字首的變形還有 contra-、contro-。

比　字首 co- 表「一起」，但字首 counter- 則是表不能在一起的「逆向；反對」。

🎧 mp3: 048

字首 + 單字

counter + clockwise = counterclockwise

徐薇教你記　clockwise 順時針的，counterclockwise 逆著時鐘轉的方向，也就是「逆時針的」。

clockwise [ˋklɑkˏwaɪz]（adj.）順時針的
counterclockwise [ˏkaʊntɚˋklɑkˏwaɪz]（adj.）逆時針的

例 Please pass your paper **counterclockwise**.
請以逆時針方向將你的報告傳過去。

counter + part = counterpart

part [pɑrt]（n.）部分
counterpart [ˋkaʊntɚˏpɑrt]（n.）極相似的人或物；相對應的人或東西

例 Please call your **counterpart** and ask him to cover your work shift.
請通知你的同組同事並請他幫你代班。

字首 + 字根

counter + feit = counterfeit

徐薇教你記 你在做東西，別人就在對面學你做一模一樣的山寨版，指「仿冒的、偽造的」囉！

-feit-（字根）做
counterfeit [ˋkaʊntɚfɪt]（adj.）偽造的；仿冒的

例 The **counterfeit** bills passed from store to store.
這些偽鈔在商店之間流傳。

contra + st = contrast

-st-（字根）站立
contrast [ˋkɑntræst]（n.）差異；對比

例 This is in stark **contrast** with your previous novels.
這和你之前的小說風格大相逕庭。

字首 + 字根 + 字尾

contro + vers + y = controversy

徐薇教你記 contro- 反的，-vers- 翻轉，-y 名詞字尾。controversy 以和你相對的方向運轉，表示「爭論、辯論」。

-vers-（字根）翻轉
controversy [ˋkɑntrəˏvɝsɪ]（n.）爭論，辯論

例 Deciding whether to go to war is always a **controversy**.
決定是否要加入戰爭一直都有爭議。

舉一反三 ▶▶▶

初級字	**-ary**（形容詞字尾）與⋯有關、像⋯的 **contra**ry [ˋkɑntrɛrɪ]（adj./adv.）相反的 例 My opinions run **contrary** to your beliefs. 我的意見和你的看法相反。
	spy [spaɪ]（n.）間諜 **counter**spy [ˋkaʊntɚ͵spaɪ]（n.）反間諜 例 Bob is a retired **counterspy** from the Cold War era. 鮑伯是個已退休的冷戰時期反間諜。
實用字	**-dict-**（字根）說 **contra**dict [͵kɑntrəˋdɪkt]（v.）否認，與⋯矛盾 例 Your beliefs **contradict** those of the church. 你的看法和教會的看法相左。
	act [ækt]（v.）行動 **counter**act [͵kaʊntɚˋækt]（v.）抵消；對抗；減少 例 Drinking water or tea can **counteract** the effects of caffeine. 喝水或茶可以消除咖啡因的效用。
進階字	**measure** [ˋmɛʒɚ]（v.）測量；（n.）措施；手段 **counter**measure [ˋkaʊntɚ͵mɛʒɚ]（n.）對策；反抗手段 例 If they attack with missiles, what is your **countermeasure**? 如果他們以導彈攻擊，你的回應對策是什麼？
	conception [kənˋsɛpʃən]（n.）受孕 **contra**ception [͵kɑntrəˋsɛpʃən]（n.）避孕 例 What is the most reliable method of **contraception**? 最可靠的避孕方法是什麼？
	attack [əˋtæk]（v./n.）攻擊 **counter**attack [ˋkaʊntərə͵tæk]（v./n.）反擊；反攻 例 The player launched a successful **counterattack** and won the game. 那位選手成功地反擊並贏得了比賽。

-ven-（字根）來到
contravene [͵kɑntrəˋvin]（v.）違反，違犯（法律或規則）
例 They insisted that they did not **contravene** any laws.
他們堅稱自己沒有觸犯任何法規。

Quiz Time

依提示填入適當單字，並猜出直線處的隱藏單字

1. There is a ＿＿ over using morphine to ease the pain.

2. What you did is different from what you said. You are ＿＿ing yourself.

3. Mike was fat, but he is slender now. What a ＿＿!

4. She wants to stay, but I have a ＿＿ opinion. I think we should go.

5. Selling ＿＿ jewelry is illegal.

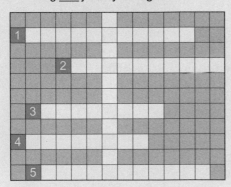

解答：1. controversy 2. contradict 3. contrast 4. contrary 5. counterfeit
隱藏單字：counterpart

dis-

▶（1）not，表「相反意思的動作」
（2）away，表「除去；拿開」

dis- 放在動詞前面，表示相反之意。放在名詞前面，表示把這個
名詞拿走、除掉。

搭配後面的字根或單字，dis- 會轉換成 de- 或 di-。

🎧 mp3: 049

字首 + 單字

(**dis + like = dislike**)

like [laɪk]（v.）喜歡
dislike [dɪsˋlaɪk]（v.）討厭

例 I like Ruby, but I **dislike** English.
我喜歡露比但我不喜歡英文。

(**dis + agree = disagree**)

agree [əˋgri]（v.）同意
disagree [͵dɪsəˋgri]（v.）不同意

例 The manager **disagreed** with us on the issue.
關於那個問題，經理並不同意我們的看法。

(**dis + cover = discover**)

徐薇教你記　cover 指蓋子或一塊布。discover 把布或蓋子一拿掉，就「發現」了。

cover [ˋkʌvɚ]（n.）覆蓋物；蓋在表面的東西
discover [dɪsˋkʌvɚ]（v.）發現

例 He **discovered** that the kitten was covered by a big hat.
他發現那隻小貓被一頂大帽子遮蓋住。

dis + courage = discourage

courage [ˋkɝɪdʒ]（n.）勇氣
discourage [dɪsˋkɝɪdʒ]（v.）使沮喪；勸阻

例 They held a campaign to **discourage** people from smoking and drinking.
他們舉行一個活動來勸人們不要吸煙和喝酒。

dis + arm = disarm

徐薇教你記 arm 手臂是可拿武器的身體部位，所以 arm 也表示「武裝」。disarm 指把武裝卸除掉。

arm [ɑrm]（n.）手臂；武器
disarm [dɪsˋɑrm]（v.）使解除武裝；使無害

例 The soldiers **disarmed** the bomb.
士兵們拆除了那枚炸彈。

字首 + 字根 + 字尾 ▶

de + capit + ate = decapitate

徐薇教你記 -capit- 首級、腦袋，-ate 是動詞字尾，decapitate 指把頭拿掉的動作——斬首。

-capit-（字根）頭
decapitate [dɪˋkæpə͵tet]（v.）斬首

例 The king was **decapitated** during the riot.
那國王在暴動中被斬首。

舉一反三 ▶▶▶

初級字	
	ease [iz]（n.）舒適；（v.）使寬慰；使輕鬆 disease [dɪˋziz]（n.）疾病 **例** There is a sudden outbreak of the **disease** in the north of the city. 在城市北部有突發的疫情爆發。
	appear [əˋpɪr]（v.）出現 disappear [͵dɪsəˋpɪr]（v.）消失 **例** The UFO appeared in the sky suddenly, and then **disappeared**. 那不明飛行物突然在天空出現，然後又消失了。

實用字

approve [əˋpruv]（v.）贊成
disapprove [ˌdɪsəˋpruv]（v.）不贊成
例 She **disapproved** of the new project.
她不贊成這個新的計畫。

advantage [ədˋvæntɪdʒ]（n.）優點；優勢
disadvantage [ˌdɪsədˋvæntɪdʒ]（n.）缺點
例 One **disadvantage** of living in this town is the lack of public transportation.
住在這個城鎮的一個缺點是缺乏公共交通工具。

-creas-（字根）成長
decrease [dɪˋkris]（v.）減少
例 Sales **decreased** sharply this month.
本月銷售急劇下滑。

-gest-（字根）運載
digest [daɪˋdʒɛst]（v.）消化；領悟
例 It usually takes a few hours to **digest** what you eat.
消化所吃的食物通常會花上幾小時。

進階字

caffeine [ˋkæfiɪn]（n.）咖啡因
decaffeinated [dɪˋkæfɪˌnetɪd]（adj.）去除咖啡因的
例 Ruby only drinks **decaffeinated** coffee.
露比只喝去除咖啡因的咖啡。

hydrate [ˋhaɪdret]（v.）水合
dehydrate [diˋhaɪdret]（v.）脫水
例 You should drink more water to avoid being **dehydrated**.
你要多喝點水以免脫水。

-lut-（字根）清洗
dilute [daɪˋlut]（v.）稀釋；（adj.）稀釋的
例 Please **dilute** the orange juice with warm water.
請幫我把柳橙汁用溫水稀釋。

-gress-（字根）走
digress [daɪˋgrɛs]（v.）離題
例 Do you mind if I **digress** for a while?
我暫時離題一下你不介意吧？

Quiz Time

將下列選項填入正確的空格中

（A）arm （B）agree （C）ease （D）cover （E）appear

（ 　 ）1. 消失　　= dis + ＿＿＿＿＿＿

（ 　 ）2. 發現　　= dis + ＿＿＿＿＿＿

（ 　 ）3. 疾病　　= dis + ＿＿＿＿＿＿

（ 　 ）4. 卸除武裝　= dis + ＿＿＿＿＿＿

（ 　 ）5. 不同意 = dis + ＿＿＿＿＿＿

解答：1. E 2. D 3. C 4. A 5. B

表「否定」的字首 3

in-

▶（1）into，表「強化；進入」，常在字根
　　或動詞前
　（2）not，表「否定」，常在形容詞前

變化形還包括 il-, im-, ir- 等，依後方字母不同而改變。

🎧 mp3: 050

字首 + 單字

in + come = income

徐薇教你記　大家最希望進來的東西就是錢囉，所以 income 表示「收入」。

come [kʌm]（v.）來

income [ˈɪnˌkʌm]（n.）收入

例　She lives within her **income**.
她過著量入為出的生活。

LEVEL TWO：考試你要會　153

in + correct = incorrect

correct [kəˋrɛkt]（adj.）正確的
incorrect [ˌɪnkəˋrɛkt]（adj.）不正確的

例 It's **incorrect** to put your hands on the table at a formal banquet.
在正式晚宴的場合，把手放在桌上是不正確的。

il + legal = illegal

徐薇教你記 legal 合法的，前面加 in- 表示否定，變成了 in-legal。n 是鼻音，後面接 l 不好念，最後把 in- 轉換成 il-，變成 illegal 不合法的。

legal [ˋligl̩]（adj.）合法的
illegal [ɪˋligl̩]（adj.）不合法的；違法的

例 It is **illegal** to sell cigarettes to children under 18 years old.
販賣香煙給十八歲以下的孩童是違法的。

字首 + 字根

in + volv = involve

徐薇教你記 -volv- 捲，involve 被捲進來，表示「涉入、牽連」。

involve [ɪnˋvɑlv]（v.）捲入；牽連

例 Don't **involve** me in your fight.
不要把我捲入你們的爭吵中。

字首 + 字根 + 字尾

in + fla + tion = inflation

徐薇教你記 in- → into 進入，-fla- 吹，-tion 名詞字尾。進去把物價數字愈吹愈大，也就是「通貨膨脹」。

inflation [ɪnˋfleʃən]（n.）通貨膨脹

例 The government finally stepped in to curb **inflation**.
該政府最後終於介入來抑制通貨膨脹。

2

初級字

press [prɛs]（v.）按、壓
impress [ɪmˋprɛs]（v.）使印象深刻
例 We were **impressed** by her works.
我們對她的作品印象深刻。

possible [ˋpɑsəbḷ]（adj.）可能的
impossible [ɪmˋpɑsəbḷ]（adj.）不可能的
例 It was **impossible** for her to eat eight bowls of noodles.
她不可能吃下八碗麵的。

實用字

-flu-（字根）流動
influence [ˋɪnfluəns]（n./v.）影響
例 Nancy has a good **influence** on her students.
南西對她的學生有正面的影響。

vest [vɛst]（n.）背心
invest [ɪnˋvɛst]（v.）投資
例 The enterprise will **invest** twenty million dollars in the new company.
該企業會投資這間新公司二千萬元。

-sist-（字根）站
insist [ɪnˋsɪst]（v.）堅持
例 I **insisted** that you accept the money.
我堅持要你收下這筆錢。

credible [ˋkrɛdəbḷ]（adj.）可信的，可靠的
incredible [ɪnˋkrɛdəbḷ]（adj.）不可相信、難以置信的；極好的
例 It's **incredible** that the boy survived the enormous fire.
那男孩居然從大火中生還，真是不可思議。

進階字

fury [ˋfjʊrɪ]（n.）狂怒；暴怒
infuriate [ɪnˋfjʊrɪˌet]（v.）激怒
例 His attitude **infuriated** all of us.
他的態度激怒了我們所有的人。

regular [ˈrɛgjələ] （adj.）規律的
irregular [ɪˈrɛgjələ] （adj.）不規律的
例 The English words "see" and "go" are **irregular** verbs.
英文單字的「see」和「go」都是不規則動詞。

resistible [rɪˈzɪstəbl̩] （adj.）可抗拒的
irresistible [ˌɪrɪˈzɪstəbl̩] （adj.）無法抗拒的，無法抵擋的
例 That was an **irresistible** offer.
那是個無法拒絕的提議。

mediate [ˈmidɪˌet] （adj.）居中的；（v.）調停
immediate [ɪˈmidɪɪt] （adj.）直接的；立即的
記 沒有中間的間隔就是直接的。
例 Their **immediate** response to the news was extreme anger.
他們對那則新聞的第一反應是極度憤怒。

? Quiz Time

填空

（　）1. 使印象深刻：im＿＿　（A）sist　　（B）volve　　（C）press

（　）2. 收入：in＿＿　　　　（A）come　　（B）vest　　（C）put

（　）3. 違法的：＿＿legal　（A）ir　　　　（B）il　　　　（C）in

（　）4. 不正確的：in＿＿　（A）correct　（B）mediate　（C）regular

（　）5. 不可能的：im＿＿　（A）credible　（B）possible　（C）resistible

解答：1. C 2. A 3. B 4. A 5. B

其他字首 1

ad-

▶to, toward，表強化口吻，「向著；朝…去；使成為」

字首 ad- 會依後方所接字母而變化，包括：a-, ac-, af-, ag-, al-, an-, ap-, ar-, as-, at- 等形態。

🎧 mp3: 051

字首 + 單字

a + way = away

way [we]（n.）道路
away [əˋwe]（adv.）離開

例 Keep **away** from the dog if it barks at you.
如果狗對你叫的話，離牠遠一點。

a + head = ahead

徐薇教你記 head 頭、前面、帶頭的，前面加上 ad-，省略 d 成為 ahead，到前面第一排去，就是「往前走」。Go ahead. 往前走，就是「請便」。

head [hɛd]（n.）頭
ahead [əˋhɛd]（adv.）向前；在前

例 The tour guide walked **ahead** of us and led us to the temple.
該名導遊走在我們前面，並引導我們到該神廟。

ar + range = arrange

徐薇教你記 range 範圍，arrange 到那個範圍裡去，就是去「處理」。

range [rendʒ]（n.）範圍
arrange [əˋrendʒ]（v.）處理

例 They **arranged** a morning meeting for next Monday.
他們安排下週一上午開會。

> ac + **custom** = ac**custom**

custom [ˋkʌstəm]（n.）風俗；習慣
ac**custom** [əˋkʌstəm]（v.）使習慣於⋯

例 She tried to **accustom** herself to the new job.
她試著讓自己習慣新的工作。

> as + **soci** + ate = as**sociate**

徐薇教你記 as- 去，-soci- 連結（如：society 社會；社團），-ate 動詞字尾。
associate 讓大家連結在一起，使彼此互相有關聯。

-soci-（字根）連結、結合
as**sociate** [əˋsoʃˌet]（v.）使相關、聯合

例 Most people **associate** this brand with bad quality.
大部份的人們將這個品牌視為劣質品。

> al + **levi** + ate = al**leviate**

-levi-（字根）輕的
al**leviate** [əˋlivˌet]（v.）減輕；使緩和

例 The pill can **alleviate** your headache.
這顆藥丸可以減輕你的頭痛。

> ad + **mir** = ad**mire**

-mir-（字根）看
ad**mire** [ədˋmaɪr]（v.）欽佩；讚歎

例 I **admire** his works.
我欽佩他的作品。

舉一反三 ▶▶▶

初級字	fix [fɪks]（v.）修理；釘牢 **affix** [əˋfɪks]（v.）貼上；把⋯固定 　　　 [ˋæfɪks]（n.）（文法）部首 **例** The little girl **affixed** a sticker to the exercise book. 　　那小女孩把標籤貼到練習本上。
	part [pɑrt]（n.）部份 **apart** [əˋpɑrt]（adv.）分開，間隔 **例** They were asked to sit in three rows three meters **apart**. 　　他們被要求坐成三排，間隔三米。 補充　apart + ment（名詞字尾）= apartment 　　　　成為一個個分開的東西→ 公寓
實用字	-tend-（字根）伸展 **attend** [əˋtɛnd]（v.）參加；出席 **例** I **attended** Nancy's wedding last Saturday. 　　我上週六去參加了南西的婚禮。
	-opt-（字根）選擇 **adopt** [əˋdɑpt]（v.）採用；領養 **例** I encourage you to **adopt** a pet instead of buying one. 　　我鼓勵你領養寵物而不是用購買的。
進階字	-celer-（字根）快速 **accelerate** [ækˋsɛləˏret]（v.）使增速 **例** Tom **accelerated** when he saw that the light turned yellow. 　　湯姆看到黃燈時便開始加速。
	-loc-（字根）地方 **allocate** [ˋæləˏket]（v.）分派；分配 **例** You can **allocate** the money to my account. 　　你可以把錢放到我的帳戶。

? Quiz Time

依提示填入適當單字

直↓　1. To _____ is to connect.

3. Stay _____ from the evil dog!

5. Go _____.

7. I _____ my idol.

橫→　2. We'll _____ the wedding.

4. It takes time to _____ yourself to changes.

6. Let's _____ our next meeting.

8. The pill can _____ your headache.

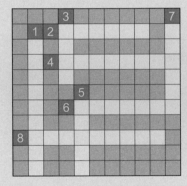

解答：1. associate 2. attend 3. away 4. accustom 5. ahead 6. arrange 7. admire 8. alleviate

其他字首 2

de-

▶ （1）down, complete，表「朝下；完全」
　（2）away, off，表「離開；脫落」

字首 de- 演變成現在的英文單字 down，意思是「往下的」。既然一路往下便引申為「離開；脫落」。

🎧 mp3: 052

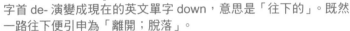

字首 + 單字

de + lay = delay

徐薇教你記 往下放表示現在不處理，把它往後「延期」了。

lay [le]（v.）放置；產卵
delay [dɪˋle]（v.）延遲；延期

例 Don't **delay**! Come to our sale immediately!
不要遲疑！現在立刻就來我們的特賣會！

de + press = depress

徐薇教你記 向下按壓、壓抑，表示「使沮喪」。

press [prɛs]（v.）按、壓
depress [dɪˋprɛs]（v.）降低；使沮喪

例 Thinking about hungry people always **depresses** me.
想到饑餓的人們總是令我沮喪。

字首 + 字根

de + sign = design

徐薇教你記 在下面做了標注、畫圖、畫線，也就是「設計」。

-sign-（字根）做標記
design [dɪˋzaɪn]（v.）設計

例 It takes years of training to learn how to **design** a building.
學會如何設計一棟大樓需要花好幾年的時間來訓練。

de + prive = deprive

把你擁有的東西完全拿掉,也就是「剝奪」。

-priv- (字根) 擁有
deprive [dɪ`praɪv] (v.) 剝奪

例 **Depriving** children of food is the worst crime of all.
剝奪孩子的食物是最不道德的行為。

字首 + 字根 + 字尾

de + liber + ate = deliberate

徐薇教你記 de- 向下,libra 秤(Libra 天平座;秤子),-ate 形容詞字尾。
deliberate 往下秤重,衡量得失、好好斟酌,就是「深思熟慮」;因此也就是
「想過再做的,蓄意的」。

libra (拉丁文) 平衡;秤
deliberate [dɪ`lɪbəret] (adj.) 蓄意的,故意的;(v.) 深思熟慮;考慮

例 I believe this was a **deliberate** attempt to mislead the court.
我認為這是蓄意誤導法庭。

舉一反三▶▶▶

初級字	part [part] (v.) 使分開 **de**part [dɪ`part] (v.) 離開;背離 例 The plane **departs** from the airport at 8:00 a.m. 飛機早上八點從機場起飛。
	-bat- (字根) 打擊 **de**bate [dɪ`bet] (v./n.) 辯論,討論 例 They were **debating** whether to hold the singing contest this year. 他們針對今年是否要舉辦歌唱比賽進行了討論。
實用字	light [laɪt] (v.) 點亮 **de**light [dɪ`laɪt] (v.) 使愉快;喜歡、愛好 例 I **delight** in the accomplishments of my son. 我對我兒子的成就感到愉快。

-pos- （字根）放置
deposit [dɪ`pɑzɪt]（v.）儲存；存放（n.）存款；保證金、押金
例 If you don't **deposit** the money by 9:00 a.m., the deal is off.
如果你不在早上九點前存入現金，這筆交易就會取消。

-spic- （字根）看
despise [dɪ`spaɪz]（v.）輕視
例 She **despises** those who treat animals badly.
她鄙視虐待動物的人。

進階字

-pos- （字根）放置
depose [dɪ`poz]（v.）(1) 罷免；(2) 置放
例 They **deposed** the leader because he was so corrupt.
他們罷免那領導人因為他太腐敗了。

vastare （拉丁文）損毀；破壞
devastate [`dɛvəsˌtet]（v.）蹂躪；使荒蕪
例 The earthquake has **devastated** this region.
這場地震把這個地區化為一片廢墟。

-duc- （字根）導引
deduce [dɪ`djus]（v.）推論，演繹
例 He **deduced** that his allergic reaction was caused by the shrimp salad last night.
他推論說他的過敏是昨晚的鮮蝦沙拉引起的。

-scend- （字根）爬
descend [dɪ`sɛnd]（v.）下降
例 The items are listed in **descending** order of price.
這些品項按價格由高到低列出。

其他字首 3

dia-

▶through, across, between，表「穿越；居中」

源自希臘文 dia，表「through 或 between」。

🎧 mp3: 053

字首 + 字根

dia + log = dialogue

徐薇教你記　dia- 兩者之間，-log- 說話，dialogue 通常指兩者之間的對話。

-log-（字根）說話

dialogue [ˋdaɪəˌlɔg]（n.）對話

例　Listen to the **dialogue** and try to answer the following questions.
聆聽此段對話並試著回答下列問題。

(dia + meter = diameter)

徐薇教你記 dia-通過，-meter-測量，穿過一個圓測量出來的就是「直徑」。

-meter-（字根）測量

diameter [daɪˋæmɪtɚ]（n.）直徑

例 The pond is two meters in **diameter**.
這個池塘的直徑為兩公尺。

字首 + 字根 + 字尾

(dia + gno + sis = diagnosis)

徐薇教你記 dia- 通過，-gno- 知道，醫生完整去知道病患身體的情況就是在診斷；再加上名詞字尾 -sis 表狀態，diagnosis 就指「診斷結果」。

-gno-（字根）知道

diagnosis [͵daɪəgˋnosɪs]（n.）診斷

例 The doctor asked the patient a lot of questions before he made a **diagnosis**.
醫生在做出診斷前問了病人很多問題。

字首 + 單字

(dia + lect = dialect)

徐薇教你記 dia- 在中間，lect 說話，dialect 在中間能互通的語言，就是「方言」。

lect（希臘文）說話

dialect [ˋdaɪəˌlɛkt]（n.）方言

例 Her grandparents only speak in the local **dialect**.
她的祖父母只會說當地的方言。

(dia + rhein = diarrhea)

rhein（希臘文）流動

diarrhea [͵daɪəˋrɪə]（n.）腹瀉

徐薇教你記 dia- 穿越，rhein 流動，diarrhea 穿過身體流下去，也就是「一瀉千里」。

例 Take this medicine three times a day to stop the **diarrhea**.
這個藥一天服三次能止住腹瀉。

初級字	**-gram-**（字根）書寫 **dia**gram [ˋdaɪəˏgræm]（n.）圖表，圖解，示意圖 ㊟ 在文字中間畫圖加以說明就是圖解。 ㊾ The speaker illustrated his point with some **diagrams** on the slides. 那名講者用幻燈片上的圖表來闡述他的論點。
實用字	**bainein**（希臘文）出去 **dia**betes [ˏdaɪəˋbitiz]（n.）糖尿病 ㊟ 糖尿病的病癥就是過度排尿，diabetes 就是指尿液通過人體過度排出。 ㊾ Cases of **diabetes** have risen along with high-sugar diets. 糖尿病人數隨著高糖份飲食而升高了。
	-gon-（字根）角度 **dia**gonal [daɪˋægənəl]（adj.）斜角的；（n.）對角線 ㊾ Adam was looking for the sweater with a **diagonal** black stripe on the front. 亞當那時正在找那件前面有黑色斜紋的毛衣。
進階字	**tribein**（希臘文）摩擦 **dia**tribe [ˋdaɪəˏtraɪb]（n.）抨擊，譴責 ㊾ He launched into a long **diatribe** against consumerism. 他開始長篇大論地抨擊消費主義。
	phrágma（希臘文）阻擋 **dia**phragm [ˋdaɪəˏfræm]（n.）橫膈膜 ㊾ The **diaphragm** is a muscle that separates the chest from the stomach organs. 橫膈膜是分開胸腔和胃部器官的肌肉。

其他字首 4

en-

▶**to make, to put into，表「使成為；使進入…狀態」**

字首 en- 表示 into，為了發音方便會轉換為 em-。

🎧 mp3: 054

字首 + 單字

en + rich = enrich

rich [rɪtʃ]（adj.）富有的；富含…的

enrich [ɪnˋrɪtʃ]（v.）使豐富；使富有

例 Let's **enrich** the students' learning by giving them free books.
我們給學生們免費的書，好讓他們的學習更豐富吧。

> **en + large = enlarge**

large [lɑrdʒ]（adj.）大的
enlarge [ɪnˋlɑrdʒ]（v.）擴大

例 I want to **enlarge** this picture to fit the frame on my desk.
我想將這張照片放大以符合我書桌上的相框大小。

> **em + brace = embrace**

徐薇教你記 brace 是支撐的支架。前面加上 en-，因為 brace 的 b 是閉唇音，所以把 en- 改成嘴唇閉起來的 em-。embrace 去支撐住，就是「擁抱」。

brace [bres]（n.）支架；牙套
embrace [ɪmˋbres]（v./n.）擁抱

例 The father **embraced** his daughter after she won the game.
那父親在他女兒贏得比賽後擁抱她。

舉一反三▶▶▶

初級字	-dur-（字根）堅硬 endure [ɪnˋdjʊr]（v.）忍耐；持久 記 使得堅硬表示能忍受痛苦，因此引申出持久的意思。 例 He had to **endure** hunger before he could get off the MRT. 他在能下捷運之前都得忍住飢餓。
	courage [ˋkɝɪdʒ]（n.）勇氣 encourage [ɪnˋkɝɪdʒ]（v.）鼓勵 例 A good parent **encourages** his child to do better. 好的父母會鼓勵他的孩子做得更好。
實用字	title [ˋtaɪt!]（n.）頭銜 entitle [ɪnˋtaɪt!]（v.）給予⋯權利；給⋯稱號 例 You're **entitled** to six hundred dollars a month. 你一個月有六百塊的權限。
	barra（拉丁文）阻礙；阻擋 embarrass [ɪmˋbærəs]（v.）使困窘；使難為情 例 My mother **embarrassed** me in front of my friends. 我媽媽在我朋友面前讓我難堪。

roll [rol] (n.) 名單，名冊；一捲
enroll [ɪnˋrol] (v.) 登記，註冊
📝 I decided to **enroll** in the cooking course at the community center.
我決定報名參加社區中心的烹飪課。

-phan- (字根) 展示，外觀
emphasize [ˋɛmfəˌsaɪz] (v.) 強調，著重
📝 The new policy **emphasizes** the need to raise taxes.
這項新政策強調了增稅的需求。

進階字

act [ækt] (v./n.) 行動；動作
enact [ɪnˋækt] (v.) 制定法律；扮演 (角色)
📝 The congress wants to **enact** a law that is very popular.
國會想要制定一個會受到歡迎的法律。

bed [bɛd] (n.) 床；苗床；(v.) 安置
embed [ɪmˋbɛd] (v.) 嵌入；深植於…
📝 There are minerals **embedded** in this rock.
這塊石頭裡嵌有礦物。

deveir (古法文) 義務；責任
endeavor [ɪnˋdɛvə] (v./n.) 努力；盡力
📝 You should **endeavor** to break your personal record when you run the race.
在參加比賽時，你應該要努力超越你的以往個人紀錄。

-dors- (字根) 背後
endorse [ɪnˋdɔrs] (v.) 背書；贊同
📝 進到文件後面簽名表示支持，也就是背書。
📝 I would never **endorse** the arrogant candidate.
我絕不會為那個傲慢的候選人背書。

? Quiz Time

填空

( ) 1. 擁抱：em___ （A）bed （B）brace （C）barrass

( ) 2. 擴大：en___ （A）act （B）rich （C）large

( ) 3. 給予…權利：en___ （A）title （B）roll （C）dorse

( ) 4. 使豐富：en___ （A）dure （B）large （C）rich

( ) 5. 鼓勵：en___ （A）courage （B）deavor （C）phasize

解答：1. B 2. C 3. A 4. C 5. A

其他字首 5

extra-

▶表「額外的」

單字 extra 為形容詞，表示「額外的；附加的」。

mp3: 055

字首 + 單字

extra + ordinary = extraordinary

徐薇教你記 超出正常範圍的，也就是「異常的、非凡的」，通常是正面的說法。

ordinary [ˋɔrdṇ͵ɛrɪ]（adj.）正常的
extraordinary [ɪkˋstrɔrdṇ͵ɛrɪ]（adj.）異常的、非凡的

例 The child has an **extraordinary** vocal range of six octaves.
那孩子有著超乎常人的六個八度音域。

(extra + **curricular** = **extracurricular**)

curricular [kə`rɪkjələ] (adj.) 課程的
extracurricular [ˌɛkstrəkə`rɪkjələ] (adj.) 課外的

例 The child gets poor grades because of too many **extracurricular** activities.
那孩子成績不好，因為他參加太多的課外活動。

字首 + 字根

(extra + **vert** = **extrovert**)

徐薇教你記 一直翻轉向外，表示有著外向的個性。

-vert- (字根) 翻轉
extrovert [`ɛkstrəˌvɝt] (n.) 外向的人

例 Being an actor, Barry is a natural **extrovert**.
作為一個演員，巴利天生有著外向的個性。

比 intro + vert = introvert 內向者

舉一反三 ▶▶▶

初級字	judicial [dʒu`dɪʃəl] ( adj. ) 司法的；法院的 **extra**judicial [ˌɛkstrədʒu`dɪʃəl] (adj.) 司法程序以外的 例 The judge gave several **extrajudicial** comments at the end of the case. 法官在該訴訟案件最後提出了幾個超出司法範圍的評論。
	marital [`mærɪt!] ( adj. ) 婚姻的 **extra**marital [ˌɛkstrə`mærɪt!] (adj.) 婚外的 例 **Extramarital** affairs are the number one cause of divorce. 婚外情是造成離婚的第一名原因。
實用字	sensory [`sɛnsərɪ] ( adj. ) 知覺的；感覺的 **extra**sensory [ˌɛkstrə`sɛnsərɪ] (adj.) 超感覺的；靈異的 例 Some people believe in **extrasensory** perception. 一些人相信超感知覺。

territorial [͵tɛrəˋtorɪəl]（adj.）領土的
extraterritorial [͵ɛkstrəˏtɛrəˋtorɪəl]（adj.）領土外的；治外法權的

例 Due to an **extraterritorial** error, the accused man was freed.
由於一些治外法權上的疏失，該名被起訴的男子被釋放了。

-vag-（字根）徘徊；漫遊
extravagant [ɪkˋstrævəgənt]（adj.）奢侈的；浪費的

例 The poor people of Bombay were angry about the rich couple's **extravagant** wedding.
孟買的窮人們對於這對夫妻的奢華婚禮感到憤怒。

---

terrestrial [təˋrɛstrɪəl]（adj.）陸地的；陸生的（n.）地球人
extraterrestrial [͵ɛkstrətəˋrɛstrɪəl]（adj.）外太空的；（n.）外星人

例 Aliens are said to be **extraterrestrial** creatures.
外星人被說成是外太空的生物。

補充 Extra Terrestrial 知名電影＜外星人＞英文片名 E.T. 的原字。

進階字

cellular [ˋsɛljʊlə]（adj.）細胞組成的；多孔的
extracellular [͵ɛkstrəˋsɛljʊlə]（adj.）細胞外的

例 The scientists studied the **extracellular** digestion process.
科學家們研究細胞外的消化過程。

---

polire（拉丁文）擦亮
extrapolate [ɪksˋtræpəˏlet]（v.）推斷

例 Judging by how many voters hated the health care bill, we can **extrapolate** that most won't like the financial reform bill, either.
從許多選民們都厭惡醫療保險法案來看，我們可以推斷大部份人也都不會喜歡財政改革法案。

---

galactic [gəˋlæktɪk]（adj.）銀河系的
extragalactic [͵ɛkstrəgəˋlæktɪk]（adj.）銀河系外的

例 Scientists were excited to find such an earth-like **extragalactic** planet.
科學家很興奮地發現在銀河系外有個像地球一樣的行星。

? Quiz Time

將下列選項填入正確的空格中

（A）curricular （B）ordinary （C）terrestrial （D）sensory （E）marital

（　　）1. 外星人 = extra + _____

（　　）2. 非凡的 = extra + _____

（　　）3. 婚外的 = extra + _____

（　　）4. 課外的 = extra + _____

（　　）5. 靈異的 = extra + _____

解答：1. C 2. B 3. E 4. A 5. D

其他字首 6

fore-

▶before，表「前面的」

before，就是動詞 be 加上 fore，表「在…之前」；「前面的」。

fore 當英文單字時為形容詞或副詞，表示「在前面的」。

🎧 mp3: 056

字首 + 單字

fore + head = forehead

head [hɛd]（n.）頭

fore**head** [ˋfɔrˏhɛd]（n.）額頭

例 The boy's **forehead** was sunburned badly.
這男孩的額頭嚴重曬傷。

fore + finger = forefinger

徐薇教你記 指向前方的手指，請問我們會用哪一根手指呢？食指。

finger [ˈfɪŋɚ] (n.) 手指
forefinger [ˈforˌfɪŋɚ] (n.) 食指

例 My **forefinger** is red because you closed the door on it!
我的食指紅了，因為你關門壓到了！

fore + see = foresee

徐薇教你記 可以看到前方，就是「預知、有先見之明」。

see [si] (v.) 看見
foresee [forˈsi] (v.) 預知，預見

例 I can't **foresee** how long your marriage will last.
我沒辦法預知你的婚姻會維持多久。

fore + cast = forecast

cast [kæst] (v.) 投、擲、扔
forecast [ˈforˌkæst] (v.) 預想，預測；(n.) (天氣) 預報；預測

例 Every Saturday the **forecast** calls for rain!
每個週六天氣預報都說會下雨！

舉一反三 ▶▶▶

<table>
<tr><td rowspan="2">初級字</td><td>

most [most] (adj.) 最多的
foremost [ˈforˌmost] (adj.) 首要的；第一的

例 Professor Rolf is the world's **foremost** expert on dinosaurs.
羅夫教授是全球首屈一指的恐龍專家。
</td></tr>
<tr><td>

tell [tɛl] (v.) 告訴
foretell [forˈtɛl] (v.) 預言；預示

例 The astrologist **foretold** that the kingdom would be destroyed soon.
那占星者預言該國家很快會被消滅。
</td></tr>
</table>

實用字

court [kort]（n.）（1）法院（2）球場
forecourt [`for,kort]（n.）（1）前庭；前院（2）（網球的）前場

例 Both the players went to the **forecourt** to talk with the chair umpire.
兩位選手都走到前場與主裁判談話。

father [`faðɚ]（n.）父親
forefather [`for,faðɚ]（n.）祖先

例 Our **forefathers** made this law two hundred years ago.
我們的祖先在兩百年前制定了這個法令。

man [mæn]（n.）男人
foreman [`formən]（n.）工頭

例 The **foreman** told everyone to take a short rest.
工頭叫大家暫時休息一下。

進階字

doom [dum]（n.）厄運；毀滅
foredoom [for`dum]（v.）事先註定

例 The team was **foredoomed** to lose the game.
這隊註定要輸掉比賽。

sight [saɪt]（n.）眼光；眼力
foresight [`for,saɪt]（n.）遠見；先見之明

例 Ruby is a teacher with **foresight**.
露比是個有遠見的老師。

shadow [`ʃædo]（n.）陰影
foreshadow [for`ʃædo]（v.）預兆，預示

例 The tension between the two workers **foreshadows** a big conflict in the future.
這兩個工人之間的緊張氣氛預示了將來會產生大衝突。

將下列選項填入正確的空格中

（A）most （B）sight （C）cast （D）finger （E）head

（　　）1. 手指　 = fore + ＿＿＿＿＿＿

（　　）2. 額頭　 = fore + ＿＿＿＿＿＿

（　　）3. 遠見　 = fore + ＿＿＿＿＿＿

（　　）4. 預測　 = fore + ＿＿＿＿＿＿

（　　）5. 首要的 = fore + ＿＿＿＿＿＿

解答：1. D 2. E 3. B 4. C 5. A

其他字首 **7**

hyper-

▶**over, beyond，表「在上面；超越…之上」**

英文單字 hyper 當形容詞表示「過度亢奮的」。

🎧 mp3: 057

字首 + 單字

hyper + active = hyperactive

active [ˈæktɪv]（adj.）活躍的

hyperactive [ˌhaɪpɚˈæktɪv]（adj.）過動的

例 It is difficult for **hyperactive** children to concentrate.
要讓過動的孩子專心是很困難的。

hyper + tension = hypertension

徐薇教你記 血管超越正常的緊繃程度，血壓就會很高，也就是「高血壓」。

tension [ˈtɛnʃən]（n.）緊繃；緊張
hypertension [ˌhaɪpəˈtɛnʃən]（n.）高血壓

例 My grandpa has **hypertension** and has to take pills every day.
我爺爺有高血壓而且每天都要吃藥。

hyper + sensitive = hypersensitive

sensitive [ˈsɛnsətɪv]（adj.）敏感的
hypersensitive [ˌhaɪpəˈsɛnsətɪv]（adj.）過於敏感的；過敏性的

例 Mary has **hypersensitive** skin and needs some special cream to protect it.
瑪莉有過敏性皮膚，需要特別的乳霜來保護。

舉一反三 ▶▶▶

初級字	link [lɪŋk]（n.）環；結；聯繫 **hyperlink** [ˈhaɪpəˌlɪŋk]（n.）（電腦）超連結 例 You can click the **hyperlink** to download the file. 你可以按下這個超連結下載檔案。
	text [tɛkst]（n.）正本；文本 **hypertext** [ˈhaɪpəˌtɛkst]（n.）（電腦）超文件 例 Her report has many **hypertexts** for your reference. 她的報告有很多互連的文件可以參考。
實用字	-bol-（字根）丟；拋 **hyperbole** [haɪˈpɝbəlɪ]（n.）誇張的修辭法 例 The **hyperbole** about "car-sized burgers" attracted hundreds of customers. 「像車子一樣大的漢堡」這個誇張的說法吸引了上百位的顧客上門。

critical [ˈkrɪtɪk!] (adj.) 批評的；批判的
hypercritical [ˌhaɪpəˈkrɪtɪk!] (adj.) 吹毛求疵的；嚴苛批評的

例 The director feels that people are **hypercritical** of his movie.
該導演覺得人們對他的電影太過度吹毛求疵了。

進階字

thyroid [ˈθaɪrɔɪd] (adj.) 甲狀腺的
hyperthyroidism [ˌhaɪpəˈθaɪrɔɪdˌɪzəm] (n.) 甲狀腺機能亢進

例 The patient is experiencing rapid weight loss due to **hyperthyroidism**.
該名病患因甲狀腺機能亢進的問題而體重快速減少。

ventilation [ˌvɛnt!ˈeʃən] (n.) 通風；流通空氣
hyperventilation [ˌhaɪpəˌvɛnt!ˈeʃən] (n.) 換氣過度

例 The climber started to have **hyperventilation** on his way to the top.
登山者在到山頂的路上開始有換氣過度的現象。

Quiz Time

將下列選項填入正確的空格中

（A）active （B）sensitive （C）tension （D）link （E）critical

（　　）1. 高血壓　　= hyper + ＿＿＿＿＿＿

（　　）2. 超連結　　= hyper + ＿＿＿＿＿＿

（　　）3. 過敏性的　= hyper + ＿＿＿＿＿＿

（　　）4. 過動的　　= hyper + ＿＿＿＿＿＿

（　　）5. 吹毛求疵的 = hyper + ＿＿＿＿＿＿

解答：1. C 2. D 3. B 4. A 5. E

multi-

▶many, much，表「多的；大量的」

🎧 mp3: 058

字首 + 單字

multi + function = multifunction

function ['fʌŋkʃən]（n.）功能
multifunction [ˌmʌltɪ'fʌŋkʃən]（adj.）多功能的（= multifunctional）

例 iPhone is **multifunction** enough to replace many devices.
iPhone 功能多到足以取代許多設備。

multi + media = multimedia

media ['midɪə]（n.）媒體
multimedia [ˌmʌltɪ'midɪə]（n.）多媒體

例 The student's **multimedia** presentation was exhilarating.
該學生的多媒體報告大家都很喜歡。

字首 + 字根

multi + ply = multiply

徐薇教你記 去折很多次，便會使東西「加倍、相乘」。

-ply-（字根）折疊
multiply ['mʌltəplaɪ]（v.）乘；使相乘

例 By the third grade, you should be able to **multiply** to one thousand.
在三年級之前，你應該要夠乘到千位數。

舉一反三 ▶▶▶

初級字

-ple-（字根）折疊
multiple ['mʌltəpl̩]（adj.）多樣的；（n.）倍數

例 There are **multiple** solutions to this problem.
這個問題的解決方式有很多。

purpose [ˋpɚpəs] (n.) 目的;意圖
multipurpose [ˏmʌltɪˋpɝpəs] (adj.) 多用途的
例 This is a **multipurpose** room, so of course you can dance here.
這是一個多用途的房間,所以你當然可以在這裡跳舞。

vitamin [ˋvaɪtəmɪn] (n.) 維他命;維生素
multivitamin [ˏmʌltəˋvaɪtəmɪn] (n.) 綜合維他命
例 Taking a **multivitamin** every day keeps the body healthy.
每天服用一顆綜合維他命可以保持身體健康。

lingual [ˋlɪŋgwəl] (adj.) 舌的;語言的
multilingual [ˏmʌltɪˋlɪŋgwəl] (adj.) 通多種語言的;
(n.) 能說多種語言的人
例 **Multilingual** people have an advantage over others in business.
能說多國語言的人在商場上比其它人更有優勢。

national [ˋnæʃənl̩] (adj.) 國際的
multinational [ˏmʌltɪˋnæʃənl̩] (adj.) 多國的;跨國公司的
(n.) 跨國公司
例 **Multinational** corporations have moved many factories to China.
跨國公司已經將許多工廠移到中國大陸去了。

cultural [ˋkʌltʃərəl] (adj.) 文化的
multicultural [ˏmʌltɪˋkʌltʃərəl] (adj.) 多元文化的;融合多種文化的
例 What are the benefits of living in a **multicultural** society?
身處多元文化的社會中有哪些好處呢?

? Quiz Time

填空

( ) 1. 相乘：multi___　　　（A）ply　　　（B）ple　　　（C）plex

( ) 2. 多功能的：multi___　　（A）media　（B）function　（C）purpose

( ) 3. 多媒體：multi___　　　（A）vitamin　（B）purpose　（C）media

( ) 4. 多元文化的：multi___　（A）cultural　（B）national　（C）lingual

( ) 5. 通多種語言的：multi___（A）cultural　（B）national　（C）lingual

解答：1. A 2. B 3. C 4. A 5. C

其他字首 9

ob-

▶ （1）toward，表「向…」
　（2）against，表「反對」
　（3）over，表「全面」

字首 ob- 會依後方所接單字而改變形態，包括：oc-, of-, op-, om- 等。

🎧 mp3: 059

字首 + 字根

of + fend = offend

> **徐薇教你記**　of- 向…，-fend- 打擊。offend 朝…方向打擊，就是去「侵犯、冒犯」。

-fend-（字根）打；擊

offend [əˈfɛnd]（v.）侵犯；冒犯

例　Talking loudly during the movies will surely **offend** others.
看電影時大聲說話當然會冒犯到別人。

op + portune + ity = opportunity

徐薇教你記 op- 朝向，-port- 運輸、攜帶，port 當單字是「港口」，-ity 名詞字尾。opportunity 把東西帶到港口去，就有進出口的「機會」了。

-port- （字根）攜帶
opportunity [ˌɑpɚˈtjunətɪ] （n.）機會

例 Ruby was never given the **opportunity** to study abroad.
露比從未有機會出國去念書。

舉一反三 ▶▶▶

<table>
<tr>
<td rowspan="3">初級字</td>
<td>
obey [əˈbe] （v.）遵守

例 The kind dog **obeys** his master.
這隻乖狗狗聽從他主人的話。
</td>
</tr>
<tr>
<td>
-ject- （字根）投射
object [ˈɑbdʒɛkt] （n.）物體
        [əbˈdʒɛkt] （v.）反對

記 從對面投射來的東西，指某種「物體」；立場相對，也就是「反對」。

例 Put that **object** down before someone gets hurt!
在有人受傷前把那個東西拿下來！
</td>
</tr>
<tr>
<td>
-cup- （字根）拿、取
occupy [ˈɑkjəˌpaɪ] （v.）佔領；佔據

例 The fat man **occupied** two seats.
那個大胖子佔了兩個人的位子。
</td>
</tr>
<tr>
<td>實用字</td>
<td>
-cas- （字根）掉落
occasion [əˈkeʒən] （n.）時機；場合；理由

例 So many flowers! What's the **occasion**?
這麼多花！為什麼啊？
</td>
</tr>
</table>

-pos-（字根）放置

opposite [ˋɑpəzɪt]（n.）相反的事物；（adj.）相反的；對立的

例 The **opposite** of "black" is "white."
「黑」的相反就是「白」。

-serv-（字根）保留；維持

observe [əbˋzɝv]（v.）觀察

例 I **observed** several birds flying overhead.
我觀察了幾隻從我頭上飛過的鳥。

進階字

-pon-（字根）放置

opponent [əˋponənt]（n.）敵手；對手

例 My next **opponent** is better than me.
我的下一個對手比我還厲害。

-sess-（字根）坐

obsess [əbˋsɛs]（v.）迷往，使著迷

記 原指被邪靈附身坐在其中的樣子，引申為著迷之意。

例 She's **obsessed** with the dream to be a movie star.
她沉迷於當電影明星的美夢中。

-sta-（字根）站立

obstacle [ˋɑbstək!]（n.）障礙物；妨礙

例 This is a difficult **obstacle** to overcome.
這是一個很難克服的障礙。

Quiz Time

依提示填入適當單字，並猜出直線處的隱藏單字

1. The _____ of "happy" is "sad."

2. You shouldn't _____ two seats for just yourself.

3. The astronomers _____ the stars every day.

4. Talking loudly on the MRT will surely _____ someone.

5. "UFO"stands for unidentified flying _____.

解答：1. opposite 2. occupy 3. observe 4. offend 5. object
隱藏單字：opportunity

per-

▶through, completely，表「穿過；徹底的；完全的」

字首 per- 跟 pre- 長得很類似，容易混淆，所以要特別注意喔！

🎧 mp3: 060

字首 + 單字

per + form = perform

徐薇教你記 徹底地呈現出這個形式，就是去「執行、演出」。

form [fɔrm]（n.）形式

perform [pɚˋfɔrm]（v.）演出、執行

例 Most of the students **performed** well on the final test.
大部份的同學在期末考都表現得很好。

per + fume = perfume

徐薇教你記 噴出的大量煙霧，就是「香水」。

fume [fjum]（v.）冒煙；冒氣（n.）煙；氣

perfume [ˋpɝfjum]（n.）芳香，香水

例 Are you wearing **perfume** today?
你今天有擦香水嗎？

字首 + 字根

per + fect = perfect

徐薇教你記 做得完全、完整，才是「完美」。

-fect-（字根）做

perfect [ˋpɝfɪkt]（adj.）完美的

例 It's a **perfect** knife for cutting the steak.
這是一把切牛排的完美刀具。

> **per + sist = persist**

> **徐薇教你記** 完全徹底的站在這裡，怎麼樣都不動，就是「堅持」。

-sist- （字根）站立

persist [pɚˋsɪst] （v.）主張，堅持；持續

例 The heavy rain **persisted** throughout the night.
大雨持續下了一整晚。

字首 + 字根 + 字尾

> **per + spect + ive = perspective**

> **徐薇教你記** per- 完全的、徹底的，-spect- 看，-ive 名詞字尾。perspective 看得很透徹，指一個人的「看法」或「觀點」。

-spect- （字根）看

perspective [pɚˋspɛktɪv] （n.）看法、觀點

例 The article is about an architect's **perspective** of a house.
這篇文章是關於一個建築師對房子的觀點。

> **補充** respect 一直看著你→尊敬；inspect 往裡面看→檢查；suspect 跑到下面去看→懷疑。

舉一反三 ▶▶▶

初級字	-mit- （字根）運送
	permit [pɚˋmɪt] （v.）允許
	例 They will drop by tomorrow if time **permits**. 如果時間允許的話，他們明天會順道來拜訪。
	-ceiv- （字根）拿、握
	perceive [pɚˋsiv] （v.）知覺，察覺
	例 He **perceived** a note of anger in her voice. 他在她的聲音中察覺到憤怒之意。

實用字

severe [sə`vɪr]（adj.）嚴重的；嚴厲的
persevere [ˌpɝsə`vɪr]（v.）堅忍；堅持

例 He was so **persevering** that he finally achieved his goal and became the director of the company.
他非常堅毅所以最後達到了他的目標，並成為該公司的領導人。

-suad-（字根）主張；勸告
persuade [pə`swed]（v.）說服

例 He tried to **persuade** her to buy the cookery.
他試圖說服她買下那廚具。

進階字

-man-（字根）維持
permanent [`pɝmənənt]（adj.）永久的，不變的

例 They are looking for a **permanent** place to stay.
他們正在尋找一個可以永久居住的地方。

-vert-（字根）轉變
pervert [pə`vɝt]（v.）變壞
　　　　　[`pəvət]（n.）變態

記 徹底的轉變，由正常變成不正常。

例 The website was accused of **perverting** young children.
這個網站被控會帶壞年輕的孩子們。

-tin-（字根）握住
pertinent [`pɝtṇənt]（adj.）切題的，直接相關的；切中要害的

例 The interviewee was asked a lot of **pertinent** questions.
受訪者被問到許多切中要害的問題。

依提示填入適當單字

直↓ 1. The vendor _____ed me to buy the dress.

3. He wrote the poem from a woman's _____.

5. She wants to be a _____ wife.

橫→ 2. If the pain _____s, go to the doctor.

4. What _____ are you wearing today?

6. Many singers will _____ onstage tonight.

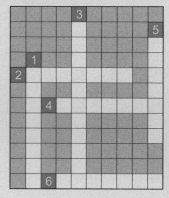

解答：1. persuade 2. persist 3. perspective 4. perfume 5. perfect 6. perform

pre-

▶ before，表「在⋯前面；事先⋯」

🔖 pre- 聽起來好像在說：「我呸！」
通常是往前呸，所以 pre- 表示「在⋯前面」。

🎧 mp3: 061

字首 + 單字

pre + view = preview

view [vju]（v.）看

preview [ˋprɪˏvju]（v.）預習

📝 We usually **preview** the lesson before class.
我們通常在課前預習功課。

字首 + 字根

pre + pare = prepare

徐薇教你記 事先處理，把需要的東西集合起來，就是「準備」或「預備」。

-par-（字根）處理；集合

prepare [prɪˋpɛr]（v.）準備

📝 Dad **prepares** breakfast for us every morning.
爸爸每天早上為我們準備早餐。

pre + dict = predict

-dict-（字根）說

predict [prɪˋdɪkt]（v.）預言；預料

📝 There wasn't any chance of **predicting** the occurrence of the earthquake.
目前沒有任何足以預測地震來襲的機會。

pre + jud + ice = prejudice

徐薇教你記 pre- 事先，-jud- 判斷（judge），-ice 名詞字尾。沒有看到就事先下了判斷，就是「偏見」。

-jud-（字根）判斷

prejudice ['prɛdʒədɪs]（n.）偏見；歧視

例 *Pride and **Prejudice** is a very famous novel.*
《傲慢與偏見》是一部非常有名的小說。

舉一反三▶▶▶

初級字	school [skul]（n.）學校 **pre**school [pri`skul]（n.）學前學校、幼兒園 例 My little sister goes to a **preschool** near my house. 我的小妹在我家附近的幼兒園上學。
	pay [pe]（v.）付款 **pre**pay [pri`pe]（v.）預先付款 例 She **prepaid** the loan when she got the money. 她拿到該筆錢後就預先拿去付貸款了。
實用字	-fer-（字根）攜帶 **pre**fer [prɪ`fɝ]（v.）較喜歡 記 在之前就先帶來，表示那是你較喜歡的東西。 例 Grandpa **prefers** rice to noodles. 外公喜歡米飯勝過麵條。
	-serv-（字根）保有；維持著 **pre**serve [prɪ`zɝv]（v.）保存；醃製（食品） 例 They **preserved** the ham in the fridge. 他們把火腿保存在冰箱裡。

進階字

-tend-（字根）伸展

pretend [prɪˋtɛnd]（v.）假裝

記 刻意過度伸展到前面去，表示誇大、作假。

例 The children **pretended** that they were prince and princess.
孩子們假裝自己是王子和公主。

-fa-（字根）說

preface [ˋprɛfɪs]（n.）序言

記 寫在書前頭的話就是序言。

例 In the **preface**, the author says the main idea of the book comes from his wife.
在序言裡，作者說這本書的主要點子來自於他的太太。

post-（字首）之後，後面

preposterous [prɪˋpɑstərəs]（adj.）荒謬可笑的

記 一下子前面，一下子後面，所以很荒謬。

例 This idea is very **preposterous**.
這個想法非常荒謬可笑。

-vent-（字根）來到

prevent [prɪˋvɛnt]（v.）避免；阻止

例 There is nothing to **prevent** us from processing the plan.
沒有任何事可以阻止我們進行這項計畫。

Quiz Time

填空

（　）1. 準備：pre＿＿＿　（A）pair　　　（B）pear　　　（C）pare

（　）2. 預習：pre＿＿＿　（A）view　　　（B）face　　　（C）tend

（　）3. 預料：pre＿＿＿　（A）serve　　　（B）dict　　　（C）vent

（　）4. 較喜歡：pre＿＿＿（A）fer　　　　（B）pay　　　（C）face

（　）5. 偏見：pre＿＿＿　（A）posterous　（B）school　　（C）judice

解答：1. C 2. A 3. B 4. A 5. C

pro-

▶forward，表「向前」

🎧 mp3: 062

字首 + 字根

pro + gram = program

徐薇教你記 把圖表往前擺出來，就是要來「擬定計劃」。

-gram- （字根）圖表；寫下來的東西

program [ˋprogræm]（n.）（1）節目；（2）計畫

例 We listen to Ruby's English learning **program** on the radio every morning.
我們每天早上都聽露比的英文教學廣播節目。

pro + pose = propose

徐薇教你記 把東西放到前面去，也就是向前去提議、提案；向前擺出姿勢，也就是求婚。

-pos- （字根）擺放

propose [prəˋpos]（v.）（1）提議；（2）求婚

例 Sam **proposed** to Jane last night.
山姆昨晚向珍求婚。

pro + tect = protect

徐薇教你記 向前去蓋住、掩護你不受傷，就是保護。

-tect- （字根）遮蓋

protect [prəˋtɛkt]（v.）保護

例 You can put on a raincoat to **protect** you from getting wet.
你可以穿雨衣來保護你不要淋濕。

舉一反三 ▶▶▶

初級字

-duc- (字根) 引導；拉出

produce [prə`djus] (v.) 生產；製作

[`pradjus] (n.) 農產品

例 The studio **produced** two movies last year.
這間工作室去年製作了兩部電影。

-mot- (字根) 移動

promote [prə`mot] (v.) (1) 促進；(2) 擢升

例 They held a press conference to **promote** her new album.
他們舉行一場記者會來宣傳她的新專輯。

實用字

-gress- (字根) 行走；踩踏

progress [`pragrɛs] (n.) 進步

[prə`grɛs] (v.) 進步

例 Lisa is making a lot of **progress** with her Chinese.
麗莎的中文進步很多。

-ject- (字根) 丟；投射

project [`pradʒɛkt] (n.) 計畫

[prə`dʒɛkt] (v.) 投射於⋯

例 Their next **project** is designing a new villa.
他們下一個計畫是設計一棟新別墅。

補充 project + -or (人或東西) = projector
可以投射、投影的東西 →投影機

-mis- (字根) 送

promise [`pramɪs] (v./n.) 承諾

例 **Promise** me that you will keep the secret.
答應我要保守秘密。

進階字

-claim- (字根) 呼叫

proclaim [prə`klem] (v.) 正式宣稱；宣告

例 David **proclaimed** that he was the best basketball player in the school.
大衛宣稱他是全校最棒的籃球選手。

-verb-（字根）說話，文字

proverb [`prɑvɝb]（n.）格言

㊟ 前人所說、特別向前提出的話，表示很重要，就是「格言、諺語」。

補充 Proverbs 表示聖經中的箴言

例 So goes the **proverb**, "No pain, no gain."
就如俗話所說：「一分耕耘，一分收穫。」

-fic-（字根）做

proficient [prə`fɪʃənt]（adj.）精通的；熟練的

例 The boy is **proficient** in English, not in Japanese.
這男孩精通的是英文，不是日文。

Quiz Time

中翻英，英翻中

（　）1. program　（A）格言　　（B）計畫　　（C）進步

（　）2. 保護　　　（A）protect　（B）project　（C）promote

（　）3. propose　（A）提議　　（B）承諾　　（C）生產

（　）4. 促進　　　（A）produce　（B）promote　（C）progress

（　）5. promise　（A）宣稱　　（B）節目　　（C）承諾

解答：1. B 2. A 3. A 4. B 5. C

trans-

▶across, beyond，表「橫跨；越過」

記 火車穿越森林高山，橫跨歐亞大陸。火車 train 和字首 trans- 很像吧！

mp3: 063

字首 + 單字

trans + plant = transplant

徐薇教你記 跨過不同的地方來種植，就是移植。

plant [plænt]（v.）種植
transplant [træns`plænt]（v.）移植

例 Thanks to the great doctor, the man survived after the heart **transplant**.
多虧了那厲害的醫生，那男人在心臟移植後活了過來。

字首 + 字根

trans + port = transport

徐薇教你記 跨越了不同的區域運送過去，就是運輸、交通。

-port-（字根）攜帶；運送
transport [`træns͵pɔrt]（n./v.）交通；運輸

例 You need to **transport** the suitcases from Boston to New York.
你得將那些行李從波士頓運送到紐約。

trans + late = translate

徐薇教你記 把意義攜帶到另一個範圍，指「翻譯」。

-lat-（字根）懷有；攜帶
translate [træns`let]（v.）翻譯

例 Call the agency that helps us **translate** from Swedish to English.
打電話給那家幫我們把瑞典語翻成英語的翻譯社。

> **trans + par + ent = transparent**

徐薇教你記 trans- 穿過，-par- 出現，-ent 形容詞字尾。transparent 能夠穿過東西出現、顯現，也就是「透明的」。

-par-（字根）出現
transp**ar**ent [træns`pɛrənt]（adj.）透明的；清澈的
例 Due to old age, the window was no longer **transparent**.
因為年代久遠，這扇窗戶不再透明了。

舉一反三 ▶▶▶

初級字	-it-（字根）走
	transit [`trænsɪt]（n./v.）運輸；輸送 例 The public **transit** in this city used to be a joke. 城裡的公共運輸曾經是個笑話。
	-fer-（字根）載運 **trans**fer [træns`fɝ]（v.）調職；轉乘 例 If you want to go to Xindian, you should **transfer** trains at this station. 如果你要去新店，你應該在這一站換車。
實用字	form [fɔrm]（n.）形式 **trans**form [træns`fɔrm]（v.）改變 例 Lady Gaga **transforms** herself completely before every concert. 女神卡卡每一場演唱會前都會來個徹底的改變。
	-mit-（字根）寄送 **trans**mit [træns`mɪt]（v.）傳播；傳達 例 In the 1800s, we had to **transmit** messages using Morse code. 在十九世紀時，我們得用摩斯密碼來傳遞訊息。

進階字

act [ækt]（v.）行為；行動
transact [træns`ækt]（v.）處理；交易
例 Let's finally **transact** the deal -- please sign here.
最後我們來處理完這樁交易吧，請在這裡簽名。

-scend-（字根）爬
transcend [træn`sɛnd]（v.）超越
例 He aims to make a movie that **transcends** cultural barriers.
他的目標是做出一部超越文化藩籬的電影。

Quiz Time

將下列選項填入正確的空格中

（A）late （B）port （C）plant （D）mit （E）form

（　　）1. 移植 = trans + ＿＿＿＿＿＿

（　　）2. 轉變 = trans + ＿＿＿＿＿＿

（　　）3. 傳播 = trans + ＿＿＿＿＿＿

（　　）4. 運輸 = trans + ＿＿＿＿＿＿

（　　）5. 翻譯 = trans + ＿＿＿＿＿＿

解答：1. C 2. E 3. D 4. B 5. A

表「人」的名詞字尾 1

-an/-ian

▶表「同類或同族群的人」，也常作形容詞

🎧 mp3: 064

單字 + 字尾

America + an = American

America [əˋmɛrɪkə]（n.）美國
American [əˋmɛrɪkən]（n./adj.）美國人（的）
例 Most **Americans** eat too much fast food.
大部分的美國人都吃太多速食了。

vegetable + ian = vegetarian

徐薇教你記 vegetable 蔬菜，vegetarian 只吃蔬菜，不吃葷食的人，指「素食者」。提醒大家，vegetable 也指植物人，vegetarian 才是吃素的人喔。

vegetable [ˋvɛdʒətəbl]（n.）蔬菜；植物人
vegetarian [ˌvɛdʒəˋtɛrɪən]（n.）素食者
例 Usually, **vegetarians** are healthier than the rest of us.
通常素食者都比我們這些人還要健康。

擬聲詞

barbar + ian = barbarian

徐薇教你記 barbar 最早是希臘人模擬外地人講話發出的聲音，覺得讓人難以理解。barbarian 後來衍生出「非希臘人」、「野蠻人」的意思。

barbaros（希臘文）外來的；奇怪的
barbarian [barˋbɛrɪən]（n.）野蠻人
例 Don't marry a **barbarian** like Bruce!
不要嫁給像布魯斯那樣的野蠻人！

2

初級字

Brazil [brəˋzɪl] （n.）巴西
Brazilian [brəˋzɪlɪən] （n.）巴西人
例 The **Brazilian** soccer team is good every year.
巴西足球隊每年都很厲害。

Canada [ˋkænədə] （n.）加拿大
Canadian [kəˋnedɪən] （n.）加拿大人
例 The English teachers are **Canadians**.
那些英文老師是加拿大人。

實用字

Russia [ˋrʌʃə] （n.）俄羅斯
Russian [ˋrʌʃən] （n.）俄羅斯人
例 Recently, more and more **Russians** are going to Beijing on vacation.
近來有越來越多的俄羅斯人到北京去度假。

history [ˋhɪstərɪ] （n.）歷史
historian [hɪsˋtorɪən] （n.）歷史學家
例 Although I'm not a **historian**, I like to read about World War One.
儘管我不是歷史學家，但我喜歡閱讀有關第一次世界大戰的書。

library [ˋlaɪ͵brɛrɪ] （n.）圖書館
librarian [laɪˋbrɛrɪən] （n.）圖書館員
例 Go ask that **librarian** to find out where the book is.
去找圖書館員問那本書在哪裡。

進階字

fruit [frut] （n.）水果
fruitarian [fruˋtɛrɪən] （n.）只吃水果的素食者
例 Don't give that hamburger to the **fruitarian**.
不要拿漢堡給只吃水果的素食者。

-ped- （字根）腳
pedestrian [pəˋdɛstrɪən] （n.）行人；步行者
例 **Pedestrians** always have the right of way.
行人一直都有路權。

❓ Quiz Time

拼出正確單字

1. 素食者 ＿＿＿＿＿＿＿＿＿＿＿

2. 美國人 ＿＿＿＿＿＿＿＿＿＿＿

3. 歷史學家 ＿＿＿＿＿＿＿＿＿＿＿

4. 加拿大人 ＿＿＿＿＿＿＿＿＿＿＿

5. 圖書館員 ＿＿＿＿＿＿＿＿＿＿＿

解答：1. vegetarian 2. American 3. historian 4. Canadian 5. librarian

表「人」的名詞字尾 2

-ant/-ent

▶表「做⋯的人、物」或「某功能的作用者」 🎧 mp3: 065

單字 + 字尾

assist + ant = assistant

徐薇教你記 從旁幫助的人，指「助手」。

assist [əˋsɪst]（v.）幫助，協助
assistant [əˋsɪstənt]（n.）助手，補助者
例 Mr. Johnson's not here, but I'm his **assistant**.
強森先生不在，我是他的助理。

serve + ant = servant

serve [sɝv]（v.）服務
servant [ˋsɝvənt]（n.）僕人，傭人
例 The house **servant** ran away after being mistreated.
這家的僕人在受到虐待後逃跑了。

字首 + 單字 + 字尾

dis + infect + ant = disinfectant

徐薇教你記 dis- 不，infect 感染，-ant…的東西。disinfectant 讓你不會感染的東西，就是「消毒劑、殺菌劑」。

disinfect [ˌdɪsɪnˈfɛkt] (v.) 消毒；殺菌
disinfectant [ˌdɪsɪnˈfɛktənt] (n.) 消毒劑；殺菌劑

例 Spray the table with **disinfectant** to kill the germs.
在餐桌上噴灑消毒劑來殺死細菌。

舉一反三▶▶▶

初級字	tenir（法文）持；握
	tenant [ˈtɛnənt] (n.) 房客；承租人
	例 The **tenant** remits his rent to the landlord every month.
	該房客每月匯租金給他的房東。
	attend [əˈtɛnd] (v.) 服侍，看護
	attendant [əˈtɛndənt] (n.) 侍從，看護者；（航空）服務員
	例 Flight **attendants** make a lot of money.
	空服員賺很多錢。
實用字	preside [prɪˈzaɪd] (v.) 擔任議長，主持會議
	president [ˈprɛzədənt] (n.) 總統，主席
	例 The **president** does not need an invitation.
	主席不需要邀請函。
	immigrate [ˈɪməˌgret] (v.) 遷入；移入
	immigrant [ˈɪməgrənt] (n.) 移民；僑民
	例 **Immigrants** have to follow the rules like the rest of us.
	移入者要和我們一樣遵守規定。

depend [dɪˋpɛnd]（v.）依靠
dependent [dɪˋpɛndənt]（n.）依賴者；受扶養的家屬
例 How many **dependents** do you have, sir?
　　先生，請問您有幾位被扶養人呢？

inhabit [ɪnˋhæbɪt]（v.）居住於；佔據
inhabitant [ɪnˋhæbətənt]（n.）居住者；居民
例 Why does the house have so many **inhabitants**?
　　為什麼這間房子有這麼多居住者？

? **Quiz Time**

填空

（　）1. 僕人：___ant 　（A）assist　（B）serv　（C）ten

（　）2. 消毒劑：___ant 　（A）depend　（B）inhabit　（C）disinfect

（　）3. 助手：___ant 　（A）serv　（B）attend　（C）assist

（　）4. 總統：___ent 　（A）depend　（B）presid　（C）immigr

（　）5. 侍從：___ant 　（A）attend　（B）ten　（C）disinfect

解答：1. B 2. C 3. C 4. B 5. A

表「人」的名詞字尾 3

-ee

▶表「被⋯的人」

名詞字尾 -er, -or, -ar 表示「做⋯動作的人」，如果是該動作的承受者，則是用 -ee。

🎧 mp3: 066

單字 + 字尾

train + ee = trainee

train [tren]（v.）訓練
trainee [tre`ni]（n.）受訓者
比 trainer 施予訓練的訓練師。
例 **Trainees** should never be by themselves.
實習生不該自己單獨行動。

employ + ee = employee

徐薇教你記 employ 雇用，employee 被雇用的人，指「員工」。

employ [ɪm`plɔɪ]（v.）雇用
employee [ˌɛmplɔɪˋi]（n.）被雇者，員工
比 employer 雇主
例 All **employees** should wash their hands before working.
所有的員工在工作前都應該先洗手。

dump + ee = dumpee

徐薇教你記 dump 甩掉某人，dumpee 被當垃圾倒掉的人，也就是「被甩的人」。

dump [dʌmp]（v.）（1）傾倒；丟棄；（2）甩掉（某人）
dumpee [dʌmˋpi]（n.）（1）廢棄物；廢棄物堆放場；（2）（戀愛中）被甩掉的人
比 甩人的人則為 dumper。
例 The **dumpee**'s land was full of trash.
廢棄物堆放場的地上滿是垃圾。

> divorce + ee = divorcee

divorce [dəˋvors] (v.) 離婚
divorcee [dəˌvorˋsi] (n.) 離婚婦女;被離婚的一方
例 The **divorcee** was free to find a new partner.
那離婚婦女終於可以自由地去尋找新的伴侶。

舉一反三▶▶▶

初級字	pay [pe] (v.) 支付 payee [peˋi] (n.) (支票等的) 受款人 例 You should write the **payee**'s name on your check. 你要在你的支票上寫上受款人的名字。
	address [əˋdrɛs] (v.) 寫地址 addressee [ˌædrɛˋsi] (n.) 收信人 例 They sent the letter to the wrong **addressee**. 他們把信寄給錯的收件人。
實用字	refer [rɪˋfɝ] (v.) 把…歸因於;提及 referee [ˌrɛfəˋri] (n.) 裁判 例 The **referee** was threatened after the game. 比賽後裁判受到威脅。
	slurp [slɝp] (v./n.) 啜食,出聲地吃喝 Slurpee [slɝˋpi] (n.) 思樂冰 (7-11 推出的冰品) 例 There is way too much sugar in a **Slurpee**. 思樂冰裡的糖太多了。
進階字	interview [ˋɪntɚˌvju] (v.) 訪問;面試 interviewee [ˌɪntɚvjuˋi] (n.) 受訪者;被面試的人 比 interviewer 進行面談的人,指採訪者、面試官。 例 That was the worst **interviewee** I have ever talked to. 那是我談過最糟的一個面試者了。

-nomin- （字根）名字

nominee [ˌnɑməˋni] （n.）被提名者

例 It's too bad that he is our party's **nominee** for presidency.
他獲提名為我們這個黨的總統候選人真的是太糟了。

? Quiz Time

依提示填入適當單字

直↓　1. The _____ answered the questions well.

　　　3. No one wants to be the _____.

　　　5. Who is the _____ of this letter?

橫→　2. The _____ will not get married again.

　　　4. The _____ learned the skill very fast.

　　　6. Every _____ should follow company policy.

解答：1. interviewee 2. divorcee 3. dumpee 4. trainee 5. addressee 6. employee

-eer

▶表示「做⋯的關係者」

字尾 -er 表「做⋯的人」，字尾 -ee 則表「被⋯的人」，但字尾 -eer 則表「做⋯的關係者」。

🎧 mp3: 067

單字 + 字尾

engine + eer = engineer

徐薇教你記 和引擎、機械裝置有關的人，就是設計機械的「工程師」。

engine [ˈɛndʒən] (n.) 引擎
engineer [ˌɛndʒəˈnɪr] (n.) 工程師
例 The project **engineer** made an egregious error.
這個專案工程師犯下了一個非常嚴重的錯誤。

mountain + eer = mountaineer

徐薇教你記 和爬山有關的人，就是「登山家」。

mountain [ˈmaʊntən] (n.) 山
mountaineer [ˌmaʊntəˈnɪr] (n.) 登山家，登山者
例 This course is for advanced **mountaineers** only.
這堂課只開給具進階程度的登山者。

auction + eer = auctioneer

徐薇教你記 和拍賣會有關的人，就是「拍賣商」。

auction [ˈɔkʃən] (n.) 拍賣、拍賣會
auctioneer [ˌɔkʃənˈɪr] (n.) 拍賣商
例 The **auctioneer** slammed the gavel on the desk.
那拍賣官在桌上敲下決標的槌子。

profit + eer = profiteer

徐薇教你記 和謀取利益有關係的人，叫做「奸商」。

profit [ˋprɑfɪt] （n.）利益，好處
profiteer [ˌprɑfəˋtɪr] （n.）牟取暴利的人；奸商；投機商
例 The **profiteer** in the scheme was the oil company.
在整個計劃裡，石油公司算是獲取暴利的一方。

舉一反三 ▶▶▶

初級字	-vol- （字根）祈願；意願 **volunteer** [ˌvɑlənˋtɪr] （n.）志願者 例 If you don't want to be a **volunteer**, I'll make you do it! 如果你不想當志願者，我會叫你去做！
	-ped- （字根）足部，腳 **pioneer** [ˌpaɪəˋnɪr] （n.）先驅者；先鋒 例 He was a **pioneer** in the field of telecommunications. 他是電信領域的先驅者。
實用字	racket [ˋrækɪt] （n.）(1) 吵鬧；喧鬧聲 (2) 騙局；敲詐 **racketeer** [ˌrækɪˋtɪr] （n.）詐騙者；敲詐勒索的人 例 The **racketeers** were arrested for loansharking. 那些敲詐者因為放高利貸而遭到逮捕。
	puppet [ˋpʌpɪt] （n.）木偶，手偶 **puppeteer** [ˌpʌpɪˋtɪr] （n.）木偶戲演員，操偶師 例 The skillful **puppeteer** just brought the puppet to life. 那位老練的操偶師把木偶變得栩栩如生。
進階字	pamphlet [ˋpæmflɪt] （n.）小冊子 **pamphleteer** [ˌpæmflɪˋtɪr] （n.）小冊子的作者 例 The officials wanted to find out who the **pamphleteer** was. 官員想要找出小冊子的作者是誰。
	gazette [gəˋzɛt] （n.）⋯報（用於名稱）；〔英〕政府公報 **gazetteer** [ˌgæzəˋtɪr] （n.）地名詞典；（地圖冊後的）地名索引 例 Does the **gazetteer** provide accurate information about this region? 這個地名詞典有提供這區的精確資訊嗎？

拼出正確單字

1. 志願者 ＿＿＿＿＿＿＿＿＿＿＿＿＿

2. 工程師 ＿＿＿＿＿＿＿＿＿＿＿＿＿

3. 先驅 ＿＿＿＿＿＿＿＿＿＿＿＿＿

4. 登山家 ＿＿＿＿＿＿＿＿＿＿＿＿＿

5. 拍賣商 ＿＿＿＿＿＿＿＿＿＿＿＿＿

解答：1. volunteer 2. engineer 3. pioneer 4. mountaineer 5. auctioneer

表「人」的名詞字尾 5

-ician

▶表「精通…的人；能手」

🎧 mp3: 068

單字 + 字尾

music + ician = musician

music [ˋmjuzɪk]（n.）音樂
musician [mjuˋzɪʃən]（n.）音樂家

例 No other **musicians** will play with the arrogant guitarist.
沒有人會要跟那個傲慢的吉他手一起演奏。

magic + ician = magician

magic [ˋmædʒɪk]（n.）魔法
magician [məˋdʒɪʃən]（n.）魔術師

例 I know all the **magician**'s tricks.
我知道所有魔術師的技巧門道。

> diet + ician = dietician

徐薇教你記 diet 日常生活的飲食，dietician 重視日常飲食營養的專家，就是「營養師」。

diet [ˋdaɪət] （n.）飲食
dietician [͵daɪəˋtɪʃən] （n.）營養師，營養學者
例 I follow the strict advice of my dietician.
我聽從營養師的嚴格建議。

舉一反三 ▶▶▶

初級字	beauty [ˋbjutɪ] （n.）美麗 beautician [bjuˋtɪʃən] （n.）美容師 例 The beautician gave Loura a perm and polished her fingernails. 那美容師幫蘿拉燙頭髮，還幫她的指甲擦上指甲油。
	cosmetics [kɑzˋmɛtɪks] （n.）化妝品 cosmetician [͵kɑzməˋtɪʃən] （n.）彩妝師 例 The country woman has never seen a cosmetician. 那名村婦從未見過彩妝師。
實用字	technique [tɛkˋnik] （n.）技術 technician [tɛkˋnɪʃən] （n.）技師 例 The technician lifted the hood to see if the tube was leaking. 技師把引擎蓋抬起來看看管子是不是在漏。
	electric [ɪˋlɛktrɪk] （adj.）電的 electrician [͵ɪlɛkˋtrɪʃən] （n.）電氣技師，電工 例 Don't call an electrician! I'll fix it myself. 不用叫電工！我自己會修。
進階字	physic [ˋfɪzɪk] （n.）醫術；醫學 physician [fəˋzɪʃən] （n.）醫師；內科醫生 例 My family physician carefully looks at my son. 我的家庭醫師仔細地看我的兒子。

optic [ˋɑptɪk]（adj.）眼睛的；視覺的
opt**ician** [ɑpˋtɪʃən]（n.）（英式）配鏡師；眼鏡商

例 The **optician** will help you get the right glasses for you.
配鏡師會幫你量身打造一副眼鏡。

Quiz Time

拼出正確單字

1. 音樂家 _____
2. 魔術師 _____
3. 營養師 _____
4. 技師 _____
5. 美容師 _____

解答：1. musician 2. magician 3. dietician 4. technician 5. beautician

表「人」的名詞字尾 6

-ier

▶表「某職業身份的人」

🎧 mp3: 069

單字 + 字尾

sol + ier = soldier

徐薇教你記 sol 在古法語指錢幣，soldier 是「士兵」，古代的士兵打仗是為了領軍餉、是有薪水的，也就是傭兵。徐薇老師教大家記，sold 是 sell 賣東西的過去式，士兵為國捐軀，就是 soldier。

sol [sol]（n.）（古法語）錢幣
soldier [ˈsoldʒɚ]（n.）士兵
例 Germany lost over three hundred **soldiers** in the battle.
德國在這場戰役中損失超過三百名士兵。

---

cash + ier = cashier

cash [kæʃ]（n.）現金
cashier [kæˈʃɪr]（n.）收銀員、出納員
例 The **cashier** gave me the wrong amount of change.
該名收銀員找給我的零錢錯了。

---

prime + ier = premier

徐薇教你記 prime 主要的、首要的，prime time 指黃金檔的電視播出時間。
premier 在政府機關做首要工作的人，就是「首相、總理」= prime minister。

prime [praɪm]（adj.）主要的
premier [prɪˈmɪr]（n.）首相、總理；（adj.）首位的；最早的
例 This movie is about the life of Britain's first female **premier**, Margaret Thatcher.
這部電影是有關英國第一位女首相柴契爾夫人的生平。

舉一反三 ▶▶▶

初級字	cloth [klɔθ]（n.）布；衣料 **clothier** [ˈklɔðɪɚ]（n.）布商；服裝商，裁縫 例 The designer's store is the finest **clothier** in the nation. 這個設計師的店是全國最棒的服裝商。
	coal [kol]（n.）煤礦 **collier** [ˈkɑljɚ]（n.）煤礦工 例 As a **collier**, my grandfather didn't make much money. 我祖父當煤礦工沒賺多少錢。
實用字	glass [glæs]（n.）玻璃 **glazier** [ˈgleʒɚ]（n.）裝玻璃的工人 例 When the **glazier** finally had finished, the glass coffee table looked stunning. 當玻璃工最後完工時，那張玻璃咖啡桌看起來真是炫目。

gondola [ˈɡɑndələ] (n.) 平底小船；纜車
gondolier [ˌɡɑndəˈlɪr] (n.) 操平底船的船夫
例 Many tourists like to take pictures with the **gondoliers** while taking the gondolas.
許多人在搭平底小船時很喜歡跟船夫拍照。

brigade [brɪˈɡed] (n.) 軍旅
brigadier [ˌbrɪɡəˈdɪr] (n.)（陸軍）准將
例 No one survived the attack -- not even the **brigadier**.
沒有人在這場攻擊中生還，甚至該名陸軍准將也沒有。

caballus（拉丁文）馬
cavalier [ˌkævəˈlɪr] (n.) 騎士；護花使者；(adj.) 輕率的
記 古代以騎馬為職業象徵的人就是騎兵、騎士，也可指護花使者、對女性殷勤的紳士。
例 **Cavaliers** are popular characters in Medieval literature.
在中世紀文學裡，騎士是很常見的一種角色。

finance [faɪˈnæns] (n.) 財務
financier [ˌfɪnənˈsɪɚ] (n.) 金融家；財務官
例 The politician is a major **financier** of our research program here at the university.
那名政治人物是我們這間大學一個研究計畫重要的財務掌控者。

? Quiz Time

填空

（　）1. 收銀員：＿＿ier　（A）prime　（B）sold　（C）cash

（　）2. 首相：＿＿ier　（A）prem　（B）cloth　（C）glaz

（　）3. 士兵：＿＿ier　（A）caval　（B）sold　（C）brigad

（　）4. 船夫：＿＿ier　（A）gondol　（B）coll　（C）financ

（　）5. 玻璃工：＿＿ier　（A）coal　（B）cloth　（C）glaz

解答：1. C 2. A 3. B 4. A 5. C

表「人」的名詞字尾 7

-ster

▶表「做⋯的人」

字尾 -ster 超好記，只要記得姊妹就是 sister，你的姊姊妹妹也是人喔。

🎧 mp3: 070

單字 + 字尾

young + ster = youngster

young [jʌŋ]（adj.）年輕的
youngster [`jʌŋstɚ]（n.）年輕人，小孩

例 Youngsters these days don't have any respect.
現代的年輕人都不太尊重他人。

game + ster = gamester

徐薇教你記 game 遊戲，gamester 喜歡玩賭博遊戲的人，指「賭徒」。

game [gem]（n.）遊戲，比賽
gamester [`gemstɚ]（n.）賭徒

例 The movie star was such a gamester that he lost all his money.
那電影明星是個超級賭徒，以致於輸光了所有的錢。

gang + ster = gangster

gang [gæŋ]（n.）幫派，惡黨
gangster [`gæŋstɚ]（n.）流氓；惡徒

例 In the movie *Monga*, gangsters often die young.
在電影《艋舺》當中，流氓通常很年輕就死了。

初級字	trick [trɪk] （n.）詭計；把戲 **trick**ster [ˋtrɪkstɚ] （n.）騙子；魔術師；妖精 例 The villagers believe that there are many **tricksters** living in the forest. 村民們相信森林裡住著許多妖精。
	prank [præŋk] （n.）胡鬧；惡作劇 **prank**ster [ˋpræŋkstɚ] （n.）愛開玩笑的人；惡作劇的人 例 The **pranksters** put a fake phone booth on the road and hid behind the wall. 那些惡作劇的人放了一個假的電話亭在路中間，並躲到牆後面去。
實用字	-mini- （字根）小 **mini**ster [ˋmɪnɪstɚ] （n.）部長；牧師 記 原指處理小事的僕人，引申為神的僕人（牧師）或是王的僕人（部長）。 例 Every Sunday, I talk with the **minister** for a few minutes. 每個星期天，我都會和牧師談幾分鐘。
	mob [mɑb] （n.）黑幫；幫派 **mob**ster [ˋmɑbstɚ] （n.）暴徒、犯罪份子 例 The movie, *The Godfather*, is about lifelong **mobsters**. 《教父》是一部關於犯罪份子一生的電影。
進階字	spin [spɪn] （v.）紡紗 **spin**ster [ˋspɪnstɚ] （n.）老處女 例 The poor **spinster** couldn't find a man. 那可憐的老處女找不到半個男人。
	dump [dʌmp] （n.）垃圾堆；（v.）丟棄 **dump**ster [ˋdʌmpstɚ] （n.）大垃圾桶 補充 Dumpster 原為美國商標名稱。 例 These poor kittens were abandoned in the **dumpster**. 這些可憐的小貓被丟在那個大垃圾桶裡。

？ Quiz Time

將下列選項填入正確的空格中

（A）gang　（B）game　（C）young　（D）trick　（E）mini

（　　）1. 賭徒　＝ _____ + ster

（　　）2. 流氓　＝ _____ + ster

（　　）3. 部長　＝ _____ + ster

（　　）4. 騙子　＝ _____ + ster

（　　）5. 年輕人 ＝ _____ + ster

解答：1. B 2. A 3. E 4. D 5. C

抽象名詞字尾 **1**

-al

▶表「狀況；行為」

通常接在動詞之後，使其變成抽象的名詞。

🎧 mp3: 071

單字 + 字尾

arrive + al = arrival

徐薇教你記　arrival 抵達的情況，表示「到達、到貨」。New Arrival 就是「新品上市」。

arrive [əˋraɪv]（v.）抵達
arrival [əˋraɪvl]（n.）到達

例　Everyone awaits the **arrival** of the rock band.
　　每個人都在等待那個搖滾樂團的抵達。

feast + al = festival

徐薇教你記　feast 享用盛宴，festival 吃得很豐盛的動作通常出現在特別的日子，就是「節慶、假日」。

feast [fist] (v.) 享用盛宴；大飽眼福、口福；(n.) 盛宴
festival [ˈfɛstəvl̩] (n.) 喜慶；節慶
例　There is an art **festival** downtown this weekend.
　　這週末在城裡有一個藝術節。

betray + al = betrayal

betray [bɪˈtre] (v.) 背叛
betrayal [bɪˈtreəl] (n.) 背叛；告密
例　The **betrayal** of his best friend made George upset.
　　被最好的朋友背叛讓喬治非常生氣。

舉一反三▶▶▶

初級字	propose [prəˈpoz] (v.) 提議；求婚 proposal [prəˈpozl̩] (n.) 提案；求婚 例　The romantic **proposal** was caught on video. 　　這場浪漫的求婚都被錄下來了。
	try [traɪ] (v.) 試驗 trial [ˈtraɪəl] (n.) 試用；試驗 例　You can download the **trial** version for free. 　　你可以免費下載試用版。
實用字	dispose [dɪˈspoz] (v.) 清除；處置 disposal [dɪˈspozl̩] (n.) 處置；處理；支配 例　I have over two hundred TV channels at my **disposal**. 　　我有超過兩百個電視頻道任我選擇。
	survive [səˈvaɪv] (v.) 生存 survival [səˈvaɪvl̩] (n.) 存活 例　In the animal world, it is the **survival** of the fittest. 　　在動物世界裡，最適者才能生存。
	withdraw [wɪðˈdrɔ] (v.) 抽回；提取 withdrawal [wɪðˈdrɔəl] (n.) 收回；撤回 例　Before the vacation, I made a large cash **withdrawal**. 　　在放假之前，我提領了大量的現金。

進階字

deny [dɪˋnaɪ]（v.）否認
denial [dɪˋnaɪəl]（n.）否認；否定
例 The country issued a **denial** about the bombing.
該國發表聲明否認曾進行轟炸。

refer [rɪˋfɝ]（v.）提及
referral [rɪˋfɝəl]（n.）轉交；送交到某處
例 You need a **referral** in order to see this specialist.
你需要有人介紹才能見到這位專家。

? Quiz Time

依提示填入適當單字

直↓　1. She rejected her boyfriend's _____.

　　　3. When is the _____ time of the flight?

　　　5. The _____ period is thirty days.

橫→　2. He was badly hurt by her _____.

　　　4. Both teams are fighting for _____ in the game.

　　　6. The band will go to the music _____.

解答：1. proposal　2. betrayal　3. arrival　4. survival　5. trial　6. festival

抽象名詞字尾 2

-ity/-ty

▶表「狀態；性格；性質」，加於形容詞之後

 🎧 mp3: 072

單字 + 字尾

safe + ty = safety

safe [sef]（adj.）安全的
safety [ˋseftɪ]（n.）安全；安全性
例 The **safety** of passengers is our greatest concern.
乘客的安全是我們最大的考量。

social + ty = society

social [ˋsoʃəl]（adj.）社會的
society [səˋsaɪətɪ]（n.）社會
例 We live in a multicultural **society**.
我們處於多元文化的社會。

curious + ity = curiosity

curious [ˋkjʊrɪəs]（adj.）好奇的
curiosity [ˏkjʊrɪˋɑsətɪ]（n.）好奇心
例 Puppies always have a lot of **curiosity** about the world.
小狗狗總是對這個世界充滿好奇。

舉一反三▶▶▶

初級字

penal [ˋpinl]（adj.）刑罰的
penalty [ˋpɛnltɪ]（n.）刑罰；處罰
例 The player got a two-minute **penalty** for tripping.
那名選手因為絆倒人被判罰兩分鐘。

liberal [ˈlɪbərəl]（adj.）自由的
liberty [ˈlɪbɚtɪ]（n.）自由

例 In a free society, people have the **liberty** to do what they want.
在一個自由的社會，人們可以自由地做他們想做的事。

實用字

major [ˈmedʒɚ]（adj.）主要的
majority [məˈdʒɔrətɪ]（n.）大部分

例 A **majority** of voters disapproves of the President.
大部分的選民不認同這個總統。

---

minor [ˈmaɪnɚ]（adj.）不重要的；次要的
minority [maɪˈnɔrətɪ]（n.）少數，小部分

例 The **minority** party has no power to stop laws.
少數黨無力阻止法律制定。

進階字

eternal [ɪˈtɝnḷ]（adj.）永遠的
eternity [ɪˈtɝnətɪ]（n.）永遠；永恆

例 It has been an **eternity** since I last saw you.
從我上次見到你到現在好像永遠一樣那麼的久。

---

prior [ˈpraɪɚ]（adj.）在前的
priority [praɪˈɔrətɪ]（n.）在前，優先

例 The **priority** seat is for the elderly and the disabled.
博愛座是給年長者和身心障礙人士。

---

noble [ˈnobḷ]（adj.）高貴的
nobility [noˈbɪlətɪ]（n.）貴族

例 In the past, the **nobility** led a life of all kinds of privileges.
在過去，貴族過著享有各種特權的生活。

抽象名詞字尾 3

-mony

▶表「結果；狀態」

🎧 mp3: 073

單字 + 字尾

testis + mony = testimony

徐薇教你記　拉丁文 testis 是證人，testimony 證人在法庭上作證的內容，就是證詞。

testis（拉丁文）證人
testimony ['tɛstəˌmonɪ]（n.）證詞；證據，證明
例　The jury had doubts about his **testimony**.
陪審團對他的證詞有些懷疑。

mater + mony = matrimony

徐薇教你記　拉丁文 mater 指母親，matrimony 成為母親，也就是有婚姻關係。

mater（拉丁文）母親
matri**mony** [ˋmætrəˌmonɪ]（n.）婚姻；婚姻生活

例 William and Catherine took the vows to enter holy **matrimony**.
威廉和凱薩琳說了誓言進入神聖的婚姻生活。

(**caere** + **mony** = **cere**mony)

Caere（拉丁文）古羅馬城市名
cere**mony** [ˋsɛrəˌmonɪ]（n.）儀式；典禮

徐薇教你記　Caere 為古羅馬城市名，據說最早各種宗教儀式都是在這裡進行，後來 ceremony 就演變出儀式的意思。

例 The bridegroom sang a love song in the wedding **ceremony**.
新郎在結婚典禮上唱了一首情歌。

(**harmos** + **mony** = **har**mony)

harmos（希臘文）接合處
har**mony** [ˋhɑrmənɪ]（n.）和諧；和聲

例 Our goal is to make people and animals live in **harmony**.
我們的目標是讓人類和動物和諧共處。

舉一反三▶▶▶

初級字	*al-（古字根）滋養 ali**mony** [ˋæləˌmonɪ]（n.）贍養費 例 The rich man refused to pay **alimony** or child support. 那個有錢人拒絕付贍養費和小孩養育費。
	pater（拉丁文）父親 patri**mony** [ˋpætrəˌmonɪ]（n.）父親的遺產；祖產；繼承物 例 Her **patrimony** was her father's farm. 她從她父親那繼承了農地。
實用字	acrid [ˋækrɪd]（adj.）（氣味）辛辣的，苦的；刺激的，嗆人的 acri**mony** [ˋækrəˌmonɪ]（n.）（言語、態度）尖刻毒辣；敵意，仇視 例 They decided to separate so that their children could grow up without daily **acrimony**. 他們決定分開，好讓他們的孩子不用在每天的苦毒之下成長。

sanctus（拉丁文）神聖的
sanctimony [ˈsæŋktəˌmonɪ]（n.）假裝神聖，道貌岸然，偽善

補充 最早是神聖的意思，但現在演變為反諷用法。

例 The religious leader was actually full of **sanctimony**.
那名宗教領袖其實都是假裝聖潔。

進階字

parcere（拉丁文）節省，儲蓄
parsimony [ˈpɑrsəˌmonɪ]（n.）吝嗇
例 Her mother-in-law's **parsimony** was well known.
大家都知道她婆婆很吝嗇。

hēgemṓn（希臘文）領袖
hegemony [hɪˈdʒɛmənɪ]（n.）（對其他國的）霸權，支配權
例 The two nations are always competing for **hegemony** in Asia.
這兩個國家一直在爭奪亞洲霸權。

Quiz Time

依提示拼出正確單字

1. The _____ of the witness didn't correspond with the defendant's.
（該證人的證詞和被告的證詞並不一致。）

2. We all attended my cousin's graduation _____.
（我們都參加了我表哥的畢業典禮。）

3. We hope for a society where everyone lives in _____.
（我們期望有一個所有人和諧共處的社會。）

4. The rich man refused to pay _____ or child support.
（那個有錢人拒絕付贍養費和小孩養育費。）

5. They took the vows to enter holy _____.
（他們說了誓言進入神聖的婚姻生活。）

解答：1. testimony 2. ceremony 3. harmony 4. alimony 5. matrimony

抽象名詞字尾 4

-(o)logy

▶表「學科」

🎧 mp3: 074

2

單字 + 字尾

zoo + logy = zoology

zoo [zu]（n.）動物園
zoology [zoˋɑlədʒɪ]（n.）動物學

例 Animal care fascinates me, so I study **zoology**.
照顧動物令我嚮往，所以我去念動物學。

immune + ology = immunology

immune [ɪˋmjun]（adj.）免疫的
immunology [ˌɪmjəˋnɑlədʒɪ]（n.）免疫學

例 Due to better **immunology**, infections in this country went down 30%.
因為有更好的免疫學，這個國家的感染率減少了百分之三十。

字根 + 字尾

derma + ology = dermatology

-derma-（字根）皮膚
dermatology [ˌdɝməˋtɑlədʒɪ]（n.）皮膚病學

例 After she learned about **dermatology**, her skin got better.
在她學了皮膚病學後，她的皮膚變得好多了。

舉一反三 ▶▶▶

初級字	-bio-（字根）生命 biology [baɪˋɑlədʒɪ]（n.）生物學 例 The **biology** teacher tells interesting stories on the whole creation. 生物學老師說有關世界萬物的有趣故事。

-eco-（字根）環境

ecology [ɪˈkɑlədʒɪ]（n.）生態學

例 The **ecology** lesson focused on global warming.
生態學課的焦點在全球暖化。

society [səˈsaɪətɪ]（n.）社會
sociology [ˌsoʃɪˈɑlədʒɪ]（n.）社會學

例 The **sociology** experiment showed how humans behave in an emergency.
這個社會學實驗說明人類在緊急情況時的行為。

-techn-（字根）技藝，技術

technology [tɛkˈnɑlədʒɪ]（n.）科技；技術（縮寫為 tech）

例 You need to learn more about **technology** to be a good science teacher.
你需要學習更多的科技以成為一位好的理化老師。

-astro-（字根）星星

astrology [əˈstrɑlədʒɪ]（n.）占星術

例 The writer fancies herself an expert in **astrology**.
該作家自認是占星專家。

meteor [ˈmitɪə]（n.）流星；（古）大氣現象
meteorology [ˌmitɪəˈrɑlədʒɪ]（n.）氣象學；大氣狀態

例 It takes years to understand the finer aspects of **meteorology**.
理解細部的氣象狀態需要花很多年的時間。

physic [ˈfɪzɪk]（n.）藥劑；醫術
physiology [ˌfɪzɪˈɑlədʒɪ]（n.）生理學

例 We dissected a frog in **physiology** class.
我們在上生理學時解剖青蛙。

Quiz Time

填空

( ) 1. 生物學：＿＿logy （A）bio （B）eco （C）zoo

( ) 2. 占星術：＿＿logy （A）derma （B）astro （C）meteor

( ) 3. 免疫學：＿＿ology （A）soci （B）physi （C）immun

( ) 4. 科技：＿＿ology （A）soci （B）techn （C）astro

( ) 5. 皮膚病學：＿＿ ology （A）zoo （B）dermat （C）immun

解答：1. A 2. B 3. C 4. B 5. B

抽象名詞字尾 5

-ure

▶表「過程；結果；上下關係的集合體」，加在動詞後

🎧 mp3: 075

單字 + 字尾

create + ure = creature

徐薇教你記 神所創造出的結果，那就是「生物」。

create [krɪˋet]（v.）創造

creature [ˋkritʃɚ]（n.）（神的）創造物；生物

例 The outer space **creature** glowed with a green light.
那個外太空生物發出綠光。

please + ure = pleasure

please [pliz]（v.）取悅
pleasure [ˈplɛʒɚ]（n.）愉快，快樂
例 He takes **pleasure** in swimming two kilometers a day.
他很享受每天游泳兩公里。

signal + ure = signature

徐薇教你記 發出信號、表明自己的身份的過程、結果，指「簽名、簽字」。

signal [ˈsɪɡnḷ]（v.）發出信號；表明
signature [ˈsɪɡnətʃɚ]（n.）簽字
例 Please sign here where it says, "signature."
請在有寫「簽名欄」的地方簽名。

比較 { signature 具有正式的法律效用的簽名，如：簽支票
autograph 具有紀念性質的簽名，如：明星簽名

字根 + 字尾

pict + ure = picture

-pict-（字根）畫
picture [ˈpɪktʃɚ]（n.）畫；照片（v.）畫；想像
例 Peter enjoys taking **pictures** of his beloved daughter.
彼得很愛幫他親愛的女兒拍照。

nat + ure = nature

徐薇教你記 與生俱來的就是最自然的本質

-nat-（字根）出生，天生
nature [ˈnetʃɚ]（n.）自然；本質
例 As a **nature** lover, Jenny has decided to live in the countryside.
作為一個愛好大自然的人，珍妮決定要搬到鄉下去住了。

初級字

fail [fel]（v.）失敗
failure [ˈfeljɚ]（n.）失敗
例 You are such a **failure**! Get out of my life!
你太失敗了！快離開我的生活！

-liter-（字根）文字
literature [ˈlɪtərətʃɚ]（n.）文學
記 將所有文字集合起來，就是「文學」。
例 Amy wants to study **literature**, not science.
艾咪想要讀文學，不是科學。

實用字

expose [ɪkˈspoz]（v.）暴露
exposure [ɪkˈspoʒɚ]（n.）暴露；亮相、報導
例 The child has had too much **exposure** to popular idols.
那孩子已接觸了太多流行偶像明星。

furnish [ˈfɝnɪʃ]（v.）給（房間）配置（傢俱）；裝備
furniture [ˈfɝnɪtʃɚ]（n.）傢俱
例 Don't touch the **furniture** with your muddy pants!
不要用你的髒褲子碰那傢俱！

press [prɛs]（v.）壓
pressure [ˈprɛʃɚ]（n.）壓力
例 Teachers in Taiwan have a lot of **pressure**.
台灣的老師壓力很大。

進階字

expend [ɪkˈspɛnd]（v.）花費
expenditure [ɪkˈspɛndɪtʃɚ]（n.）經費；開支
例 Make a list of the company **expenditures**.
把公司的經費開支列一個清單。

seize [siz]（v.）捕捉，把握
seizure [ˈsiʒɚ]（n.）捕獲
例 There was a **seizure** of drugs by the police last night.
昨晚警方查獲毒品。

抽象名詞字尾 **-ure**

填空

（　）1. 愉快：＿＿＿ure　（A）expos　（B）press　（C）pleas

（　）2. 生物：＿＿＿ure　（A）creat　（B）furnit　（C）literat

（　）3. 簽字：＿＿＿ure　（A）literat　（B）signat　（C）expendit

（　）4. 失敗：＿＿＿ure　（A）fail　（B）seiz　（C）expos

（　）5. 自然：＿＿＿ure　（A）pict　（B）creat　（C）nat

解答：1. C　2. A　3. B　4. A　5. C

動詞字尾 1

-ate

▶表「做出…動作」

ate 原為拉丁語的過去分詞，可以是動詞字尾或形容詞字尾。

🎧 mp3: 076

字首＋字根＋字尾

se + par + ate = separate

徐薇教你記　把準備的東西分開來的這個動作，就是「分離」。

se-（字首）分開

　-par-（字根）準備

separate [ˈsɛpəˌret]（v.）分離

例　The woman wants to **separate** from her horrible husband.
那女人想要離開她那可怕的丈夫。

ap + preci + ate = appreciate

徐薇教你記　定了價格就有了價值，appreciate 朝著有價值的方向去，表示「欣賞、感激」。

ap-（字首）朝…方向去（= 字首 ad-）
　-preci-（字根）價格
appreciate [ə`priʃɪet]（v.）感激；欣賞

例　My father doesn't **appreciate** my musical talents.
　　我爸爸不欣賞我的音樂天份。

---

am + put + ate = amputate

徐薇教你記　圍繞著一個範圍把它切出來，特別指修剪掉身體的一部分，就是「截肢」。

am-（字首）圍繞著（= 字首 ambi-）
　-put-（字根）切，修剪
amputate [`æmpjəˌtet]（v.）截肢

例　I think we need to **amputate** this leg, doctor.
　　醫生，我認為我們需要截掉這條腿。

外來語音 + 字尾

assassin + ate = assassinate

徐薇教你記　assassin 來自中古世紀時阿拉伯語的 hashishiyyin，意思是使用大麻葉的人（hashish-users），再加上動詞字尾 -ate。

assassin [ə`sæsɪn]（n.）暗殺者；刺客
assassinate [ə`sæsɪnˌet]（v.）暗殺

例　The crazy criminal wants to **assassinate** the President.
　　那瘋狂罪犯想要暗殺總統。

舉一反三▶▶▶

初級字	-cre-（字根）生長
	create [krɪ`et]（v.）創造
	例　I want you to **create** a new product for this company.
	我想要你為這家公司創造一個新產品。
	-lev-（字根）輕的
	elevate [`ɛləˌvet]（v.）上升；提拔
	例　My wife has been **elevated** to the director of the financial department.
	我老婆被擢升為財務部門的領導人。

實用字	-fac- （字根）做 **fascinate** [ˈfæsn̩ˌet] （v.）使迷惑 例 Observing the Great Wall of China always **fascinates** me. 看著中國的長城總是令我目眩神迷。 image [ˈɪmɪdʒ] （n.）形象 **imitate** [ˈɪməˌtet] （v.）模仿 例 Don't **imitate** your father's behavior! 別學你爸的行為！
進階字	con- （字首）一起 　-grat- （字根）使愉悅；喜好 **congratulate** [kənˈgrætʃəˌlet] （v.）祝賀；恭喜 例 I **congratulate** you on a job well done. 恭喜你這個工作做得好。 island [ˈaɪlənd] （n.）島嶼 **isolate** [ˈaɪsl̩ˌet] （v.）使孤立 例 We need to **isolate** our opponent, and then destroy him. 我們得孤立我們的對手，然後毀滅他。

? **Quiz Time**

從選項中選出適當的字填入空格中使句意通順

appreciate / separate / amputate / imitate / create

1 The government promised to _____ more job opportunities for the youth.

2. The doctor had to _____ your foot to prevent more infection.

3. I don't know how to _____ egg whites from yolks.

4. I _____ your kindness and would like to thank you once again.

5. Some young singers tend to _____ their musical idols.

動詞字尾 2

-ish

▶表「做…；使…」
字尾 -ish 源自古法文 -iss，表示現在分詞的字尾。

🎧 mp3: 077

單字 + 字尾

cher + ish = cherish

徐薇教你記　使你成為親愛的就表示很重視珍惜你。

cher（古法文）親愛的
cherish [ˈtʃɛrɪʃ]（v.）珍惜

例　I **cherish** the friendship between our two families.
我非常珍惜我們兩家之間的友誼。

字根 + 字尾

fin + ish = finish

徐薇教你記　做出完結的動作，也就是完成一項活動。

-fin-（字根）界限，結束
finish [ˈfɪnɪʃ]（v.）完成；結束

例　When will they **finish** the renovation? It's so noisy.
他們什麼時候會完成裝修啊？好吵喔！

dis + stingu + ish = distinguish

徐薇教你記 dis- 分離，-stingu- 刺、戳，用刺的方式去做標記並依此將東西分開來，就是區分。

-stingu-（字根）刺、戳
distinguish [dɪˋstɪŋgwɪʃ]（v.）區分

例 How can you **distinguish** between the twin sisters?
你是怎麼區分這對雙胞胎姊妹的？

字首 + 字首 + 字根 + 字尾

ac + com + pli + ish = accomplish

徐薇教你記 ac- 去，com- 加強語氣，字根 -pli- 表充滿，把原來缺乏的填滿就是實現、達成了目標。

-pli-（字根）充滿
accomplish [əˋkɑmplɪʃ]（v.）完成；實現；達到

例 The coach asked him to set the goal and try hard to **accomplish** it.
教練要他設定目標並努力達到。

舉一反三▶▶▶

<table>
<tr>
<td rowspan="3">初級字</td>
<td>public [ˋpʌblɪk]（adj.）公開的；公眾的
publish [ˋpʌblɪʃ]（v.）出版；發表；公佈</td>
</tr>
<tr>
<td>例 The famous novelist has **published** at least seven thrillers.
這位知名小說家已經出版了至少七本驚悚小說。</td>
</tr>
</table>

初級字	ban [bæn]（v.）禁止；（n.）禁令 banish [ˋbænɪʃ]（v.）驅逐；放逐
	例 Instead of killing him, the king **banished** him to an uninhabited island. 國王沒有殺死他，反而將他放逐到一個無人居住的島上。

實用字	stable [ˋstebl]（adj.）穩固的 establish [əˋstæblɪʃ]（v.）建造，建立；創立
	記 源自字根 -sta- 站立，使東西站穩就是在建造。
	例 We're going to **establish** a new research center in the city this year. 我們今年會在這座城市建造新的研究中心。

tonare（拉丁文）打雷

astonish [ə'stɑnɪʃ]（v.）使吃驚

例 What **astonished** me most was that Aunt Ruby still looked twenty-five years old.
最讓我驚訝的是露比阿姨看起來還是像二十五歲。

ab-（字首）離開

abolish [ə'bɑlɪʃ]（v.）廢除

例 The students had a debate on whether to **abolish** the school dress codes.
學生們針對是否廢除服儀規定進行了辯論。

進階字

-mon-（字根）忠告，提醒

admonish [əd'mɑnɪʃ]（v.）告誡，警告；責備

例 The old man **admonished** the kids to stay away from his lawn.
那老人家警告那些小孩離他的草皮遠一點。

-flor-（字根）花

flourish ['flɝɪʃ]（v.）繁榮；蓬勃發展

例 The experts didn't expect the real estate industry to **flourish** over the next decade.
專家們並不期待房地產業在未來十年能蓬勃發展。

furnir（古法文）備有

furnish ['fɝnɪʃ]（v.）為 …配備傢俱；提供

例 Every bedroom was **furnished** with a closet.
每個臥房都配有壁櫥。

de-（字首）往下
molis（拉丁文）建造

demolish [dɪ'mɑlɪʃ]（v.）拆毀；推翻

例 The old houses will be **demolished** and replaced by the skyscrapers.
這些老房子會被拆掉並蓋上摩天大樓。

-min-（字根）小的

diminish [də'mɪnɪʃ]（v.）減少；縮小

例 The itch will gradually **diminish** after you apply the ointment.
你擦了藥膏之後就會漸漸不這麼癢了。

填空

( ) 1. 區分：_____ish （A）accompl （B）distingu （C）establ

( ) 2. 實現：_____ish （A）admon （B）abol （C）accompl

( ) 3. 結束：_____ish （A）fin （B）aston （C）demol

( ) 4. 珍惜：_____ish （A）ban （B）cher （C）furn

( ) 5. 出版：_____ish （A）demin （B）flour （C）publ

解答：1.B 2. C 3. A 4. B 5. C

形容詞字尾 1

-al/-ial

▶表「屬性；情況」，加在名詞後

如果放在動詞之後當名詞字尾，表示「行為；狀況」。

🎧 mp3: 078

單字 + 字尾

norm + al = normal

徐薇教你記 符合規範的情況，指「正常的、標準的」。

norm [nɔrm]（n.）正常行為；規範
normal [ˋnɔrml]（adj.）正常的；標準的

例 Try to act **normal** when you are around Hank.
你和漢克一起時舉止要正常一點。

confidence + ial = confidential

徐薇教你記 保持互相信任的情形、私密的情況，表示「機密的」。

confidence [ˋkɑnfədəns]（n.）信任；機密
confidential [͵kɑnfəˋdɛnʃəl]（adj.）機密的
例 The information in the report is strictly **confidential**.
報告裡的資訊非常機密。

(**territory** + al = **territorial**)

territory [ˋtɛrə͵torɪ]（n.）領土；領域
territorial [͵tɛrəˋtorɪəl]（adj.）領土上的；領域性的
例 Wolves are **territorial** animals.
狼是具有領域性的動物。

字根 + 字尾

(**equ** + al = **equal**)

徐薇教你記 雙方一致的情況，就是「相等的、均等的」。

-equ-（字根）一致、同等
equal [ˋikwəl]（adj.）相等的；平等的
例 All men are **equal** as far as I'm concerned.
就我所知，所有人都是平等的。

舉一反三▶▶▶

初級字	-mort-（字根）死亡 mortal [ˋmɔrtl̩]（n.）凡人；會死的人（adj.）死的；臨死的 例 He is a mere **mortal**; thus, he won't live much longer. 他只不過是個凡人，所以他不會活太久。
	part [pɑrt]（n.）部分 partial [ˋpɑrʃəl]（adj.）部分的 例 This is a **partial** payment -- you'll get the rest later. 這只是一部份的付款，你晚一點會拿到全部。
實用字	brute [brut]（n.）畜生，禽獸 brutal [ˋbrutl̩]（adj.）殘忍的；野蠻的 例 The violence in this movie is quite **brutal**. 這部電影裡的暴力十分殘忍。

structure [ˈstrʌktʃɚ]（n.）建築；結構
structural [ˈstrʌktʃərəl]（adj.）結構上的
例 There is a **structural** problem with this building.
這棟建築物有結構上的問題。

foedus（拉丁文）條約
federal [ˈfɛdərəl]（adj.）國家的；聯邦的
例 There is a **federal** law which prohibits littering in parks.
聯邦法案禁止在公園裡亂丟垃圾。

-punct-（字根）刺
punctual [ˈpʌŋktʃuəl]（adj.）準時的
例 We remain committed to delivering **punctual** and reliable services.
我們致力於提供準時且可靠的服務。

? Quiz Time

從選項中選出適當的字填入空格中使句意通順

confidential / normal / equal / partial / brutal

1. It is _____ to kick the puppy like that.

2. Please make sure everyone gets _____ shares of food.

3. It is _____ for a newborn baby to cry at midnight.

4. I always lock the _____ documents in my cabinet.

5. Sorry, we only have _____ answers to this question.

解答：1. brutal 2. equal 3. normal 4. confidential 5. partial

形容詞字尾 2

-ant/-ent

▶表「具…性的」

除了當名詞字尾，表「做…的人或物」，也可當形容詞字尾，通常加於動詞後。

🎧 mp3: 079

單字 + 字尾

differ + ent = different

differ [ˈdɪfɚ]（v.）相異
different [ˈdɪfərənt]（adj.）有異的，不同的

例 There are **different** ways of looking at this problem.
有幾種不同的方式來看待這個問題。

please + ant = pleasant

徐薇教你記 具備取悅人的性質，表示「開心的、愉快的」。

please [pliz]（v.）取悅
pleasant [ˈplɛznt]（adj.）愉快的，高興的

例 Helen is a **pleasant** person once you get to know her.
你認識海倫你就知道她是個令人開心的人。

persist + ent = persistent

徐薇教你記 堅持己見的性質，指「固執的、頑固的」。

persist [pɚˈsɪst]（v.）堅持；固執
persistent [pɚˈsɪstənt]（adj.）頑固的

例 The **persistent** girl finally got the job.
那執著的女孩最後得到了工作。

舉一反三 ▶▶▶

初級字	**-lig-**（字根）選擇 **diligent** [ˋdɪlədʒənt]（adj.）勤勉的；勤勞的 例 The **diligent** student passed the test finally. 那勤奮的學生終於通過了考試。
實用字	**convene** [kənˋvin]（v.）召集會議 **convenient** [kənˋvinjənt]（adj.）方便的 例 Taking the freeway is more **convenient** than taking local roads. 走高速公路會比走地方道路來得方便。
	excel [ɪkˋsɛl]（v.）優於 **excellent** [ˋɛkslənt]（adj.）優秀的 例 She is an **excellent** pianist. 她是位優秀的鋼琴家。
進階字	**indignus**（拉丁文）不值得的，不雅的 **indignant** [ɪnˋdɪgnənt]（adj.）憤怒的；憤慨的 例 She is so **indignant** that she just won't accept my apology. 她太憤怒了以致於不能接受我的道歉。
	prevail [prɪˋvel]（v.）流行，普及 **prevalent** [ˋprɛvələnt]（adj.）流行的，一般的 例 He is one of the more **prevalent** thinkers about this subject. 他是關於這個主題較為主流的思想家之一。
	triumph [ˋtraɪəmf]（n.）大勝利 **triumphant** [traɪˋʌmfənt]（adj.）勝利的；成功的 例 After the long game, the Eagles were **triumphant**. 經過長時間的比賽之後，老鷹隊終於獲勝了。

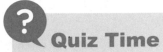

Quiz Time

填空

( ) 1. 愉快的：___ant （A）persist （B）prevail （C）pleas

( ) 2. 執著的：___ent （A）persist （B）prevail （C）pleas

( ) 3. 勤勞的：___ent （A）differ （B）dilig （C）indign

( ) 4. 不同的：___ent （A）please （B）triumph （C）differ

( ) 5. 方便的：___ent （A）excell （B）conveni （C）persist

解答：1.C 2.A 3.B 4.C 5.B

形容詞字尾 3

-ate

▶表「有⋯性質的」

-ate 除了當動詞字尾，也可以當形容詞字尾，通常加在名詞後，表示一種狀態。

🎧 mp3: 080

單字 + 字尾

passion + ate = passionate

徐薇教你記 pass 傳出去，-ion 名詞字尾，passion 把內心澎湃的感情不斷傳出去，表示「熱情」。passionate 熱情的狀態，指「狂熱的、熱情的」。

passion [ˋpæʃən]（n.）熱情
passionate [ˋpæʃənɪt]（adj.）狂熱的

例 If you are **passionate** about your job, you will be successful.
如果你對你的工作有狂熱，你將會成功。

徐薇教你記 fortunate 強調長時間的好命；lucky 比較指短暫的、一次機會的好運氣。

fortune [ˋfɔrtʃən]（n.）幸運；財富
fortunate [ˋfɔrtʃənɪt]（adj.）幸運的

例 We were **fortunate** to have the chance to see our idol in person.
我們很幸運有機會親眼見到我們的偶像。

model + ate = moderate

徐薇教你記 照著模範不超出範圍，指「適度的」；不過於激烈則指「穩健的」。

model [ˋmɑdḷ]（n.）模型；典範
moderate [ˋmɑdərɪt]（adj.）適度的，適當的；穩健的，溫和的

例 He is only a **moderate** supporter of our political party.
他只是我們這個政黨的溫和支持者而已。

字首 + 字根 + 字尾 ▶

ac + cur + ate = accurate

徐薇教你記 去照顧得很好表示沒有偏誤、非常精確。

ac-（字首）去、向
　-cur-（字根）照顧
accurate [ˋækjərɪt]（adj.）精確的

例 The politician wasn't very **accurate** with his facts.
那名政客的情報並沒有很精確。

2

初級字

se-（字首）分開
　-par-（字根）準備
separate [ˈsɛpərɪt]（adj.）分開的；不同的
例　He tries to keep his public life **separate** from his private life.
　　他設法讓自己的公共生活和私人生活分開。

consider [kənˈsɪdə]（v.）考慮；細想
considerate [kənˈsɪdərɪt]（adj.）體貼的；考慮周到的
例　The **considerate** teacher let us study for the big test.
　　那體貼的老師讓我們為大考念書。

實用字

de-（字首）離開
　-lic-（字根）誘使
delicate [ˈdɛləkət]（adj.）精緻的；纖弱的
記　精緻美好的事物會引誘人。
例　Don't touch the **delicate** vase!
　　不要碰那個脆弱的花瓶！

affection [əˈfɛkʃən]（n.）愛情，情愛
affectionate [əˈfɛkʃənɪt]（adj.）摯愛的；深情的
例　Generally speaking, dogs are more **affectionate** animals than cats.
　　一般說來，狗比貓更有感情。

進階字

labor [ˈlebə]（n./v.）勞動
elaborate [ɪˈlæbərɪt]（adj.）精心製作的；煞費苦心的
例　The chef made an **elaborate** cake for his own wedding.
　　這個大廚為他自己的婚禮精心製作了一個蛋糕。

-sed-（字根）坐
sedate [sɪˈdet]（adj.）平靜安詳的；緩慢的
例　The Queen walked at a **sedate** pace, waving to the public.
　　女王沉著緩慢地走著，一邊向大眾揮著手。

? Quiz Time

中翻英，英翻中

( ) 1. fortunate （A）有錢的 （B）幸運的 （C）幸福的

( ) 2. 狂熱的 （A）passionate （B）affectionate （C）moderate

( ) 3. considerate （A）精緻的 （B）適度的 （C）體貼的

( ) 4. 分開的 （A）separate （B）accurate （C）elaborate

( ) 5. accurate （A）纖弱的 （B）精確的 （C）精心製作的

解答：1.B 2.A 3.C 4.A 5.B

形容詞字尾 4

-en

▶表「…材質的」

常加於物質名詞後方，表示由某物質做成的。這類形容詞通常也引申出抽象涵義。

🎧 mp3: 081

單字 + 字尾

gold + en = golden

gold [gold]（n.）黃金；金色；（adj.）金質的；金色的
golden [`goldṇ]（adj.）金色的；金質的；美好的，成功的
例 The model has beautiful **golden** hair.
那名模特兒有一頭美麗的金髮。

wood + en = wooden

wood [wʊd]（n.）木頭，木材；（adj.）木製的
wooden [`wʊdṇ]（adj.）木製的；呆板的

例 There are some **wooden** benches in the park.
公園裡有一些木頭長凳。

舉一反三 ▶▶▶

初級字

wool [wʊl]（n.）羊毛
woolen [ˋwʊlən]（adj.）羊毛製的
補充 英式拼法 woollen。

例 This **woolen** scarf can only be washed by hand.
這條羊毛圍巾只能手洗。

實用字

earth [ɝθ]（n.）泥土，土壤
earthen [ˋɝθən]（adj.）土製的；陶製的

例 The cabin has an **earthen** floor.
小屋的地板是泥地。

lead [lɛd]（n.）鉛
leaden [ˋlɛdn̩]（adj.）鉛灰色的；鉛製的；沈悶的

例 The sun was hiding behind thick, **leaden** clouds.
太陽躲在厚重灰暗的雲層後面。

進階字

silk [sɪlk]（n.）絲綢
silken [ˋsɪlkn̩]（adj.）絲綢的；柔軟光滑的；（聲音）柔和的

例 The woman wore a pink **silken** blouse.
那女人穿了一件粉紅色的絲綢上衣。

brass [bræs]（n.）黃銅
brazen [ˋbrezn̩]（adj.）厚顏無恥的；黃銅製的；黃銅色的
補充 brazen 原指黃銅製或黃銅色的，現在主要表示其引申涵義，即明目張膽、厚顏無恥的。

例 That guy just told a **brazen** lie.
那傢伙不知羞恥的撒謊。

? Quiz Time

將下列選項填入正確的空格中

（A）wood （B）wool （C）gold （D）silk （E）lead

（　　）1. 羊毛製的 = _____ + en

（　　）2. 絲綢的　 = _____ + en

（　　）3. 鉛製的　 = _____ + en

（　　）4. 木製的　 = _____ + en

（　　）5. 金色的　 = _____ + en

解答：1.B 2.D 3.E 4.A 5.C

 形容詞字尾 5

-ic

▶表「…似的；屬於…的；關於…的」

 🎧 mp3: 082

單字 + 字尾

pub + ic = public

徐薇教你記　和很多人去的小酒館一樣人聲鼎沸，表示「公眾的」。

pub [pʌb]（n.）酒館、酒吧
public [ˈpʌblɪk]（adj.）公眾的

例　There is a **public** library around the street corner.
在街角有一個公共圖書館。

形容詞字尾 -ic

hero + ic = heroic

hero [ˈhɪro]（n.）英雄
heroic [hɪˈroɪk]（adj.）英雄的
例 The prince was **heroic** in saving the princess.
王子很英勇地救了那個公主。

energy + ic = energetic

energy [ˈɛnədʒɪ]（n.）活力
energetic [ˌɛnəˈdʒɛtɪk]（adj.）充滿活力的
例 You must be **energetic** to be an elementary school teacher.
要當小學老師你必須要充滿活力。

舉一反三 ▶▶▶

初級字

comedy [ˈkɑmədɪ]（n.）喜劇
comic [ˈkɑmɪk]（adj.）喜劇的；使人發笑的
例 The movie was a **comic** tale filled with laughs.
那部電影是個充滿笑聲的喜劇故事。

reality [rɪˈælətɪ]（n.）真實；現實
realistic [ˌrɪəˈlɪstɪk]（adj.）寫實的；逼真的
例 You have to be **realistic** with your expectations.
對預期的狀況你應該要實際一點。

angel [ˈendʒl̩]（n.）天使
angelic [ænˈdʒɛlɪk]（adj.）天使的；天國的
例 She truly looks **angelic** skating on the ice.
她在冰上溜冰時看起來有如天使。

實用字

class [klæs]（n.）等級、階級
classic [ˈklæsɪk]（adj.）經典的；有代表性的；(n.)經典作品；典範
例 The band played one of his **classic** songs at the party.
那個樂團在派對上演奏了他的一首經典歌曲。

economy [ɪˈkɑnəmɪ] （n.）經濟
economic [ˌikəˈnɑmɪk] （adj.）經濟上的
例 The bank could not avoid the **economic** collapse.
這家銀行無法避免經濟崩盤。

policy [ˈpɑləsɪ] （n.）政策
politic [ˈpɑləˌtɪk] （adj.）有策略的，明智的
例 It would not be **politic** for you to attend the meeting.
你參加那個會議不是很妥當。

academy [əˈkædəmɪ] （n.）學院；大學
academic [ˌækəˈdɛmɪk] （adj.）學院的；學術的
例 His **academic** performance is mediocre.
他的學業表現很平庸。

diplomat [ˈdɪpləˌmæt] （n.）外交官
diplomatic [ˌdɪpləˈmætɪk] （adj.）外交的；圓滑的
例 The representative had a **diplomatic** response to the problem.
該名代表對這個問題給了一個很圓滑的回應。

gene [dʒin] （n.）基因
genetic [dʒəˈnɛtɪk] （adj.）起源的；遺傳學的
例 The malady was a **genetic** trait passed on from his father.
這種病是一種遺傳性疾病，是他爸爸遺傳給他的。

symbol [ˈsɪmbl̩] （n.）符號
symbolic [sɪmˈbɑlɪk] （adj.）象徵性的
例 Red is symbolic of power; white is **symbolic** of peace.
紅色是權力的象徵；白色則是和平的象徵。

將以下名詞搭配字尾 -ic 改寫為形容詞

1. energy → _____
2. reality → _____
3. symbol → _____
4. hero → _____
5. economy → _____

解答：1. energetic 2. realistic 3. symbolic 4. heroic 5. economic

形容詞字尾 6

-ical

▶（1）由形容詞字尾 -ic 形成的第二形容詞
　（2）由名詞字尾 -ic 形成的形容詞

🎧 mp3: 083

單字（形容詞）+ 字尾

economic + ical = economical

徐薇教你記　economy 經濟，economic 經濟上的、經濟學的，economical 經濟實惠的、節約的。老師教大家記：economical 的 cal，念起來好像「摳」，你好摳喔！所以表示「節約的、省錢的」。

economic [ˌikəˈnɑmɪk]（adj.）經濟上的
economical [ˌikəˈnɑmɪk!]（adj.）經濟實惠的，節約的

例　Spending more money is not an **economical** solution.
　　花更多的錢並不是個節約的解決方式。

physic + ical = physical

physic [ˈfɪzɪk]（n.）藥劑；醫術
physical [ˈfɪzɪk!]（adj.）身體的；物理的
例 Boxing is such a **physical** sport.
拳擊是全身性的一種運動。

舉一反三▶▶▶

初級字	chemic [ˈkɛmɪk]（n.）（古）煉金術術士；（adj.）煉金的 chemical [ˈkɛmɪk!]（adj.）化學的 例 **Chemical** warfare is of particular concern. 大家對化學戰特別關注。
	music [ˈmjuzɪk]（n.）音樂 musical [ˈmjuzɪk!]（adj.）音樂的 例 He has many **musical** talents, like the piano and the drums. 他有很多音樂天分，像是彈鋼琴和打鼓。
實用字	classic [ˈklæsɪk]（adj.）經典的；有代表性的；（n.）經典作品；典範 classical [ˈklæsɪk!]（adj.）古典，傳統的；（音樂）古典的；和古希臘羅馬相關的 例 Do you like pop music or **classical** music? 你喜歡流行音樂還是古典音樂？
	historic [hɪsˈtɔrɪk]（adj.）歷史上著名的 historical [hɪsˈtɔrɪk!]（adj.）（有關）歷史的；依據史實的 例 This is a moment of **historical** significance. 這是具歷史性的一刻。
	politic [ˈpɑləˌtɪk]（adj.）有策略的，明智的 political [pəˈlɪtɪk!]（adj.）政治上的 例 **Political** dispute is not something we expect. 政治爭議並不是我們期待的。
進階字	grammar [ˈgræmɚ]（n.）文法 grammatical [grəˈmætɪk!]（adj.）文法上的 例 The English lesson is too **grammatical** -- I want to have fun! 這英文課太多文法了，我想要來點好玩的！

hysteric [hɪsˋtɛrɪk]（n.）歇斯底里患者
hyster**ical** [hɪsˋtɛrɪk!]（adj.）歇斯底里的
例 The comedian is the most **hysterical** man I've ever seen.
那喜劇演員是我見過最歇斯底里的人了。

❓ **Quiz Time**

中翻英，英翻中

(　　) 1. historcial 　（A）歇斯底里的 　（B）身體的 　（C）歷史的

(　　) 2. 節約的 　（A）economical 　（B）economic 　（C）economy

(　　) 3. chemical 　（A）物理的 　　　（B）化學的 　（C）文法上的

(　　) 4. 音樂的 　（A）grammatical （B）physical 　（C）musical

(　　) 5. political 　（A）明智的 　　　（B）政治上的 （C）煉金的

解答：1.C 2.A 3.B 4.C 5.B

形容詞字尾 7

-ish

▶表「具有⋯性質的」，常有負面含意

🎧mp3: 084

單字 + 字尾

girl + ish = girlish

girl [gɝl]（n.）女孩
gir**lish** [ˋgɝlɪʃ]（adj.）少女的；女孩子氣的
例 It is quite strange for Tom to sing this song in a **girlish** way.
湯姆用很女孩子氣的方式唱這首歌很怪。

(**book + ish = bookish**)

bookish 並不是有書卷氣，而是指讀死書、書呆子的。

book [bʊk]（n.）書本
bookish [ˋbʊkɪʃ]（adj.）書呆子氣的；賣弄學問的
例 The **bookish** student reads ninety pages a day.
那個書呆子學生一天讀九十頁。

(**fool+ ish = foolish**)

fool [ful]（n.）傻瓜；笨蛋
foolish [ˋfulɪʃ]（adj.）笨的；傻的
例 You are **foolish** for gambling all your money away.
把你所有的錢都賭掉，你真的很傻。

(**child + ish = childish**)

child [tʃaɪld]（n.）小孩
childish [ˋtʃaɪldɪʃ]（adj.）幼稚的
例 You won't get far in life with **childish** behavior.
幼稚的行為會讓你長不大。

舉一反三 ▶▶▶

初級字	self [sɛlf]（n.）自己 selfish [ˋsɛlfɪʃ]（adj.）自私的 例 The **selfish** man never helps the poor. 那自私的男人從未幫助過窮人。
	fever [ˋfivɚ]（n.）發燒；發熱 feverish [ˋfivərɪʃ]（adj.）發熱的；發燒的 例 I feel **feverish** today -- I think I should stay at home. 我今天有發燒，我想我應該待在家裡。
實用字	yellow [ˋjɛlo]（n./adj.）黃色（的） yellowish [ˋjɛloɪʃ]（adj.）淡黃色的，微黃的 例 A **yellowish** liquid ran out of his nose. 淡黃色的液體從他的鼻子流出來。

green [grin]（n./adj.）綠色（的）
green**ish** [ˋgrinɪʃ]（adj.）稍帶綠色的，淺綠的
例 After two weeks, the cheese looked quite **greenish**.
兩個禮拜後，那起司看起來相當綠。

進階字

slave [slev]（n.）奴隸
sla**vish** [ˋslevɪʃ]（adj.）（1）被奴役的；（2）盲從的
例 The child was a **slavish** follower of the rock band.
那孩子是那個搖滾樂團的盲目追隨者。

sluggard [ˋslʌgɚd]（n.）懶惰蟲
slugg**ish** [ˋslʌgɪʃ]（adj.）行動緩慢的，遲鈍的；懶散的
例 It's easy to feel **sluggish** after eating too much food.
吃下太多食物之後很容易感覺懶得動。

? Quiz Time

將下列選項填入正確的空格中

（A）book （B）girl （C）fool （D）child （E）self

（　　）1. 幼稚的　　= ＿＿＿ + ish

（　　）2. 笨的　　　= ＿＿＿ + ish

（　　）3. 女孩子氣的 = ＿＿＿ + ish

（　　）4. 自私的　　= ＿＿＿ + ish

（　　）5. 書呆子氣的 = ＿＿＿ + ish

解答：1.D 2. C 3. B 4. E 5. A

-ive

▶表「有…性質的」

變化型：-ative

🎧 mp3: 085

單字 + 字尾

(talk + ative = talkative)

talk [tɔk]（v.）說話

talk**ative** [`tɔkətɪv]（adj.）話多的；愛講話的

例 The **talkative** girl has many boyfriends.
那個愛講話的女孩有許多男朋友。

(create + ive = creative)

create [krɪ`et]（v.）創造

creat**ive** [krɪ`etɪv]（adj.）創造性的；有創造力的

例 **Creative** people are in high demand at marketing companies.
行銷公司非常需要有創意的人。

(represent + ative = representative)

徐薇教你記 re- 重複、一再的，present 呈現出來，represent 一再地呈現出來，表示「代表」。representative 當形容詞表示「具代表性的」，當名詞表示「代表者、代表人物」。

represent [ˌrɛprɪ`zɛnt]（v.）代表；象徵

represent**ative** [ˌrɛprɪ`zɛntətɪv]（adj.）代表性的；典型的；
（n.）代表者；（美）眾議員

例 His opinions cannot be **representative** of all the workers here.
他的意見不能代表這裡所有工人的想法。

初級字	act [ækt]（v./n.）行動，行為 **active** [`æktɪv]（adj.）活動的；活躍的；積極的 例 He is the only **active** member on the list. 他是名單上唯一活躍的成員。
	effect [ɪ`fɛkt]（n.）效果 **effective** [ɪ`fɛktɪv]（adj.）有效的，能產生預期結果的 例 Yelling at your kids is not **effective** at all. 對你的孩子大吼大叫是完全沒有效果的。
實用字	aggress [ə`grɛs]（v.）侵略；攻擊 **aggressive** [ə`grɛsɪv]（adj.）侵略的 例 The **aggressive** crowd ran over everything in sight. 那些侵入的群眾踩踏任何看得見的東西。
	relate [rɪ`let]（v.）與…有關 **relative** [`rɛlətɪv]（adj.）相對的；比較的；與…有關的；（n.）親戚 例 Students often get confused with the **relative** clause. 學生們常對關係子句有疑惑。
進階字	imagine [ɪ`mædʒɪn]（v.）想像 **imaginative** [ɪ`mædʒəˌnetɪv]（adj.）有想像力的；幻想的 例 The six-year-old child is more **imaginative** than the adult. 六歲小孩比成人更有想像力。
	progress [prə`grɛs]（v.）進步；進展 **progressive** [prə`grɛsɪv]（adj.）先進的；有進步的；開明的 例 This is a **progressive** school, so we have the best teachers. 這是一個開明的學校，所以我們有最棒的教師群。

填空

（　）1. 有創意的：＿＿ive　（A）creat　　（B）relat　　（C）act
（　）2. 話多的：＿＿ative　（A）imagin　（B）represent　（C）talk
（　）3. 有效的：＿＿ive　　（A）effect　　（B）create　　（C）progress
（　）4. 代表性的：＿＿ative（A）imagin　（B）represent　（C）talk
（　）5. 侵略的：＿＿ive　　（A）progress（B）aggress　（C）imagine

解答：1.A 2.C 3.A 4.B 5.B

形容詞字尾 9

-proof

▶表「防…的」

proof 當名詞，指證明、證據。老師教你記：roof 屋頂，屋頂可以防曬擋雨，所以 -proof 就是「防…的」。

🎧 mp3: 086

單字 + 字尾

（ **fire** + **proof** = **fireproof** ）

fire [faɪr]（n.）火；（v.）點燃
fireproof [ˋfaɪrˌpruf]（adj.）防火的

例　Best of all, this safe is **fireproof**, so you'll never have to worry about disasters.
最棒的是，這個保險箱可以防火，所以你永遠不用擔心有什麼災難發生。

2

---

water + proof = waterproof

water [`wɔtɚ] (n.) 水;(v.) 澆水
waterproof [`wɔtɚ͵pruf] (adj.) 防水的

例 Since the boots weren't **waterproof**, my socks got totally soaked.
由於這雙靴子不防水,所以我的襪子全濕了。

---

bullet + proof = bulletproof

bullet [`bʊlɪt] (n.) 子彈
bulletproof [`bʊlɪt͵pruf] (adj.) 防彈的

例 The Pope always must travel through the street behind **bulletproof** glass.
教宗總是得要隔著一層防彈玻璃才能在街道上通行。

---

child + proof = childproof

徐薇教你記 childproof 是指防止兒童開啟摸觸的,也就是可保護兒童安全的。childproof medicine bottle 是指藥罐上有防止兒童開啟的安全扣。

child [tʃaɪld] (n.) 孩童
childproof [`tʃaɪld͵pruf] (adj.) 可保護兒童安全的

例 With a new baby, you need to make your house **childproof**.
有個新生兒,你需要讓你家裡都有兒童安全保護措施。

舉一反三 ▶▶▶

初級字

air [ɛr] (n.) 空氣
airproof [`ɛr͵pruf] (adj.) 密不透氣的

例 Astronauts need **airproof** suits when walking around in outer space.
太空人在進行外太空漫步時需要穿完全密閉式的服裝。

rain [ren] (n.) 雨;(v.) 下雨
rainproof [`ren͵pruf] (adj.) 防雨的;防水的;(n.) 雨衣

例 The **rainproof** chemical made it easy to see out of the windshield.
這種防雨化學劑可以讓車子擋風玻璃即使在下雨時都能很清楚地看到外面。

heat [hit]（n.）熱氣
heatproof [ˋhitpruf]（adj.）防熱的；隔熱的

例 Since this bag is **heatproof**, it's great to put our cold drinks in.
這個袋子可以隔熱，所以我們可以把冷飲放在裡面。

sound [saʊnd]（n.）聲音
soundproof [ˋsaʊndͺpruf]（adj.）隔音的

例 Singers need to record music in a **soundproof** room.
歌手們需要在隔音的房間內錄製音樂。

burglar [ˋbɝglɚ]（n.）夜賊；闖空門的小偷
burglarproof [ˋbɝglɚͺpruf]（adj.）防盜的

例 The mansion was not **burglarproof**, as we could see from the break-in.
這棟大廈沒有防盜設備，我們從闖空門的痕跡就可以看得出來。

idiot [ˋɪdɪət]（n.）白癡；笨蛋
idiot-proof [ˋɪdɪətͺpruf]（n.）防笨的；傻瓜都會的

例 The directions are written so well that they are **idiot-proof**.
這個指示牌寫得非常詳盡，連傻瓜都看得懂。

moth [mɔθ]（n.）蛾；蛀蟲
mothproof [ˋmɔθͺpruf]（n.）防蛀的

例 The **mothproof** blanket still looks like new, even though it's thirty years old.
這條防蟲蛀的毯子看起來像新的一樣，即便它已經有三十年歷史了。

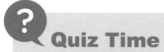

Quiz Time

將下列選項填入正確的空格中

（A）water （B）fire （C）bullet （D）child （E）sound

（　）1. 防水的　　　　= _____ + proof

（　）2. 防彈的　　　　= _____ + proof

（　）3. 防火的　　　　= _____ + proof

（　）4. 隔音的　　　　= _____ + proof

（　）5. 保護兒童安全的 = _____ + proof

解答：1. A 2. C 3. B 4. E 5. D

副詞字尾 1

-ward(s)

▶表「向著…；朝…方向」

mp3: 087

單字 + 字尾

fore + ward = forward

徐薇教你記　fore 前面的，forward 向前面的方向就是「往前的」，往前方傳過去的東西就指「轉寄郵件、轉呈文件」。

fore [for]（adj./adv.）前部（的）

forward(s) [ˈfɔrwəd(z)]（adv.）向前 /（adj.）向前的；（v.）轉寄

例　Let's go forward in the story.
　　我們繼續講這個故事吧。

land + ward = landward

land [lænd]（n.）陸地；土地
landward [ˈlændwəd]（adv./adj.）向岸的；朝陸地方向的
例 The pirate thinks that going **landward** will bring him treasure.
那海盜覺得向陸地方向前進會有寶藏。

舉一反三▶▶▶

初級字	down [daʊn]（adv./prep.）朝下 downward(s) [ˈdaʊnwəd(z)]（adv.）向下地；下降 例 Lie on your belly, face **downward** and take a deep breath. 趴下來，臉朝下並深呼吸一口氣。
	up [ʌp]（adv./prep.）朝上 upward(s) [ˈʌpwəd(z)]（adv.）向上地；升高 例 It is difficult to go **upwards** on this mountain. 要走上這座山很困難。
實用字	after [ˈæftə]（prep.）在…之後；（adv.）以後 afterward(s) [ˈæftəwəd(z)]（adv.）後來 例 **Afterwards**, I sent flowers to her to apologize. 後來，我送她花來表達歉意。
	back [bæk]（adv.）在背後，向後；返回；（n.）背部 backward(s) [ˈbækwəd(z)]（adv.）向後；往回，反向 例 The mobster pushed the man **backwards**. 那惡徒把那男人往後推。
進階字	home [hom]（n.）家 homeward(s) [ˈhomwəd(z)]（adv.）向家，向家鄉 例 The weary traveler was **homeward** bound. 那疲累的旅人朝著回家的方向前行。
	to [tu]（prep.）去；向 toward(s) [tɔrd(z)]（prep.）向著；朝著 例 Let's go **toward** the bright light. 我們向有光的地方前進吧。

Quiz Time

將下列選項填入正確的空格中

（A）for （B）after （C）back （D）down （E）up

（　　） 1. 向後 = _____ + wards

（　　） 2. 向前 = _____ + wards

（　　） 3. 向上 = _____ + wards

（　　） 4. 向下 = _____ + wards

（　　） 5. 後來 = _____ + wards

解答：1. C　2. A　3. E　4. D　5. B

MEMO

LEVEL THREE
單字控必學

3

Ruby

表「前後」的字首 1

ante-

▶before，表「在（時間）…前的」

記 aunt 姑姑、阿姨，他們都比你早出生，是在你前面的人。由 aunt 來聯想字首 ante-，好記多囉！

比 字首 anti- 是表示否定的意思，別搞混喔！

🎧 mp3: 088

字首 + 字根 + 字尾

ante + cest + or = ancestor

徐薇教你記 ante- 在…之前，-cest- 同字根 -cess- 表示行走，-or 表人的名詞字尾。ancestor 走在前面的人，就是祖先喔。

-cess- （字根）行走
ancestor [ˋænsɛstɚ]（n.）祖先

例 Every year, we get together to celebrate our **ancestors**.
每年我們都聚在一起為祖先們舉行儀式。

衍生字

ante + ior = anterior

-ior （形容詞字尾）拉丁比較級字尾，表「更…的」
anterior [ænˋtɪrɪɚ]（adj.）在前面的；較早的

例 The **anterior** part of the house needs a lot of work.
房子的前面需要進行很多工程。

補充 superior 更優秀的、inferior 比較差的，都有字尾 -ior。

字首 + 單字

ante + nuptial = antenuptial

nuptial [ˋnʌpʃəl]（adj.）結婚的
antenuptial [ˌæntɪˋnʌpʃəl]（adj.）婚前的

例 They signed an **antenuptial** agreement never to fight about money.
他們簽了一份永不為錢而爭吵的婚前協議。

舉一反三▶▶▶

初級字	**-ent**（形容詞字尾）表「性質」 **ancient** [ˋenʃənt]（adj.）舊的，古代的 **例** In **ancient** times, many people believed in witches. 在古代，許多人相信女巫。
	-que（形容詞字尾）表「風格」 **antique** [ænˋtik]（adj.）古代的；年代久遠的；（n.）古董 **例** The **antique** clock sold for more than ten thousand dollars. 這個古董鐘賣了超過一萬塊。
實用字	**-cip-**（字根）拿、取 **anticipate** [ænˋtɪsəˏpet]（v.）預期 **記** 在之前先去拿、先處理，表示事先「預期」。 **例** I don't **anticipate** that this company will have any job openings this year. 我不預期這家公司今年會有任何職位空缺。
	natal [ˋnet!]（adj.）出生的 **antenatal** [ˏæntɪˋnet!]（adj.）出生前的；產前的；（n.）產前檢查 **例** The mother-to-be takes many **antenatal** classes. 這位準媽媽參加許多產前課程。
	-ced-（字根）行走 **antecedent** [ˏæntəˋsidnt]（n.）先例；祖先；先行詞；（adj.）在先的 **例** The film's main character has no obvious **antecedents** in movie history. 這部片的主角在電影史上並無顯著的先例。
進階字	**-belli-**（字根）戰爭 **antebellum** [ˏæntɪˋbɛləm]（adj.）（特指）美國南北戰爭前的 **例** This is an **antebellum** era house which has been preserved. 這是一間被保存下來的南北戰爭前的房子。

表「前後」的字首 **ante-**

chamber [ˈtʃembɚ] (n.) 房間
antechamber [ˈæntɪˌtʃembɚ] (n.) 前廳，接待室

同〉anteroom

例 They waited at the **antechamber** before the hostess showed up.
在女主人出現之前，他們就在接待室等候。

---

date [det] (v.) 標註日期
antedate [ˈæntɪˌdet] (v.) 早於，比…早

例 The Babylon Empire **antedates** the Roman Empire.
巴比倫帝國比羅馬帝國出現的還早。

---

diluvium（拉丁文）洪水
antediluvian [ˌæntɪdɪˈluvɪən]（adj.）陳舊的，過時的

記 比挪亞洪水時代還早，表示非常古老。

例 I can't believe that Paul has such **antediluvian** ideas about marriage.
我不敢相信保羅對婚姻的看法這麼老掉牙。

❓ Quiz Time

中翻英，英翻中

(　　) 1. 祖先　　　（A）ancestor　（B）antique　　（C）ancient

(　　) 2. anterior　（A）古代的　（B）過時的　　（C）較早的

(　　) 3. 預期　　　（A）antedate　（B）anticipate（C）antecedent

(　　) 4. antenuptial（A）婚前的　（B）產前的　　（C）南北戰爭前的

(　　) 5. antique　　（A）舊的　　（B）前廳　　　（C）古董

解答：1. A 2. C 3. B 4. A 5. C

表「前後」的字首 2

post-

▶after, later than，表「…之後（的）」

post 當名詞，表「郵政」
→ post + -man（做…的人）= postman 郵差

🎧 mp3: 089

字首 + 單字

post + war = postwar

war [wɔr]（n.）戰爭
postwar [`post͵wɔr]（adj.）戰後的

例 The novel is set in **postwar** England.
這本小說內容設定在戰後的英格蘭。

post + modern = postmodern

modern [`mɑdən]（adj.）現代的
postmodern [͵post`mɑdən]（adj.）後現代的

例 The house design is very **postmodern**.
這個房子的設計很有後現代風格。

字首 + 字根

post + script = postscript

徐薇教你記　script 當字根是書寫，當名詞指用手抄寫下來的台詞、劇本。
postscript 指後來再寫的東西，表「後記、附註」，縮寫為 P.S.。

-script-（字根）書寫
postscript [`post͵skrɪpt]（n.）附記（縮寫為 P.S.）

例 The **postscript** read, P.S. I will see you on October 15th!
附言上寫：十月十五日見！

徐薇教你記 把東西往後放、不要現在處理，表示「延期」。

-pon-（字根）放置
postpone [post`pon]（v.）延期

例 We can't **postpone** the trip -- I already bought the tickets!
我們不能把旅遊延後——我已經買票了！

舉一反三▶▶▶

初級字	graduate [`grædʒʊɪet]（v.）畢業 [`grædʒʊɪt]（n.）大學畢業生 **post**graduate [post`grædʒʊɪt]（n./adj.）研究生（的） 例 This college is known for its great environment for **postgraduate** studies. 這間大學以極佳的研究所環境而聞名。  -ity（名詞字尾）表「狀態、性質」 **post**erity [pɑs`tɛrətɪ]（n.）子孫，後代 例 The facts of this war will be known to **posterity**. 後代子孫們都將知道這場戰爭的事實。
實用字	-ior（形容詞字尾）拉丁比較級字尾，表「更…的」 **post**erior [pɑs`tɪrɪɚ]（adj.）後面的，尾部的；較晚的 反 anterior（adj.）在前面的；較早的 例 The **posterior** view of the church is like a spaceship. 這間教堂的後端看起來像一艘太空船。  date [det]（n.）日期 **post**date [ˌpost`det]（v.）把…填上事後日期；繼…之後 例 The check was **postdated** so that it could not be cashed early. 支票填入了之後的日期，所以不能提早兌現。
進階字	humus（拉丁文）土地 **post**humous [`pɑstʃuməs]（adj.）死後的 記 humus 原指土地，衍生出人死後被埋葬的意思。因此 posthumous 指死後的，尤其是指死之後才發生的事。 例 **Posthumous** novels often sell very well. 死後出版的小說通常都賣得很好。

partum（拉丁文）生產
postpartum [ˌpostˋpɑrtəm]（adj.）產後的

同〉 **postnatal**

例 Nancy suffered from **postpartum** depression after she gave birth to her son.
南西在生了兒子之後就飽受產後憂鬱症之苦。

---

mortem（拉丁文）死亡
post-mortem [ˌpostˋmɔrtəm]（n.）驗屍，屍體解剖

例 A **post-mortem** is required to figure out the cause of death.
要查明死因必須進行屍體解剖。

---

operative [ˋɑpərətɪv]（adj.）和手術有關的
postoperative [ˌpostˋɑpərətɪv]（adj.）術後的

例 The doctor suggested a longer hospital stay for **postoperative** care.
醫生建議多住院幾天以便進行術後護理。

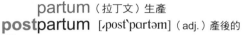

❓ Quiz Time

填空

（   ）1. 後代：post____　　（A）partum　（B）erior　　（C）erity

（   ）2. 延期：post____　　（A）pone　　（B）script　（C）date

（   ）3. 戰後的：post____　（A）modern　（B）war　　（C）graduate

（   ）4. 附記：post____　　（A）script　（B）erior　（C）pone

（   ）5. 後現代的：post____（A）humus　（B）mortem（C）modern

解答：1. C 2. A 3. B 4. A 5. C

表「分離」的字首 1

ab(s)-

▶away, from，表「分離；離開；來自於」

記 ABS 是車子的防鎖死剎車系統，讓你保持與前車分開，不會撞上，所以 abs- 表示「分開」。

🎧 mp3: 090

字首 + 單字

ab + normal = abnormal

徐薇教你記 ab- 離開，normal 正常的，abnormal 離開正常的狀態，指「不正常的」。

normal [`nɔrml̩]（adj.）普通的；正常的
abnormal [æb`nɔrml̩]（adj.）異常的

例 Tom is so **abnormal** that he has no friends.
湯姆因為太奇怪了，所以都沒有朋友。

ab + original = aboriginal

徐薇教你記 ab- 來自於，original 最初的，aboriginal 來自最初的地方，就是「原住民的、原始的」。

original [ə`rɪdʒən̩l]（adj.）最初的
aboriginal [ˌæbə`rɪdʒən̩l]（adj.）土著的；原始的

例 The **aboriginal** people here don't have enough to eat.
這裡的原住民沒有足夠的東西吃。

字首 + 字根

abs + tain = abstain

徐薇教你記 不去把握住，就是「棄權；戒絕」。

-tain-（字根）持、握
abstain [əb`sten]（v.）避免；戒絕

例 You must **abstain** from drinking too much alcohol.
你要戒掉喝太多酒的習慣。

表「分離」的字首 ab(s)-

abs + tract = abstract

徐薇教你記 把東西拉出來，表示「提煉；抽取」。

-tract- （字根）拉曳
abstract [əb`strækt] (v.) 抽取
[`æbstrækt] (adj.) 抽象的；(n.) 摘要

例 You must **abstract** this specimen from the others.
你得從其它東西上抽出樣本。

舉一反三▶▶▶

初級字	-ess- （字根）存在 **abs**ent [`æbsn̩t] (adj.) 缺席的 記 變成離開的狀態，就是缺席。 例 You must never be **absent** in this class. 這堂課你一定不能缺席。
	-sorb- （字根）吸吮 **ab**sorb [əb`sɔrb] (v.) 吸收 例 Don't get **absorbed** in this movie -- we have to leave in ten minutes. 別太投入這部電影，再十分鐘我們就要離開了。
實用字	-solu- （字根）放鬆 **ab**solute [`æbsəlut] (adj.) 絕對的 例 This is the **absolute** last time I am coming to this restaurant. 這絕對是我最後一次來這家餐廳了。
	use [juz] (v.) 使用 **ab**use [ə`bjuz] (v.) 濫用；虐待 例 The president was accused of **abusing** his power. 總統被指控濫權。
	unda （拉丁文）波浪 **ab**undant [ə`bʌndənt] (adj.) 豐富的，充足的 例 There isn't an **abundant** supply of food in the slum. 貧民窟裡沒有充足的食物供應。
進階字	oriri （拉丁文）生長 **ab**ortion [ə`bɔrʃən] (n.) 墮胎 例 **Abortion** is restricted in some American states. 美國一些州禁止墮胎。

> **-rupt-**（字根）破裂
> **abrupt** [əˋbrʌpt]（adj.）突然的；陡峭的
>
> 例 The movie had an **abrupt** ending, so I didn't like it much.
> 這部電影的結尾很突然，所以我不怎麼喜歡。

> **condere**（拉丁文）放置，藏起
> **abscond** [æbˋskɑnd]（v.）潛逃
>
> 例 The thief **absconded** with about ten thousand dollars.
> 那名竊賊帶著約一萬元潛逃了。

? Quiz Time

依提示填入適當單字

直↓　1. To _____ is to quit.

　　　3. Paper can _____ water.

　　　5. She is not here; she is _____.

橫→　2. Love is an _____ concept.

　　　4. Let's learn about the _____ culture in the museum.

　　　6. Being _____ means being unusual.

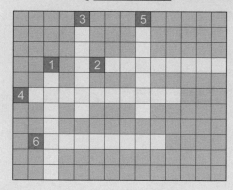

解答：1. abstain　2. abstract　3. absorb　4. aboriginal　5. absent　6. abnormal

表「分離」的字首 2

ap(o)-

▶away from，表「分開」

🎧 mp3: 091

表「分離」的字首 ap(o)-

字首 + 字根

apo + stroph = apostrophe

徐薇教你記 apostrophe 是指發音要轉向了，所以在省略的字母處放了一個撇號標誌。例如 I am 變成 I'm，兩個發音就不同喔。

-stroph-（字根）轉向，轉彎
apostrophe [əˈpɑstrəfɪ]（n.）撇號（用於字母省略或是表所有格）

例 We use **apostrophes** to show possession or omission most of the time.
我們大部分時候用撇號來表示所有格或是省略。

apo + calyp = apocalypse

徐薇教你記 離開遮蓋和保護就變成大災難了。

-calyp-（字根）覆蓋，隱藏
apocalypse [əˈpɑkəˌlɪps]（n.）大災難；世界末日；啟示
補充 A 大寫時（the Apocalypse）指聖經中提到的末日。

例 The organization warns of the coming environmental **apocalypse** fueled by climate change.
該組織警告氣候變遷將導致未來的環境災難。

字首 + 字根 + 字尾

apo + log + ize = apologize

徐薇教你記 apo- 離開，-log- 說話，-ize 動詞字尾。apologize 是為了從犯的錯開脫而說，原指辯護，後來演變為認錯道歉的意思。

-log-（字根）說話
apologize [əˈpɑləˌdʒaɪz]（v.）道歉

例 I **apologized** to my sister for misunderstanding her. I am really sorry about it.
我為了誤會我妹妹的事跟她道歉。我真的很抱歉。

<table>
<tr>
<td rowspan="3">初級字</td>
<td>

erire（拉丁文）蓋上
aperitif [əˌpɛrəˈtif]（n.）開胃酒

記 離開蓋著的狀態就是打開。

例 Would you like an **aperitif** before dinner?
晚飯前你要不要來點開胃酒？

</td>
</tr>
<tr>
<td>

stellein（希臘文）差遣
apostle [əˈpɑsḷ]（n.）使徒；（信仰或政治運動的）宣導者

補充 原指最早一批追隨耶穌傳福音的傳道者，通常會大寫（the Apostles）。

例 The Pope regards himself as the **apostle** of world peace.
教宗認為他自己是世界和平的倡導者。

</td>
</tr>
<tr>
<td>

-ge-（字根）土地
apogee [ˈæpəˌdʒi]（n.）頂峰；至高點

記 遠離地面就是很高的地方。

例 At the **apogee** of her career, she sold a million albums per week.
在她事業高峰時期，她每週可以賣出一百萬張專輯。

</td>
</tr>
<tr>
<td rowspan="2">實用字</td>
<td>

-sta-（字根）站立
apostate [əˈpɑstet]（n.）變節者，叛教者

例 It's unfair to call him a political **apostate**. He was just trying to look at things from a different perspective.
說他是政治變節者很不公平。他只是在嘗試用不同觀點看事情。

</td>
</tr>
<tr>
<td>

erire（拉丁文）覆蓋
aperture [ˈæpətʃ˞]（n.）小孔；相機光圈

例 In most landscape photography you'll see small **aperture** settings selected by photographers.
拍大部分風景照時，攝影師會設定成小光圈。

</td>
</tr>
</table>

進階字

hélios（希臘文）太陽

aphelion [æˋfiliən]（n.）遠日點

例 The earth is at its **aphelion** at about two weeks after the June Solstice.
地球大概是在夏至後兩週時到達遠日點。

-crypt-（字根）隱藏

apocryphal [əˋpɑkrəfəl]（adj.）真實性可疑的，杜撰的

記 從隱密處離開，表示來源可疑。

例 Most of the story about his private life was probably **apocryphal**.
有關他私生活的事可能大部分都是虛構的。

?

Quiz Time

填空

（　）1. 撇號：apo＿＿＿　（A）logize　（B）strophe　（C）gee

（　）2. 道歉：apo＿＿＿　（A）state　（B）calypse　（C）logize

（　）3. 大災難：apo＿＿＿　（A）calypse　（B）strophe　（C）logize

（　）4. 使徒：apo＿＿＿　（A）state　（B）stle　（C）gee

（　）5. 至高點：apo＿＿＿　（A）gee　（B）state　（C）cryphal

解答：1. B 2. C 3. A 4. B 5. A

表「分離」的字首 3

se-

▶away, separate，表「分離」

🎧 mp3: 092

字首 + 字根

se + cret = secret

徐薇教你記 cret 源自古字根 *krei- 表「過濾，分開」。刻意分開藏到別處的東西就是秘密。

*krei-（古字根）過濾，分開

secret [ˈsikrɪt]（n.）祕密；（adj.）祕密的

📝 The couple claimed that they had no **secrets** from each other.
這對情侶宣稱他們之間不存在任何秘密。

se + lect = select

徐薇教你記 特別選出來分開放就是在精挑細選。

-lect-（字根）選擇，收集

select [səˈlɛkt]（v.）挑選，選擇；（adj.）精選的

📝 Jessica was **selected** to attend the conference on behalf of her department.
潔西卡被選去代表她的部門參加那場會議。

字首 + 字根 + 字尾

se + par + ate = separate

徐薇教你記 把東西分開來安排，就是分開。

-par-（字根）安排

separate [ˈsɛpəˌret]（v.）分開
　　　　　 [ˈsɛpərɪt]（adj.）分開的

📝 This tired owner had to **separate** the two dogs every time they got into a fight.
這名疲憊的飼主必須在每次兩隻狗打架的時候把牠們分開來。

初級字

-cur- （字根）照料
secure [sɪˋkjʊr] （adj.）安全的；（v.）保護
例 You should keep your valuables in a **secure** place.
你應該把貴重物品放在安全的地方。

sever [ˋsɛvɚ] （v.）切斷
several [ˋsɛvərəl] （adj.）幾個的；各自的
例 He has been to Africa **several** times.
他去過非洲好幾次。

實用字

-duc- （字根）引導
seduce [sɪˋdus] （v.）誘惑，引誘
例 They were **seduced** into buying the vacuum cleaner by the offer of a free flight.
他們受到贈送免費機票的誘惑而買下了吸塵器。

-greg- （字根）群眾
segregate [ˋsɛɡrɪ͵ɡet] （v.）隔離
例 In the past, black people were **segregated** from white people in every area of life.
在以前生活中的各方面，黑人和白人是被隔離開的。

-clud- （字根）關閉
secluded [sɪˋkludɪd] （adj.）僻靜的；與世隔絕的
例 He lived a very **secluded** life after retirement.
他退休後過著遠離塵囂的生活。

sever [ˋsɛvɚ] （v.）切斷
severance [ˋsɛvərəns] （n.）中斷；資遣費
例 Alisa got two weeks of **severance** pay because she had served for over a year.
愛麗莎因為之前服務超過一年所以領到兩週的遣散費。

進階字

*krei- （古字根）過濾，分開
secrete [sɪˋkrit] （v.）分泌
例 These birds **secrete** deadly poisons through their feathers.
這些鳥會透過羽毛分泌致命毒素。

-it-（字根）走

sedition [sɪˋdɪʃən]（n.）煽動叛亂的言論

例 The leaders of the group have been arrested and charged with **sedition**.
該組織的領導者已被逮捕並被控煽動反政府罪。

-ced-（字根）走

secede [sɪˋsid]（v.）退出，脫離（國家或政府）

例 The Republic of Panama **seceded** from Colombia in 1903.
巴拿馬共和國於 1903 年脫離哥倫比亞而獨立。

? Quiz Time

依提示填入適當單字

直↓　1. I was _____d into buying more than I had planned.

　　　3. We've been there _____ times.

　　　5. Please _____ the meat from other food in the fridge.

橫→　2. It's a _____ between you and me.

　　　4. Who wouldn't want to live in a _____ place?

　　　6. The system will randomly _____ two people from the list.

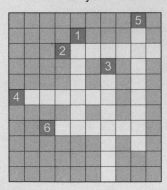

解答：1. seduce　2. secret　3. several　4. secure　5. separate　6. select

表「環繞」的字首 1

ambi-/amphi-

▶「around周圍」或「both兩者、雙方」

在周圍就表示兩邊都碰的到，因此 ambi- 和 amphi- 既有 around
也有 both 的意思。
連接的字是以母音為首字母時，ambi- 會變為 amb-，amphi- 會變
為 amph-。

🎧 mp3: 093

字首 + 字根 + 字尾

amb + it + ion = ambition

> **徐薇教你記**　amb- 周圍，-it- 走，-ion 名詞字尾。在周圍奔走表示有極力爭
> 取的野心。

-it- （字根）行走

ambition　[æmˋbɪʃən]（n.）野心；雄心

> 例　He was intelligent, but suffered from a lack of **ambition**.
> 他很聰明，只是實在沒有雄心壯志。

amb + ig + ous = ambiguous

> **徐薇教你記**　amb- 兩邊，-ig- 行動，-ous 形容詞字尾。一下往這邊，一下往
> 那邊，就是不明確、模稜兩可的。

-ig- （字根）移動、行動

ambiguous　[æmˋbɪgjʊəs]（adj.）不明確的；模稜兩可的

> 例　The manager's reply was highly **ambiguous**, which irritated the clients.
> 經理的回覆非常含糊，而這激怒了客戶們。

amphi + bi + an = amphibian

> **徐薇教你記**　amphi- 兩者，-bi- 生命，-an 名詞字尾。可在水中和陸地兩種地
> 方生存的就是兩棲動物。

-bi- （字根）生命（= 字根 -bio-）

amphibian　[æmˋfɪbɪən]（n.）兩棲動物

> 例　Some **amphibians** lack lungs and rely entirely on their skin to breathe.
> 有的兩棲動物沒有肺部，並且得完全依靠皮膚來呼吸。

舉一反三 ▶▶▶

ambition [æm`bɪʃən] (n.) 野心；雄心
ambitious [æm`bɪʃəs] (adj.) 野心勃勃的
例 The CEO has some **ambitious** plans for his business.
這個執行長有雄心萬丈的擴張經營計畫。

ambiguous [æm`bɪgjuəs] (adj.) 不明確的；模稜兩可的
ambiguity [ˌæmbɪ`gjuətɪ] (n.) 模稜兩可，含糊不清
例 There should not be any **ambiguity** in the law.
法規中不應該有模稜兩可的地方。

-val- (字根) 力量
ambivalent [æm`bɪvələnt] (adj.) 矛盾的
記 被兩邊的力量拉扯所以感覺矛盾。
例 Kate feels **ambivalent** about having another pet dog.
凱特對於是否再養一隻寵物狗的心情很矛盾。

-it- (字根) 行走
ambit [`æmbɪt] (n.) (影響所及的) 範圍，界限
例 The topic doesn't fall within the **ambit** of our research. We'd better change topics.
這個主題不屬於我們的研究範圍。我們最好換個主題。

-it- (字根) 行走
ambience [`æmbɪəns] (n.) 環境；情調 (也拼成 ambiance)
例 Soft music, candlelight and red roses created a romantic **ambience**.
輕柔的音樂、燭光和紅玫瑰營造出浪漫的氛圍。

-it- (字根) 行走
ambient [`æmbɪənt] (adj.) 周圍環境的
例 **Ambient** music played in a restaurant can affect the customers' mood.
餐廳播放的環境音樂會影響顧客的心情。

進階字

-dexter- （字根）右手
ambidextrous [æmbɪˋdɛkstrəs] （adj.）雙手都很靈活的；
雙手通用的

記 像有兩隻右手一樣靈巧。

例 Why not support your wrists and forearms with an ergonomic **ambidextrous** mouse?
何不使用人體工學的雙手通用滑鼠來支撐你的手腕和前臂呢？

---

amphibian [æmˋfɪbɪən] （n.）兩棲動物
amphibious [æmˋfɪbɪəs] （adj.）水陸兩棲的；水陸兩用的

例 **Amphibious** vehicles are one of the most astounding inventions of all time.
水陸兩用車一直是最驚人的發明之一。

---

theater [ˋθɪətɚ] （n.）劇院
amphitheater [ˋæmfəˌθɪətɚ] （n.）（露天）圓形劇場；階梯教室，
看臺式教室

例 It is absolutely exciting to hold a concert at this 10,000-seat **amphitheater**.
要在這個容納一萬人的圓形劇場辦演唱會絕對是件令人興奮的事。

-phor- （字根）拿，持有
amphora [ˋæmfərə] （n.）雙耳瓶

例 Most of the **amphorae** are ceramic.
大部分的雙耳瓶都是陶製的。

? Quiz Time

中翻英，英翻中

( ) 1. 兩棲動物 　（A）amphibian 　（B）amphora 　（C）amphitheater

( ) 2. ambiguous 　（A）有野心的 　（B）矛盾的 　（C）模棱兩可的

( ) 3. 野心 　（A）ambiguity 　（B）ambition 　（C）ambience

( ) 4. ambivalent（A）雙手通用的（B）含糊不清 　（C）矛盾的

( ) 5. ambient 　（A）周圍環境的（B）範圍，界限（C）水陸兩用的

解答：1. A 2. C 3. B 4. C 5. A

表「環繞」的字首 2

circum-

▶around，表「環繞」

circle 是圓圈，circum- 就是像繞圓圈一樣去環繞。

🎧 mp3: 094

字首 + 字根

circum + it = circuit

徐薇教你記　可以繞著走一圈的就是環狀道路或是電路。繞著固定的幾個地方就是巡迴。

　　-it-（字根）行走

circuit [ˋsɝkɪt]（n.）一圈；環形道路；電路；巡迴

例　We made a **circuit** of the old church and took some fantastic photos of it.
我們繞著那座老教堂走了一圈，還拍了些很棒的照片。

字首 + 字根 + 字尾

circum + sta + ance = circumstance

徐薇教你記 circum- 環繞，-sta- 站立，-ance 名詞字尾，站在周圍的事物就是你的環境、情況。

-sta- （字根）站立

circumstance [ˋsɝkəmˏstæns] （n.）環境；情況

例 The patients can only leave their wards under certain **circumstances**.
這些病患只有在某些情況下才能離開病房。

字首 + 單字

circum + navigate = circumnavigate

navigate [ˋnævəˏget] （v.）導航

circumnavigate [ˏsɝkəmˋnævəˏget] （v.）繞…航行；繞道

例 Various people have tried **circumnavigating** the world by train and ship within 80 days.
許多人曾嘗試搭火車或船在八十天內環遊世界。

circum + polar = circumpolar

polar [ˋpolɚ] （adj.）兩極的

circumpolar [ˏsɝkəmˋpolɚ] （adj.）極地附近的，圍繞極地的

例 Antarctic **Circumpolar** Current connects the Atlantic, Pacific, and Indian Oceans.
南極環流接駁了大西洋、太平洋、印度洋。

舉一反三 ▶▶▶

初級字	-fer- （字根）載運 **circum**ference [sɚˋkʌmfərəns] （n.）圓周 例 The students are learning how to calculate the **circumference** of a circle. 學生們正在學習如何計算圓周長。

-scrib- （字根）書寫
circumscribe ['sɝkəmˌskraɪb]（v.）限制
記 畫圓圈圍住自己就被限制了。
例 The local authority's power was **circumscribed** in the past.
在過去，地方行政單位的權力是受限的。

實用字

-spect- （字根）看
circumspect ['sɝkəmˌspɛkt]（adj.）小心謹慎的
記 小心翼翼地繞一圈仔細看。
例 The judge has to be **circumspect** about the trial.
法官對審判必須小心謹慎。

-vent- （字根）來到
circumvent [ˌsɝkəm'vɛnt]（v.）規避
例 Though strict laws have been enacted, some people seek to **circumvent** the regulations.
儘管實施了嚴刑峻法，有的人還是會試圖規避法規。

circumstance ['sɝkəmˌstæns]（n.）環境；情況
circumstantial [ˌsɝkəm'stænʃəl]（adj.）間接的，按情況推測的
例 How can the lawyer win the case when he only has **circumstantial** evidence?
律師只有間接證據要怎麼打贏這場官司？

進階字

-locut- （字根）說話
circumlocution [ˌsɝkəmlə'kjuʃən]（n.）迂迴曲折的說法
例 The wicked politician tried to fool them by using **circumlocution** and ambiguity in the statement.
那名邪惡的政客試圖用迂迴又模棱兩可的聲明來愚弄他們。

-cis- （字根）切割
circumcise ['sɝkəmˌsaɪz]（v.）割除包皮
例 Some doctors believe that **circumcising** baby boys is beneficial to their health.
有的醫生相信割除男嬰的包皮對他們的健康是有益的。

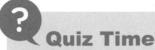

Quiz Time

填空

（　）1. 電路：cir___　　　（A）cle　　（B）cute　　（C）cuit

（　）2. 環境：circum___　（A）stance　（B）ference　（C）stantial

（　）3. 繞…航行：circum___　（A）scribe　（B）navigate　（C）locution

（　）4. 圍繞極地的：circum___　（A）vent　　（B）spect　　（C）polar

（　）5. 圓周：circum___　　（A）ference（B）cise　　（C）scribe

解答：1. C　2. A　3. B　4. C　5. A

表「環繞」的字首 3

peri-

▶around，表「環繞」

字首 per- 表「完全、徹底地」，如 perceive 認知、察覺；
字首 peri- 是字首 per- 的衍生，字首 peri- 就是為了要完全顧及和
了解，因此要「環繞四周」。

🎧 mp3: 095

字首 + 單字

peri + **phrase** = peri**phrasis**

徐薇教你記　環繞著表達也就是迂迴的講話方式。

phrase [frez]（v.）表達；（n.）片語
periphrasis [pəˋrɪfrəsɪs]（n.）迂迴表達

例　Why did the politician use so many **periphrases** in the statement?
這名政客為什麼要拐彎抹角地說話？

(peri + od = period)

徐薇教你記　走完一圈的路剛好就是一個周期,動作也剛好結束囉。

-od- (字根) 道路

period [`pɪrɪəd] (n.) 一段時間、周期;句點、結束

例 Probation gives both the employee and employer a **period** of time to assess suitability of the role after having firsthand experience.
試用期讓勞資雙方在彼此實際磨合後有一段時間來評估這份工作角色的適切性。

(peri + pher + al = peripheral)

徐薇教你記　原指拿去周圍,引申為外圍的;因為是在邊緣的也表示不重要的。當名詞就指電腦周邊設備。

-pher- (字根) 載運、承受

peripheral [pəˋrɪfərəl] (adj.) 周邊的;無關緊要的;(n.) 周邊設備

例 His problems are just **peripheral** compared to my own.
跟我的問題相比,他的問題根本就無關緊要。

舉一反三▶▶▶

初級字	-meter- (字根) 測量 **perimeter** [pəˋrɪmətɚ] (n.) 周長;周圍,邊緣 例 My neighbor decorated the **perimeter** of their garden with LED light bulbs last Christmas. 去年聖誕節時,我的鄰居用 LED 燈裝飾了他們的花園周邊。
	-scop- (字根) 看,觀察 **periscope** [`pɛrəˌskop] (n.) 潛望鏡 例 The tank commanders use **periscopes** to inspect their situation through the vehicle roof. 坦克指揮官用潛望鏡透過車頂視察周遭的狀況。

實用字

-pat- （字根）走動；小路

peripatetic [ˌpɛrɪpə`tetɪk] （adj.）巡迴工作的，流動的

記 字面意思是「在周圍走動」，原來用於形容亞里斯多德喜歡邊走邊講課的樣子，後來引申為巡迴工作的意思。

例 He used to have a **peripatetic** life when he was in the army.
他以前在軍隊曾過著動盪不定的生活。

operative [`ɑpərətɪv] （adj.）和手術有關的

perioperative [ˌpɛrɪ`ɑpərətɪv] （adj.）手術前後的，手術全期的

記 包圍住術前、術中和術後的時間，就指手術全期。

例 Luckily, the patient didn't have any **perioperative** complications.
該病患很幸運地沒有任何手術全期的併發症。

natal [`netl] （adj.）出生的

perinatal [ˌpɛrə`netl] （adj.）出生前後的，圍產期的

例 Preterm birth is a major challenge in **perinatal** health care.
早產是圍產期照護的一大挑戰。

進階字

hélios （希臘文）太陽

perihelion [ˌpɛrɪ`hiliən] （n.）近日點

例 In January the Earth reaches **perihelion**.
一月份地球到達近日點。

gee （古希臘文）地球

perigee [`pɛrəˌdʒi] （n.）近地點

例 When a Full Moon occurs close to the Moon's **perigee**, it is known as a Supermoon.
當滿月正好行經近地點時，就是我們看到的超級月亮。

-cardi- （字根）心臟

pericardium [ˌpɛrɪ`kɑrdɪəm] （n.）心包，心囊

例 The **pericardium** protects and lubricates your heart and keeps it in place within your chest.
心包保護並潤滑你的心臟且固定心臟在胸腔內的位置。

-ton- （字根）延展

peritonitis [ˌpɛrətn̩`aɪtɪs] （n.）腹膜炎

補充 peritoneum 腹膜（包覆大部分腹腔內器官的一層膜）

例 **Peritonitis** could result from invasive medical procedures such as surgery, or the use of a feeding tube.
腹膜炎可能由侵入式治療引起，像是手術或使用餵食管。

❓ Quiz Time

填空

(　　) 1. 句點：peri___　　　（A）od　　　　（B）gee　　　（C）meter

(　　) 2. 周邊設備：peri___　　　（A）phrasis　　（B）ference　（C）pheral

(　　) 3. 迂迴表達：peri___　　　（A）meter　　　（B）phrasis　（C）locution

(　　) 4. 潛望鏡：peri___　　　　（A）meter　　　（B）scope　　（C）pheral

(　　) 5. 出生前後的：peri___　（A）operative （B）helion　（C）natal

解答：1. A 2. C 3. B 4. B 5. C

表「好壞」的字首 1

bene-/bon-

▶good，表「好的」

字首 bene- 通常可以轉變成 bon-，例如 bonus 獎金，紅利，津貼。

🎧mp3: 096

字首 + 字根

bene + fit = benefit

徐薇教你記　做得好、做有益於大家的事，就是「利益」。

　　-fit-（字根）做

benefit [ˈbɛnəfɪt]（n.）利益；好處

例　Susan got a lot of **benefits** from doing yoga.
　　蘇珊從做瑜珈當中得到許多益處。

字首 + 字根 + 字尾

bene + fic + ary = beneficiary

徐薇教你記 -ary 表「人」的名詞字尾，beneficiary 和利益好處有關的人，就是「受益人」。

-fic- （字根）做

benefic**iary** [͵bɛnəˋfɪʃɪ͵ɛrɪ] (n.) 受益人；遺產繼承人

例 It stated in his will that Ruby was the beneficiary.
他的遺囑裡有寫露比是他的財產繼承人。

bene + dict + ion = benediction

徐薇教你記 bene- 好的，-dic- 說（如：predict 預測；dictionary 把說話的字紀錄下來，指字典），-tion 名詞字尾。benediction 說好話，指給人「祝福」。

-dict- （字根）說

benedict**ion** [͵bɛnəˋdɪkʃən] (n.) 祝福

例 The benediction took place at the church.
這個祝禱在教堂舉行。

補充 benedict 原指年長而新婚的男子，而 B 大寫時則為男子名班尼迪克（Benedict）。eggs benedict 則是一種常見的西式早餐（兩顆水煮蛋、英國鬆餅切半加火腿、培根及荷蘭醬）。

bene + vol + ent = benevolent

徐薇教你記 bene- 好的，-vol- 祈願、意志，-ent 形容詞字尾，benevolent 有好意，總是希望帶好東西給別人就是「仁慈的、善意的」。

-vol- （字根）祈願；意志

benevol**ent** [bəˋnɛvələnt] (adj.) 仁慈的；善意的

例 After many years of tyrants, they finally had a benevolent king.
經歷多年的暴政後，他們終於有一位仁慈的國王了。

舉一反三 ▶▶▶

初級字

bonus [ˋbonəs] (n.) 獎金，紅利，津貼
例 Every employee will get an annual bonus.
每位員工都會有一筆年度獎金。

表「好壞」的字首 bene-/bon-

boon [bun]（n.）恩賜；福利，有用之物
例 This large reservoir is a great **boon** to the islanders.
這座大型蓄水池對島上居民來說是一種恩賜。

-ity（名詞字尾）表「狀態、性質」
bounty [ˋbaʊntɪ]（n.）獎金；賞金
例 The **bounty** on the escaped convict is very high.
抓那個脫逃囚犯的賞金非常高。

實用字

-fic-（字根）做
beneficial [͵bɛnəˋfɪʃəl]（adj.）有益的，有利的
例 Living in the country is **beneficial** to our health.
住在鄉下對我們的健康有益處。

-fac-（字根）做
benefaction [͵bɛnəˋfækʃən]（n.）捐贈，捐款
例 The generous **benefaction** from an anonymous donor
means the animal shelter can stay open.
這筆匿名的巨額捐款意味著動物收容所可以繼續營運了。

-fac-（字根）做
benefactor [ˋbɛnəˏfæktɚ]（n.）捐款人；贊助人
例 Uncle Andrew is the **benefactor** of this scholarship.
安德魯叔叔是這個獎學金的贊助人。

進階字

-gen-（字根）引起；產生
benign [bɪˋnaɪn]（adj.）仁慈的；良性的
例 It's a **benign** tumor and can be cured after the surgery.
它是個良性腫瘤，在手術後即可被治癒。

-fic-（字根）做
beneficent [bəˋnɛfəsn̩t]（adj.）行善的；有助益的
補充 名詞 beneficence 表「行善」，常指醫學倫理的原則之一。
例 He was **beneficent** to the poor.
他對窮人慈善。

? Quiz Time

填空

( ) 1. 利益、好處：bene＿＿　（A）dict　　（B）fit　　　（C）factor

( ) 2. 受益人：bene＿＿　　　（A）ficiary　（B）ficial　（C）factor

( ) 3. 獎金、津貼：bo＿＿　　（A）on　　　（B）unty　　（C）nus

( ) 4. 祝福：bene＿＿　　　　（A）diction（B）faction（C）volent

( ) 5. 仁慈的：bene＿＿　　　（A）ficial　（B）volent　（C）ficiary

解答：1. B 2. A 3. C 4. A 5. B

表「好壞」的字首 2

eu-

▶good, well，表「好的」

🎧 mp3: 097

字首 + 字根 + 字尾

eu + gen + ics = eugenics

徐薇教你記　eu- 好的，-gen- 生產，-ics 表學術的名詞字尾，研究如何生出更好的基因就是「優生學」。

-gen-（字根）生產

eugenics [juˋdʒɛnɪks]（n.）優生學

例　There was sporadic resistance to **eugenics** among scientists and religious leaders.
科學家和宗教領袖之間時不時出現反對優生學的聲音。

eu + than + ize = euthanize

徐薇教你記 eu- 好的，-than- 死亡，-ize 動詞字尾，好好地輕鬆死去就是安樂死。注意 euthanize 是指對動物實施安樂死。人類安樂死是用 euthanasia 一字。

-than-（字根）死亡

euthanize [ˋjuθənaɪz]（v.）（對動物實施）安樂死

例 She refused to **euthanize** her dying pet dog.
她拒絕為她快死的寵物狗實施安樂死。

補充 euthanasia [ˌjuθəˋneʒə]（n.）安樂死（= mercy killing）

字首 + 單字 + 字尾 ▶

eu + phem + ism = euphemism

徐薇教你記 說的好聽一點來取代原來的不適當用字，就是委婉說法。

pheme（希臘文）說話

euphemism [ˋjufəˏmɪzəm]（n.）委婉說法、措辭

例 "Pass away" is a **euphemism** for "die".
「過世」是「死」的委婉說法。

舉一反三 ▶▶▶

初級字	**-log-**（字根）說話 **eulogy** [ˋjulədʒɪ]（n.）悼文；頌詞 例 He delivered a moving **eulogy** at his father's funeral. 他在他父親的喪禮上發表了一個感人的悼文。
	-phor-（字根）載、運 **euphoric** [juˋfɔrɪk]（adj.）亢奮的；異常興奮的 記 把人帶進很好的感覺裡就會使人亢奮。 例 The soccer fans were **euphoric** about the team's victory. 那些足球迷對於該隊贏球感到非常亢奮。
實用字	**-phon-**（字根）聲音 **euphonious** [juˋfonɪəs]（adj.）悅耳的 例 The interpreter has a **euphonious** voice. 那名口譯員的聲音非常悅耳。

-calyp- （字根）覆蓋，保護

eucalyptus [ˌjukəˋlɪptəs] （n.）尤加利樹

（記）因這種樹對花苞的良好保護而得名。

（例）Koalas don't need to drink very often because they get most of the moisture they need from **eucalyptus** leaves.
無尾熊不需要常喝水是因為牠們從尤加利樹葉攝取了所需的大部分水份。

進階字

angel [ˋændʒəl] （n.）天使，使者

evangelist [ɪˋvændʒəlɪst] （n.）（基督教）佈道者

（記）ev- 為 eu- 的變形，angel 原指宣布者或福音，evangelist 就是宣傳好消息的人。

補充 E 大寫時是指聖經的四福音書作者

（例）Several **evangelists** came to Taiwan and established churches here.
好幾位傳道人來到台灣並在這裡建立教會。

-pept- （字根）消化

eupepsia [juˋpɛpʃə] （n.）消化良好（醫學用詞）

（反）dyspepsia 消化不良

（例）A good night's sleep assists **eupepsia**.
一夜好眠有助於消化。

Quiz Time

中翻英，英翻中

( ) 1. eugenics （A）佈道者 （B）安樂死 （C）優生學

( ) 2. 委婉措辭 （A）eulogy （B）euphemism （C）euthanasia

( ) 3. 安樂死 （A）euthanize （B）euphoric （C）eugenics

( ) 4. euphonious（A）委婉的 （B）亢奮的 （C）悅耳的

( ) 5. eulogy （A）悼文 （B）委婉說法 （C）尤加利樹

解答：1. C 2. B 3. A 4. C 5. A

mal-

▶bad，表「不好的」

字首 bene- 的反義。

🎧 mp3: 098

字首 + 單字

mal + treat = maltreat

treat [trit]（v./n.）對待；請客
maltreat [mæl`trit]（v.）虐待

例 The drunk man **maltreats** his wife.
那酗酒的男人虐待他的太太。

mal + function = malfunction

function [`fʌŋkʃən]（n.）功能
malfunction [mæl`fʌŋkʃən]（n.）故障；（v.）發生故障

例 This toaster **malfunctioned**, so I want a new one!
這個烤麵包機故障了，所以我要一台新的！

mal + nutrition = malnutrition

nutrition [nju`trɪʃən]（n.）營養
malnutrition [ˌmælnju`trɪʃən]（n.）營養不良

例 Babies in Africa often die of **malnutrition**.
非洲的小孩通常因為營養不良而死亡。

字首 + 字根 + 字尾

mal + vol + ent = malevolent

徐薇教你記　mal- 不好的，-vol- 祈願、意志，-ent 形容詞字尾。malevolent
祈願、祝你不好，也就是「惡意的、惡毒的」。

-vol- （字根）祈願；意志

malevolent [məˈlɛvələnt] （adj.）惡意的；惡毒的

例 The **malevolent** teacher gave the students too much homework.
那個惡毒的老師給學生太多的功課了。

比 benevolent 善意的，好意的

舉一反三 ▶▶▶

初級字	**malady** [ˈmælədɪ] （n.）疾病 例 He suffers from a little-known **malady**. 他正忍受一種罕見疾病的痛苦。 比 melody 旋律
	malice [ˈmælɪs] （n.）惡意 **malicious** [məˈlɪʃəs] （adj.）惡意的 例 A **malicious** thief shot someone last night. 一個不懷好意的小偷昨晚射殺了人。
實用字	**software** [ˈsɔftˌwɛr] （n.）軟體 **malware** [ˈmælˌwɛr] （n.）惡意軟體 例 Be careful while downloading files. You never know where the **malwares** are from. 下載檔案時要小心。你永遠不知道惡意程式來自哪裡。
	-gen- （字根）引起；產生 **malign** [məˈlaɪn] （adj.）有害的，邪惡的；（v.）誹謗，中傷 例 The bully was seen as a **malign** influence on campus. 那個惡霸被視為校園中的不良影響。
進階字	**content** [kənˈtɛnt] （adj.）滿足的 **malcontent** [ˈmælkənˌtɛnt] （n.）不滿份子 例 That **malcontent** often comes here to make trouble. 那個不滿份子通常都會來這裡製造麻煩。
	formation [fɔrˈmeʃən] （n.）結構；形狀 **malformation** [ˌmælfɔrˈmeʃən] （n.）畸形 例 Even though their child was born with limb **malformation**, they didn't lose hope. 他們的孩子雖然四肢生來畸形，他們並沒有失去盼望。

其他字首 1

a-/an-

▶not, without，表「沒有」

字首 a-/an- 表否定，當搭配的字是母音開頭時，會用 an- 與其搭配。

🎧 mp3: 099

字首 + 字根

a + tom = atom

徐薇教你記　小到無法再切割的東西就是原子。

-tom- （字根）切割

atom [ˈætəm] （n.）原子

例　Do you know how small an **atom** is?
你知道一個原子有多小嗎？

字首 + 字根 + 字尾

an + onym + ous = anonymous

徐薇教你記 an-沒有，-onym-名字，-ous形容詞字尾。沒有名字就是匿名。

-onym-（字根）名字

anonymous [ə'nɑnəməs]（adj.）匿名的

例 The orphanage received a large sum of money from an **anonymous** donor.
這間孤兒院收到了來自匿名捐贈者的一筆巨款。

a + path + y = apathy

徐薇教你記 a-沒有，-path-感受，-y名詞字尾。沒有感受感情就是冷漠。

-path-（字根）感受

apathy ['æpəθɪ]（n.）冷漠；懶怠

例 The campaign was not successful because of public **apathy**.
由於公眾反應冷淡，這次運動並沒有很成功。

舉一反三▶▶▶

初級字

-orexi-（字根）食慾

anorexia [ˌænə'rɛksɪə]（n.）厭食症

例 That super model has been suffering from **anorexia**.
那名超模一直受厭食症折磨。

-arch-（字根）統治

anarchy ['ænəkɪ]（n.）無政府狀態；混亂狀態

例 The country once fell into **anarchy** in the past.
該國過去曾一度陷入無政府狀態。

ekdotos（希臘文）發表，出版

anecdote ['ænɪkˌdot]（n.）某人的趣聞，軼事

補充 原指未發表的事情，像是某人的秘密事蹟。

例 Dad told some amusing **anecdotes** about his childhood.
爸爸說了一些關於他童年時的趣事。

syle（希臘文）逮捕權
asylum [əˋsaɪləm]（n.）庇護；庇護所

例 How long does it take to apply for political **asylum** in the United States?
在美國申請政治庇護要花多久時間？

-mne-（字根）記憶
amnesty [ˋæmnəstɪ]（n.）特赦

例 Most political prisoners were granted **amnesty**.
大部分的政治犯都得到特赦了。

typical [ˋtɪpɪk!]（adj.）典型的
atypical [eˋtɪpɪk!]（adj.）非典型的；異常的；不同尋常的

例 Prof. Wang has been studying the **atypical** behaviors in children with autism.
王教授一直在研究自閉兒童的異常行為。

-the-（字根）神明
atheist [ˋeθɪɪst]（n.）無神論者

例 People tend to consider scientists as **atheists**.
人們常會覺得科學家就是無神論者。

phasis（希臘文）說話
aphasia [əˋfeʒɪə]（n.）失語症

例 **Aphasia** is an inability to comprehend or formulate language because of brain damage.
失語症是因為腦部受損而導致喪失理解及表達語言的症狀。

-aesth-（字根）感覺
anesthetic [͵ænəsˋθɛtɪk]（n.）麻醉劑

例 The operation is performed under local **anesthetic**.
手術是在局部麻醉狀態下進行的。

-hem-（字根）血
anemia [əˋnimɪə]（n.）貧血

例 Having **anemia** may make you feel tired and weak.
罹患貧血可能會讓你感覺疲倦虛弱。

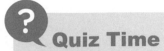

？ Quiz Time

中翻英，英翻中

( ) 1. anonymous 　（A）異常的　　（B）匿名的　　（C）冷漠的

( ) 2. 厭食症　　　（A）anemia　　（B）aphasia　　（C）anorexia

( ) 3. asylum　　　（A）庇護　　　（B）特赦　　　（C）原子

( ) 4. 軼事　　　　（A）anarchy　　（B）anecdote　（C）anesthetic

( ) 5. apathy　　　（A）無神論　　（B）無政府狀態（C）冷漠

解答：1. B 2. C 3. A 4. B 5. C

其他字首 2

cata-

▶down，表「下降；完全」

🎧 mp3: 100

字首 + 字根

cata + log = catalog

徐薇教你記　把所有東西說明得完整清楚，就是「目錄」。

-log-（字根）說

catalog [ˋkætəlɔg]（n.）目錄

例　I want to order item 45-M from your spring **catalog**.
　　我想要訂你們春季目錄上的編號 45-M 的商品。

cata + strophe = catastrophe

徐薇教你記 東西整個翻轉過來、上下顛倒，完全亂掉，就是災難。

-strophe-（字根）翻轉
catastrophe [kəˋtæstrəfɪ]（n.）大災難

例 This old house is a **catastrophe** waiting to happen.
這間老房子是個未爆彈，隨時都有可能造成災難。

舉一反三▶▶▶

初級字

-egor-（字根）集合
category [ˋkætə͵gorɪ]（n.）類別；種類

記 往下一個個集合在一起，指「類別、種類」。

例 When it comes to baseball, Tom is in a different **category**.
一說到棒球，湯姆是另一個世界的人。

-pul-（字根）猛力投擲
catapult [ˋkætə͵pʌlt]（n.）投石器（古代武器之一）

例 In the twelfth century, **catapults** were a major weapon.
十二世紀時，投石器是主流的武器。

tumba（拉丁文）墳墓
catacomb [ˋkætə͵kom]（n.）地下墓穴

例 Explorers were surprised at the rather expansive **catacombs**.
探險家們對於這個地下墓穴範圍之大感到非常驚訝。

實用字

-ract-（字根）破裂
cataract [ˋkætə͵rækt]（n.）（1）大瀑布（2）白內障

例 The woman has **cataracts**, and can no longer see the TV screen clearly.
這女士有白內障，再也無法看清楚電視螢幕。

-clysm-（字根）沖洗
cataclysm [ˋkætə͵klɪzəm]（n.）洪水；劇變

例 **Cataclysms** have destroyed the tourism in this area.
大洪水已經摧毀了這個地方的觀光業。

hedra（希臘文）座位
cathedral [kəˋθidrəl]（n.）大教堂，主教座堂（設有主教座位的教堂）

記 主教坐在座位上向下監督。

例 Cologne **Cathedral** was declared a World Heritage Site in 1996.
科隆大教堂於一九九六年被認定為世界文化遺產。

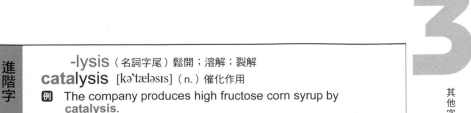

進階字

-lysis（名詞字尾）鬆開；溶解；裂解

catalysis [kə`tæləsɪs]（n.）催化作用

例 The company produces high fructose corn syrup by **catalysis**.
這家公司用催化作用來生產高果糖糖漿。

-bol-（字根）丟

catabolism [kə`tæbəlɪzəm]（n.）分解代謝，異化作用

例 **Catabolism** breaks down large molecules into smaller units.
異化作用將大分子分解成更小的單元。

---

rhein（希臘文）流動

catarrh [kə`tɑr]（n.）黏膜炎；鼻喉部黏液

例 **Catarrh** is an excess of thick phlegm or mucus in an airway or cavity of the body.
黏膜炎就是有過多的濃痰或黏液卡在呼吸道或體腔中。

-ton-（字根）張開，延展

catatonic [ˏkætə`tɑnɪk]（adj.）罹患緊張症的

例 If someone is **catatonic**, they are stiff and not moving or reacting, as if dead.
如果人罹患了緊張症，通常會身體僵硬不動或是無法做反應，就像死了一樣。

Quiz Time

填空

（　）1. 大災難：cata＿＿＿　（A）strophe　（B）ract　（C）clysm

（　）2. 目錄：cata＿＿＿　（A）pult　（B）log　（C）comb

（　）3. 大教堂：cat＿＿＿　（A）lysis　（B）hedral　（C）arrh

（　）4. 類別：cat＿＿＿　（A）alog　（B）clysm　（C）egory

（　）5. 白內障：cata＿＿＿　（A）clysm　（B）lysis　（C）ract

解答：1. A　2. B　3. B　4. C　5. C

epi-

▶upon, toward，表「在上；朝向」

epi- 表在上面，或是加上去，因此也引申為朝某處附加上去的意思。變化型為 ep-。

🎧 mp3: 101

字首 + 單字

epi + dermis = epidermis

徐薇教你記　真皮上面的那一層就是表皮。

dermis [`dɜmɪs] (n.) 真皮
epidermis [ˌɛpəˋdɜmɪs] (n.) 表皮

例 The **epidermis** layer of the skin protects our skin from any infection and danger.
皮膚的表皮層保護我們的皮膚不受到危險與感染。

epi + center = epicenter

徐薇教你記　震央就在震源的上方。

center [ˋsɛntɚ] (n.) 中央
epicenter [ˋɛpɪˌsɛntɚ] (n.) 震央

例 There were some aftershocks near the **epicenter**.
在震央的附近又發生了幾起餘震。

字首 + 字根 + 字尾

epi + dem + ic = epidemic

徐薇教你記　epi- 朝向，-dem- 人民，-ic 名詞字尾。朝眾人而來的東西就是會流行的「傳染病」。也可當形容詞表「會傳染的」。

-dem-（字根）人民
epidemic [ˌɛpəˋdɛmɪk] (n.) 傳染病；(adj.) 傳染的，流行的

例 Over a hundred old people died during the flu **epidemic** last winter.
去年冬天超過一百名老人因為流感大爆發而死亡。

初級字

eisod（希臘文）進來
episode [ˈɛpəˌsod]（n.）插曲、一段經歷；（電視節目的）一集

補充 episode 原指希臘悲劇兩次合唱中間穿插的表演。

例 It was an **episode** in his life that he'd like to forget.
這是他人生中不堪回首的一段經歷。

-tom-（字根）切
epitome [ɪˈpɪtəmɪ]（n.）縮影；典型

例 As a philanthropist, Mr. Huang was considered the **epitome** of goodness.
身為一名慈善家，黃先生被視為善良的最佳典範。

實用字

-gram-（字根）書寫
epigram [ˈɛpəˌgræm]（n.）警句；雋語

補充 epigram 最早指刻在紀念碑上的題詞。

例 The **epigram** the speaker said at the end of the speech was impressive.
講者在演講最後說的雋語令人印象深刻。

-log-（字根）說話
epilogue [ˈɛpəˌlɔg]（n.）結尾，收場白

比 prologue 開場白，序幕

例 Most film critics are satisfied with the **epilogue** of the film.
大部分影評對這部片的結尾感到滿意。

taphos（希臘文）墓碑
epitaph [ˈɛpəˌtæf]（n.）墓誌銘；悼文

例 What would you like your **epitaph** to be?
你想在你的墓誌銘上寫什麼呢？

ekhein（希臘文）持，握
epoch [ˈɛpək]（n.）時代，紀元

🔖 在時間上握住的一個點就是一個時代。

📝 The death of the president marked the end of an **epoch**.
這位總統的去世標誌著一個時代的結束。

-hemer-（字根）一天
ephemeral [ɪˈfɛmərəl]（adj.）短暫的；轉瞬即逝的

🔖 原指壽命只有一天的，引申為極短暫的、轉瞬即逝的。

📝 Fame in show business is actually **ephemeral**.
名聲在娛樂圈其實稍縱即逝。

? Quiz Time

將下列選項填入正確的空格中

（A）center　（B）dermis　（C）tome　（D）sode　（E）demic

（　　）1. 傳染病 = epi + ＿＿＿＿＿＿＿

（　　）2. 插曲　 = epi + ＿＿＿＿＿＿＿

（　　）3. 縮影　 = epi + ＿＿＿＿＿＿＿

（　　）4. 表皮　 = epi + ＿＿＿＿＿＿＿

（　　）5. 震央　 = epi + ＿＿＿＿＿＿＿

解答：1. E 2. D 3. C 4. B 5. A

homo-

▶表「相同的；相像的」

🎧 mp3: 102

字首 + 字根

homo + phon = homophone

徐薇教你記 -phon- 聲音，homophone 相同的聲音，指「同音但字義不同的字」。如：sun 和 son；night 和 knight。

-phon-（字根）聲音
homophone [ˋhɑməˏfon]（n.）同音字；同音異義字

例 "No" and "know" are **homophones**.
英文的「No（不）」和「know（知道）」是同音的字。

字首 + 單字

homo + sexual = homosexual

徐薇教你記 sexual 性別的，homosexual 相同性別的，也就是「同性戀的」。

sexual [ˋsɛkʃuəl]（adj.）性別的
homosexual [ˏhoməˋsɛkʃuəl]（adj.）同性戀的；（n.）同性戀者

例 Being **homosexual** is more accepted these days than in the past.
比起過去，近來同性戀者更能被接受。

homo + centric = homocentric

徐薇教你記 center 中心，centric 中心的，homocentric 有相同中心點的，就是「同心圓的」。

centric [ˋsɛntrɪk]（adj.）中心的
homocentric [ˏhoməˋsɛntrɪk]（adj.）同心圓的

例 The family members all agreed to meet in Taichung, because it seemed to be a **homocentric** location for all parties.
家族所有成員都同意要在台中見面，因為那個地點對每一家人來說看起來都是個中間點。

初級字	-onym- （字根）名字 **homonym** [ˈhɑmə‚nɪm]（n.）同音異義字；同形同音異義字；同形 異義字 例 The noun "bear", and the verb "bear" are **homonyms**. 名詞的「bear（熊）」和動詞的「bear（忍受）」是同形異義字。
	-phobia （字尾）恐懼症 **homophobia** [‚hɑməˈfobɪə]（n.）同性戀恐懼症 例 **Homophobia** can be commonly found in the army. 軍隊裡很容易見到對同性戀的恐懼症。
實用字	-graph- （字根）寫 **homograph** [ˈhɑmə‚græf]（n.）同形異義詞 例 The noun "record" is a **homograph** of the verb "record." 「record」的名詞就是其動詞的同形異義詞。
	polar [ˈpolə]（adj.）極點的；磁極的 **homopolar** [‚homəˈpolə]（adj.）同極的 例 The **homopolar** reunification of cells was the ultimate goal of the scientists. 細胞的同極融合是科學家們的終極目標。
	-plasy- （字根）生長；成形 **homoplastic** [‚homəˈplæstɪk]（adj.）相似的；同種的 例 The **homoplastic** nature of the human brain sets it apart from other species. 人腦的同種異體性讓人類有別於其他物種。
進階字	-log- （字根）語言；說 **homologous** [hoˈmɑləgəs]（adj.）同源的；同型的；一致的 例 The alien has **homologous** chromosomes to our own -- a shocking discovery. 外星人有著和我們一致的染色體——真是令人震驚的發現。
	-morph- （字根）外型；形式 **homomorphism** [‚homəˈmɔrfɪzəm]（n.）同形；同態 例 The scientist used **homomorphism** to show the similarities between the two groups. 科學家們用「同形」來描述這兩個群組的相似程度。

? Quiz Time

將下列選項填入正確的空格中

（A）centric　（B）phone　（C）nym　（D）sexual　（E）polar

（　　）1. 同性戀者　　= homo + ＿＿＿＿＿＿

（　　）2. 同心圓的　　= homo + ＿＿＿＿＿＿

（　　）3. 同音字　　　= homo + ＿＿＿＿＿＿

（　　）4. 同極的　　　= homo + ＿＿＿＿＿＿

（　　）5. 同形異體字 = homo + ＿＿＿＿＿＿

解答：1. D 2. A 3. B 4. E 5. C

其他字首 5

intra-/intro-

▶within，表「在…裡面」

字首 intra- 是由字首 in- 衍生而來，表示往裡面，與 extra- 相反。

比　字首 inter- 表示「互相，兩者之間。」

🎧 mp3: 103

字首 + 單字

intra + net = intranet

徐薇教你記　只在公司裡面使用的網路，就是「內部網路」。

net [nɛt]（n.）網路
intranet [ˈɪntrəˌnɛt]（n.）內部網路

例　The new employee did not have access to the intranet yet.
該名新進員工還沒有進入內部網路的許可權。

(**intro** + **spect** = **introspect**)

> 徐薇教你記　向內看自己，表示「內省；自省；反省」。

-spect- （字根）看

introspect [ˌɪntrəˈspɛkt] （v.）內省；自省；反省

例　It's best that you **introspect** before you complain about others.
　　在你抱怨其他人之前你最好先反省自己。

比　in + spect = inspect 去看裡面→檢查

(**intro** + **vert** = **introvert**)

> 徐薇教你記　一直翻轉向內、不敢看外面，指「內向的人」。

-vert- （字根）翻轉

introvert [ˈɪntrəˌvɝt] （n.）內向的人

例　According to the research, most **introverts** are good listeners.
　　根據這份研究大部分的內向者善於聆聽。

比　extro + vert = extrovert 外向的人

舉一反三 ▶▶▶

初級字	-duc- （字根）引導
	introduce [ˌɪntrəˈdjus] （v.）介紹；引見
	例　I need to **introduce** you to my mother before we go on a date. 　　我們在交往之前我得先把你介紹給我媽媽認識。
	state [stet] （n.）州；政府
	intrastate [ˌɪntrəˈstet] （adj.）州內的
	例　You have to exit here, because this is only an **intrastate** highway. 　　你得從這出口離開，因為這只是一條州內的高速公路。
實用字	mural [ˈmjurəl] （adj.）牆壁的；掛在牆壁上的
	intramural [ˌɪntrəˈmjurəl] （adj.）校內的
	例　College students often are involved in **intramural** activities. 　　大學生常常參與校內的活動。

muscular [ˋmʌskjələ] （adj.）肌肉的
intramuscular [ˌɪntrəˋmʌskjələ] （adj.）肌肉內的
例 The athlete took a week off due to **intramuscular** pain.
該名運動員因肌肉疼痛休息一週。

vein [ven] （n.）靜脈
intravenous [ˌɪntrəˋvinəs] （adj.）靜脈的
例 The boy is so dehydrated that we need to give him
intravenous fluids.
那男孩脫水過多，因此我們需要為他進行靜脈注射輸液。

進階字

entrepreneur [ˌɑntrəprəˋnɚ] （n.）企業家
intrapreneur [ˌɪntrəprəˋnɚ] （n.）企業內部創業者；內部創業員
例 The **intrapreneur** created a multitude of new products for our
company.
這位內部創業員工為公司創造了多樣新產品。

-mis- （字根）運送
intromission [ˌɪntrəˋmɪʃən] （n.）插入；入場許可
例 During **intromission**, the screw fell out and I had to try again.
在把東西插進去時，螺絲掉了出來，所以我得再試一次。

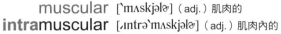

Quiz Time

填空

（　）1. 內向者：intro＿＿＿　（A）vert　（B）spect　（C）net

（　）2. 內省：＿＿＿spect　（A）in　（B）intra　（C）intro

（　）3. 介紹：intro＿＿＿　（A）vert　（B）duce　（C）mission

（　）4. 靜脈的：intra＿＿＿　（A）mural　（B）state　（C）venous

（　）5. 內部網路：＿＿＿net　（A）intra　（B）intro　（C）inter

解答：1. A 2. C 3. B 4. C 5. A

mon(o)-

▶one，表「單一的」

在音響聲音裡面的單聲道，也是用 mono 這個字喔。

比　uni- 指「獨一的；只有一個的」

🎧 mp3: 104

字首 + 單字

mono + rail = monorail

徐薇教你記　rail 軌道（如：railway 鐵路；rail station 火車站），monorail 單一軌道的，指「單軌列車」。

　　　　　　rail　[rel]（n.）鐵軌

monorail　[ˋmɑnoˏrel]（n.）單軌鐵路；單軌列車

例　The **mono**rail carries one million passengers a day.
該單軌列車每天載運一百萬人次的乘客。

字首 + 字根

mon + arch = monarch

徐薇教你記　只有單一個人的統治，指「帝王、君王」。

　　-arch-（字根）統治、治理

monarch　[ˋmɑnɚk]（n.）君王；帝王

例　The **mon**arch was loved by his people.
這個君王在以前受到人們的愛戴。

字首 + 字根 + 字尾

mono + pol + y = monopoly

徐薇教你記　mono- 單一的，-pol- 賣，-y 名詞字尾。monopoly 只有單一一個人或一個單位可以賣，就是「壟斷、獨佔」；比賽誰能壟斷市場的遊戲，指「大富翁」。

-pol-（字根）賣

monopoly [məˋnɑplɪ] (n.)（1）獨佔；壟斷；（2）（遊戲）大富翁

例 John Rockefeller used to have a **monopoly** on oil.
約翰洛克斐勒曾擁有石油的專賣權。

舉一反三▶▶▶

初級字	**mono** [ˋmɑno] (adj.) 單聲道的 例 In the 1950s, all the new music was recorded in **mono**. 在一九五零年代，所有的新音樂都是以單聲道來錄製。
	tone [ton] (n.) 聲調；音調 **monotony** [məˋnɑtn̩ɪ] (n.) 聲音單調、無變化；千篇一律 例 We need a break from the **monotony** of staring at computer screens all day. 盯著電腦螢幕看一整天，我們得從單調的狀況中稍微休息一下。
實用字	-gam-（字根）婚配 **monogamy** [məˋnɑgəmɪ] (n.) 一夫一妻制 例 In most countries, spouses practice **monogamy**. 在大部份國家，夫妻都實行一夫一妻制。
	-log-（字根）說 **monologue** [ˋmɑnəˌlɔg] (n.) 獨角戲；獨白 例 The drama was interpreted by the main character's long **monologue**. 這齣戲劇是由一個主要角色一長段的獨白來詮釋。
進階字	-cyte-（字根）細胞 **monocyte** [ˋmɑnəˌsaɪt] (n.) 單核白血球細胞 例 Several **monocytes** spread to the source of the infection. 一些白血球細胞會擴散到感染的地方。
	-graph-（字根）書寫；畫 **monograph** [ˋmɑnəˌgræf] (n.) 專文；專論 例 My professor told me to complete a **monograph** on the bioengineering of insects. 我的教授要我完成這份關於昆蟲生物工程的專文。

? Quiz Time

填空

( ) 1. 壟斷：mono＿＿＿　　（A）tony　（B）gamy　（C）poly

( ) 2. 帝王：＿＿＿arch　　　（A）mon　（B）mono　（C）uni

( ) 3. 單軌列車：mono＿＿＿　（A）arch　（B）rail　（C）cyte

( ) 4. 獨白：mono＿＿＿　　（A）logue　（B）graph　（C）tony

( ) 5. 一夫一妻制：mono＿＿＿（A）poly　（B）gamy　（C）tony

解答：1. C 2. A 3. B 4. A 5. B

其他字首 7 ••

omni-

▶all, every，表「全部；每個」

🎧 mp3: 105

字首 + 字根 + 字尾 ▶

┌─────────────────────────────────┐
│ omni + sci + ent = omniscient │
└─────────────────────────────────┘

徐薇教你記　omni- 全部，-sci- 知道（如：science 科學），-ent 形容詞字尾。全部都知道就是無所不知。

-sci-（字根）知道

omniscient [ɑmˋnɪʃənt]（adj.）無所不知的

例　The novelist prefers using **omniscient** narrative technique in his works.
這位小說家偏好在作品中用全知敘事的寫作技巧。

(**omni + vor + ous = omnivorous**)

徐薇教你記 omni- 全部，-vor- 吞嚥（如：devour 狼吞虎嚥），-ous 形容詞字尾，什麼都吃就是「雜食性的」，引申為對什麼都感興趣的。

補充 omnivore 就是雜食動物

-vor- （字根）吞嚥

omnivorous [ɑmˋnɪvərəs] （adj.）雜食性的；興趣廣泛的

例 Allen is an **omnivorous** reader, and he has a wide collection of books.
亞倫是個涉獵廣泛的讀者，他有很大量的藏書。

字首 + 單字

(**omni + directional = omnidirectional**)

徐薇教你記 directional 方向的、定向的，omnidirectional 所有的方向，就是全方向的。

direction [dəˋrɛkʃən] （n.）方向

omnidirectional [ˌɑmnɪdəˋrɛkʃən!] （adj.）（天線）全方向的

例 **Omnidirectional** antennas are used in mobile devices that use radio such as cellphones and walkie-talkies.
全向性天線會用於使用無線電的行動裝置，例如手機和手持無線對講機。

舉一反三 ▶▶▶

初級字	present [ˋprɛznt] （adj.）在場的，存在的
	omnipresent [ˌɑmnɪˋprɛznt] （adj.）無所不在的
	例 The actor was so popular that he became an **omnipresent** icon of fashion. 那名男演員紅到成為無所不在的時尚象徵。
	potent [ˋpotnt] （adj.）強大的；有效力的
	omnipotent [ɑmˋnɪpətənt] （adj.）全能的，無所不能的
	例 For the little kids, their parents seem **omnipotent**. 對這些小孩子來說，他們的爸媽似乎是無所不能的。

<table>
<tr><td rowspan="2">實用字</td><td>

bus [bʌs]（n.）公車

omnibus [ˈɑmnɪbəs]（n.）選集，匯編；（adj.）綜合性的

補充 omnibus 源自拉丁文，表「給所有人的」，最早指所有人都可搭的公共汽車，後來演變為涵蓋各種作品的選集。

例 Has the author ever published any **omnibus** edition of novels?
這位作者是否曾發行過小說選集呢？

</td></tr>
<tr><td>

fari（拉丁文）說

omnifarious [ˌɑmnɪˈfɛrɪəs]（adj.）多方面的，各種各樣的

同 multifarious

例 Linda joined **omnifarious** extracurricular activities in college. She belonged to eight different clubs.
琳達大學時參加了各種課外活動。她參與了八個不同的社團。

</td></tr>
<tr><td>進階字</td><td>

benevolent [bəˈnɛvələnt]（adj.）仁慈的；善意的

omnibenevolent [ˌɑmnɪbəˈnɛvələnt]（adj.）（神）全善的，無所不善的

例 They believe that God is **omnibenevolent**.
他們相信上帝是完全良善的。

</td></tr>
</table>

? Quiz Time

將下列選項填入正確的空格中

（A）vorous （B）potent （C）present （D）scient （E）directional

（   ）1. 雜食性的　= omni + _____

（   ）2. 無所不知的 = omni + _____

（   ）3. 無所不在的 = omni + _____

（   ）4. 全方向的　= omni + _____

（   ）5. 全能的　　= omni + _____

解答：1. A 2. D 3. C 4. E 5. B

para-

▶（1）beside「在…旁邊的」
　（2）guard against「對抗；防避」

字首 para- 衍生的意義繁多，這裡只列出最重要的兩個：

① para 源自希臘文介係詞表 beside，衍生出相似、在旁輔助的意思。

② para 在拉丁文是動詞表 guard against，因此產生出 parachute 等字。

🎧 mp3: 106

字首 + 字根

para + allel = parallel

徐薇教你記 para- 在旁邊，allel 來自 -allo- 另一個。parallel 旁邊跟著另一個隨侍在側，彼此之間很相似，也就是「平行的、平行線」。

-allo-（字根）另一個；其它

parallel [ˋpærəʌlɛl]（adj.）平行的；（n.）平行線

補充 parallel imports 水貨（真品平行輸入）

例 The streets run **parallel** to each other.
這些街道彼此是平行的。

字首 + 單字

para + sitos = parasite

徐薇教你記 para- 在旁邊，sitos 食物，在一旁什麼也不做只會吃的就是寄生蟲。

sitos（希臘文）食物

parasite [ˋpærəʌsaɪt]（n.）寄生生物；攀附植物

例 You have to get a job if you don't want to be a **parasite** to your family.
如果你不想當家裡的寄生蟲的話，你得去找個工作。

字首 + 單字

para + chute = parachute

徐薇教你記　para- 對抗、防避，chute 掉落，防止你墜落受傷的東西，指「降落傘」。

chute [ʃut] (v.) 掉落；(n.) 掉落；瀑布、急流
parachute [ˈpærəˌʃut] (n.) 降落傘

例　The paratrooper died because his **parachute** didn't open.
傘兵隊員在跳傘時因降落傘沒張開而摔死了。

字首 + 字根

para + dox = paradox

徐薇教你記　para- 表在旁、相反，paradox 在旁邊的相反意見，擺在一起就會互相矛盾喔。

-dox- (字根) 意見
paradox [ˈpærəˌdɑks] (n.) 自相矛盾的言語；似是而非的議論

例　Time travel seems to be the biggest **paradox** in science fiction stories.
時空旅行看來是科幻小說裡最大的矛盾之處。

舉一反三 ▶▶▶

初級字	-graph- (字根) 寫、畫 **para**graph [ˈpærəˌgræf] (n.) 文章的段落 (也縮寫為 para) 例　Be sure to write three **paragraphs** this time instead of two! 這次要確定寫三段，不要只寫兩段！
	-sol- (字根) 太陽 **para**sol [ˈpærəˌsɔl] (n.) 陽傘 記　para- 對抗，防止被太陽曬傷的就是陽傘。 例　In Taiwan, **parasols** are popular to avoid sunburns. 在臺灣，陽傘是避免曬傷的普遍方式。
實用字	-ly- (字根) 放鬆 **para**lyze [ˈpærəˌlaɪz] (v.) 使癱瘓；使無力 例　The girl became **paralyzed** with fright when she saw the ghost. 當那女孩看到鬼時，她因害怕而全身無力。

-meter-（字根）測量

parameter [pəˋræmətə] （n.）限定因素；界限；範圍

例 The children tested the **parameters** of the teacher's patience.
孩子們在挑戰老師耐心的限度。

進階字

phrase [fɾez] （v.）表達；（n.）片語

paraphrase [ˋpærəˌfɾez] （v.）改述；（n.）釋義

記 paraphrase 指用更易理解的方式去解釋。

例 Please try to **paraphrase** this paragraph in your own words.
請用你自己的話改述這個段落。

professional [prəˋfɛʃən!] （n.）專業人員

paraprofessional [ˌpærəprəˋfɛʃən!] （n.）專業輔助人員

補充 para- 表輔助常用於職位名稱，如：paramedic 醫務輔助人員。

例 **Paraprofessionals** don't make very much money these days.
最近專業輔助人員賺的錢不多。

? Quiz Time

將下列選項填入正確的空格中

（A）chute （B）site （C）dox （D）sol （E）graph

（　）1. 陽傘　　= para + ＿＿＿＿＿＿

（　）2. 降落傘　= para + ＿＿＿＿＿＿

（　）3. 寄生蟲　= para + ＿＿＿＿＿＿

（　）4. 段落　　= para + ＿＿＿＿＿＿

（　）5. 自相矛盾 = para + ＿＿＿＿＿＿

解答：1. D 2. A 3. B 4. E 5. C

poly-

▶**many, much**，表「超過一個或很多的」

🎧 mp3: 107

字首 + 字根

poly + phon = polyphone

徐薇教你記 -phon- 聲音，polyphone 同個字有多個聲音，指「多音字」。
如英文的 c，在 a, o, u 之前念 [k]，在 e, i 之前念 [s]。中文的多音字如：「首都」
和「都是」的「都」不同音；「相同」和「面相」的「相」不同音。

-phon-（字根）聲音
polyphone [ˋpɑlɪͺfon]（n.）多音字
比 homophone 同音字
例 The use of **polyphones** is what makes reading English aloud difficult.
多音字的使用讓要大聲唸英文變得困難。

字首 + 單字

poly + syllable = polysyllable

syllable [ˋsɪləbl̩]（n.）音節
polysyllable [ͺpɑləˋsɪləbl̩]（n.）多音節的字詞
例 Tom shows his arrogance by constantly using **polysyllables**.
湯姆一直用多音節字眼來展示他的傲慢。

初級字

clinic [ˈklɪnɪk] （n.）診所
polyclinic [ˌpɑlɪˈklɪnɪk] （n.）聯合診所；綜合醫院
例 The **polyclinic** accepts many different kinds of patients.
這間綜合醫院接受各種不同的病人。

-gon- （字根）角、邊
polygon [ˈpɑlɪˌɡɑn] （n.）多邊形、多角形
例 The math teacher wrote different kinds of **polygons** on the whiteboard.
數學老師在白板上畫出了幾種不同的多邊形。

-graph- （字根）寫、畫
polygraph [ˈpɑlɪˌɡræf] （n.）測謊器
例 The man proved his innocence by taking a **polygraph** test.
這男人以接受測謊來證明了他的清白。

實用字

-gam- （字根）婚配
polygamy [pəˈlɪɡəmɪ] （n.）一妻多夫制；一夫多妻制
比 monogamy 一夫一妻制
例 Practicing **polygamy** is against the law in most countries.
實行一夫多妻或一妻多夫在很多國家都是違反法律的。

-hedron- （字根）座位；邊；面
polyhedron [ˌpɑlɪˈhidrən] （n.）多面體；多角體
例 A famous architect designed this **polyhedron**.
一位知名的建築師設計了這個多面體。

-mer- （字根）部分
polymer [ˈpɑlɪmɚ] （n.）聚合物
例 My father says this **polymer** sealant is the best you can buy.
我爸爸說買這種聚合密封膠是最好的。

dipsa（希臘文）口渴

-ia（名詞字尾）…病

polydipsia [ˌpɑlɪˋdɪpsɪə]（n.）劇渴症

例 A man walking in the desert may suffer from **polydipsia**.
在沙漠裡行走的人可能會有劇渴症。

-morph-（字根）外型；形式

polymorphic [ˌpɑlɪˋmɔrfɪk]（adj.）多形的；多型態的

例 The engineer wants to find a way to detect the **polymorphic** malware.
程式工程師想要找出偵測多型態惡意程式的方法。

theist [ˋθiɪst]（n.）有神論者；相信有神的人

polytheist [ˌpɑləˋθiɪst]（n.）多神論者

polytheistic [ˌpɑləθiˋɪstɪk]（adj.）多神教的

例 The **polytheistic** religions of Greece and Rome are different from Christianity's.
希臘和羅馬的多神信仰和基督教是不一樣的。

? Quiz Time

填空

( ) 1. 測謊機：poly___　　（A）gon　　（B）gamy　　（C）graph

( ) 2. 聚合物：poly___　　（A）mer　　（B）gon　　（C）clinic

( ) 3. 多神論者：poly___　　（A）theist　（B）morphic　（C）hedron

( ) 4. 多音字：___phone　　（A）mono　　（B）poly　　（C）homo

( ) 5. 一夫多妻制：___gamy　（A）multi　（B）mono　　（C）poly

解答：1. C 2. A 3. A 4. B 5. C

semi-

▶half，表「一半」

🎧 mp3: 108

字首 + 單字

semi + conductor = semiconductor

徐薇教你記 具備導體一半的性質，也就是「半導體」。

conductor [kən`dʌktɚ]（n.）導體；指揮
semiconductor [͵sɛməkən`dʌktɚ]（n.）半導體

例 The silicon acts as a **semiconductor** at lower temperatures.
矽在較低溫的環境時可作為半導體。

semi + circle = semicircle

circle [`sɝk!]（n.）圓形
semicircle [`sɛmə͵sɝk!]（n.）半圓形

例 Draw a **semicircle**, and color it red.
畫一個半圓形，然後塗上紅色。

semi + final = semifinal

徐薇教你記 final 最後的；決賽（final countdown 倒數計時），semifinal 決賽賽程中間所進行的比賽，指「準決賽」。

final [`faɪn!]（n.）決賽；（adj.）最後的
semifinal [͵sɛmə`faɪn!]（n.）準決賽（簡稱 semi）

例 The **semifinal** game lasted until 1:00 a.m.
準決賽一直延長到凌晨一點鐘才結束。

semi + annual = semiannual

annual [`ænjʊəl]（adj.）年度的
semiannual [͵sɛmɪ`ænjʊəl]（adj.）每半年一次的；一年兩次的

例 We have a **semiannual** festival on the riverfront park.
我們在河濱公園有一個每半年舉行一次的慶典。

舉一反三 ▶▶▶

初級字	colon [ˋkolən]（n.）冒號 **semi**colon [ˋsɛmɪˌkolən]（n.）分號 例 Do you know how to use a **semicolon** in a sentence? 你知道要怎麼在句子中使用分號嗎？
	retired [rɪˋtaɪrd]（adj.）退休的 **semi**retired [ˌsɛmɪrɪˋtaɪrd]（adj.）半退休的 例 Ms. White is **semiretired**. She only has classes on Wednesdays. 懷特老師是半退休狀態。她只有週三有課要上。
實用字	detached [dɪˋtætʃt]（adj.）分離的 **semi**detached [ˌsɛmədɪˋtætʃt]（adj.）半獨立的；只有一邊相連的 例 His elbow is **semidetached**, causing him a lot of pain. 他的手肘斷了一半，讓他痛苦不已。
	professional [prəˋfɛʃənl̩]（adj.）職業的 **semi**professional [ˌsɛməprəˋfɛʃənl̩]（adj.）半職業性的 例 Although he isn't paid much, the **semiprofessional** player is good. 儘管那個半職業球員領的錢不多，但他能力挺好的。
進階字	automatic [ˌɔtəˋmætɪk]（adj.）自動的 **semi**automatic [ˌsɛməˌɔtəˋmætɪk]（adj.）半自動的 例 It is too easy to buy a **semiautomatic** gun in the United States. 在美國要買一把半自動手槍真的是太容易了。
	conscious [ˋkɑnʃəs]（adj.）意識清醒的；有知覺的 **semi**conscious [ˌsɛməˋkɑnʃəs]（adj.）半昏迷的；半清醒的 例 Please don't talk to him now -- he's only **semiconscious**. 現在請不要跟他說話，他還在半昏迷的狀態。

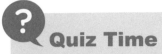

Quiz Time

將下列選項填入正確的空格中

（A）final （B）annual （C）circle （D）automatic （E）conductor

（　）1. 半圓形　　 = semi + ＿＿＿＿＿＿

（　）2. 半導體　　 = semi + ＿＿＿＿＿＿

（　）3. 半自動的　 = semi + ＿＿＿＿＿＿

（　）4. 準決賽　　 = semi + ＿＿＿＿＿＿

（　）5. 半年一次的 = semi + ＿＿＿＿＿＿

解答：1. C 2. E 3. D 4. A 5. B

其他字首 11

sym-/syn-

▶with, together，表「一起、共同」

字首 sym- 來自希臘文，另外一個字首 co-，也表示「共同、一起」，來自拉丁文。

變化形：syn-, syl-, sy-

🎧 mp3: 109

字首 + 字根

syn + drome = syndrome

徐薇教你記　-drom- 跑，syndrome 各種病徵一起跑出來，指「症候群」。

-drom-（字根）跑

syndrome [ˈsɪndrom]（n.）症候群，綜合症

例　The mother had to take special care of her baby, who was born with Down **syndrome**.
這個母親必須特別照料她生來就有唐氏症的孩子。

sym + path + y = sympathy

徐薇教你記 共同有的感覺，你我感受相通，就是「同理心、同情」。

-path- （字根）感覺

sympathy [ˈsɪmpəθɪ] （n.）同情

例 I have a lot of **sympathy** for widows of the disaster.
我對那災難後的寡婦們感到同情。

sym + phon + y = symphony

徐薇教你記 各式各樣的聲音共同互相協調，就是「交響樂」。

-phon- （字根）聲音

symphony [ˈsɪmfənɪ] （n.）交響樂；交響樂團

例 He plays the viola in the local **symphony**.
他在地方交響樂團裡彈奏中提琴。

舉一反三▶▶▶

初級字	-bol- （字根）丟 **symbol** [ˈsɪmbl̩] （n.）象徵 例 The statue is a **symbol** of our gratitude. 那個雕像象徵我們的感激之意。
	-ste- （字根）站 **system** [ˈsɪstəm] （n.）制度、系統 例 We have the best monorail **system** in the world. 我們有全世界最棒的單軌列車系統。
實用字	lambanein （希臘文）拿 **syllable** [ˈsɪləbl̩] （n.）音節 記 原指把字或音拿來放在一起。 例 In the word "symbol", you should stress the first **syllable**. 「symbol」這個字的重音是在第一音節。
	-the- （字根）放置 **synthetic** [sɪnˈθɛtɪk] （adj.）合成的，人造的 例 **Synthetic** fiber clothes do not absorb sweat and make me feel uncomfortable. 人造纖維的衣服不吸汗，讓我很不舒服。

進階字

-chron- （字根）和時間有關的、屬於時間的
synchronize [ˋsɪŋkrəˌnaɪz] （v.）同時發生；同步

例 Those water ballet dancers all need to **synchronize** with one another.
那些水中芭蕾舞者必須要和其他人動作同步。

-onym- （字根）名字
synonym [ˋsɪnəˌnɪm] （n.）同義字

例 "Disgusting" is a **synonym** of "repulsive."
「令人作嘔」和「令人厭惡」是同義字。

 Quiz Time

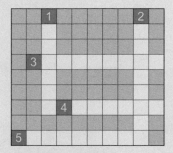

依提示填入適當單字

1. The computer _____ isn't working. We have to call the technician.

2. She plays the cello in the _____.

3. He seems to suffer from economy-class _____ after the long flight.

4. The dove is a _____ of peace.

5. I feel a lot of _____ for the poor orphans.

解答：1. system 2. symphony 3. syndrome 4. symbol 5. sympathy

-et(te)

▶表「小的」，加在名詞或形容詞後

🎧 mp3: 110

單字 + 字尾

isle + et = islet

徐薇教你記 isle 島嶼，islet，指更小的小島嶼。

isle [aɪl]（n.）島
islet [ˋaɪlət]（n.）小島
比 island 島嶼
例 The rich man bought an **islet** not far from Bermuda.
　那個有錢人買了一座離百慕達不遠的小島。

kitchen + ette = kitchenette

徐薇教你記 kitchen 廚房，kitchenette 指飯店小套房配備的簡易小廚房，具備基本的洗手台和瓦斯爐。

kitchen [ˋkɪtʃən]（n.）廚房
kitchenette [͵kɪtʃənˋɛt]（n.）（特指套房裡的）簡易廚房、小廚房
例 The apartment includes a small **kitchenette** for your convenience.
　這間公寓包含了一個方便你使用的小廚房。

舉一反三▶▶▶

初級字	blanc（法文）白色 blanket [ˋblæŋkɪt]（n.）毛毯 例 The child doesn't go anywhere without his **blanket**. 　那小孩子沒有他的小毯子就不去任何地方。
	cabin [ˋkæbɪn]（n.）艙房；小屋 cabinet [ˋkæbɪnət]（n.）貯藏櫃 例 Put all the clean dishes in the kitchen **cabinet**. 　把所有的乾淨碗盤放到廚房的貯藏櫃裡。

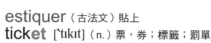

estiquer（古法文）貼上
tick**et** [ˋtɪkɪt]（n.）票，券；標籤；罰單
㊟ 原指貼在門牆上的小通知或標籤。
㊷ Please show your train ticket to the **ticket** collector.
請將你的車票給剪票員看。

實用字

banco（義大利文）長凳
banqu**et** [ˋbæŋkwɪt]（n.）宴會
㊟ 原指坐在小長凳上吃的點心。
㊷ Every guest dressed up for the **banquet**.
每位賓客都為了宴會盛裝打扮。

cigar [sɪˋgɑr]（n.）雪茄
cigar**ette** [ˌsɪgəˋrɛt]（n.）香煙
㊷ Fewer and fewer people smoke **cigarettes** these days.
近來越來越少人抽煙了。

table [ˋtebḷ]（n.）餐桌；圖表
tabl**et** [ˋtæblɪt]（n.）藥錠；（一）塊，牌；平板電腦
㊷ Take two **tablets** for your pain, and call me tomorrow.
痛的話服用兩錠藥片，然後明天打電話給我。

進階字

cellar [ˋsɛlɚ]（n.）酒窖；（藏酒的）地下室
cellar**et** [ˌsɛləˋɛt]（n.）小酒櫃；酒櫥
㊷ He keeps several bottles of fine wine in his **cellaret**.
他在他的小酒櫃裡存有幾瓶好酒。

gaz**ette** [gəˋzɛt]（n.）公報；報紙
補充 源自義大利文 gazzetta，指為買報紙所付的小額硬幣。
㊷ As a boy, my father delivered the daily **gazette**.
當我爸爸還是個小孩子時，他曾送過報紙。

表「小」的名詞字尾 **-et(te)**

3

表「小」的名詞字尾 2

-let

▶表「小的；不重要的」，常加在名詞之後

🎧 mp3: 111

單字 + 字尾

book + let = booklet

book [bʊk]（n.）書本
booklet [ˈbʊklɪt]（n.）小冊子

例　The museum hands out **booklets** which give more information.
該博物館發送有更多資訊的小冊子。

pig + let = piglet

pig [pɪg]（n.）豬
piglet [ˈpɪglɪt]（n.）小豬

例 One of the little **piglets** got loose and I had to chase it.
其中一隻小豬逃跑了，我得去追牠回來。

(**arm** + let = **armlet**)

徐薇教你記 armlet 不是小手臂，而是在手臂上的小東西，指「手鐲；臂鐲；臂環」。

arm [ɑrm]（n.）手臂
armlet [ˋɑrmlɪt]（n.）臂飾
例 If you go jogging, you can attach your iPod to an **armlet**.
如果你要慢跑，你可以把 iPod 綁在你的臂章上面。

字首 + 字根 + 字尾

(**pan** + **phil** + let = **pamphlet**)

徐薇教你記 pan- 全面的、廣泛的，-phil- 愛，-let 小東西。Pamphilus（為大家所愛）為十二世紀一首著名的喜劇詩，中世紀時廣泛刊載流傳於民間。後來 pamphlet 指把想要表達的都放在小冊子裡，也就是「宣傳小手冊」。

pan-（字首）全部的
　-phil-（字根）愛
pamphlet [ˋpæmflɪt]（n.）小冊子
例 Please get a **pamphlet** for me to browse through.
請給我一本小冊子看看。

舉一反三 ▶ ▶ ▶

初級字	leaf [lif]（n.）葉子 **leaflet** [ˋliflɪt]（n.）（1）小葉子；（2）廣告手冊、傳單 記 廣告傳單像小葉片一樣散落 例 The church passes **leaflets** around the city. 教會在城市裡發送宣傳單。
	boule（法文）球 **bullet** [ˋbʊlɪt]（n.）子彈 例 What does the **bullet** look like that killed the President? 殺害總統的子彈長什麼樣子？

<table>
<tr>
<td>實用字</td>
<td>

cut [kʌt]（v.）切；（n.）切一塊的肉；一份

cutlet [ˋkʌtlɪt]（n.）薄肉片

例 The expensive restaurant serves **cutlets** of the finest meat.
那昂貴的餐廳提供上等的薄肉片。

---

brace [bres]（n.）支架；牙套

bracelet [ˋbreslɪt]（n.）手鐲

例 I got this **bracelet** from my father when I was a little girl.
當我還是個小女孩時，我爸爸給了我這個手鐲。

</td>
</tr>
<tr>
<td>進階字</td>
<td>

-ham-（字根）家

hamlet [ˋhæmlɪt]（n.）小村莊

比 Hamlet 哈姆雷特（莎士比亞名劇《哈姆雷特》劇名及主角名）

例 He lives in a **hamlet** to the west of the city.
他住在一個位於城市西邊的小村莊。

</td>
</tr>
</table>

? Quiz Time

將下列選項填入正確的空格中

（A）brace （B）arm （C）pamph （D）leaf （E）pig

（　）1. 小冊子 = _____ + let

（　）2. 傳單　 = _____ + let

（　）3. 小豬　 = _____ + let

（　）4. 手鐲　 = _____ + let

（　）5. 臂飾　 = _____ + let

解答：1. C 2. D 3. E 4. A 5. B

表「小」的名詞字尾 3

-ling

▶表「小的東西」，加在名詞後，常有輕蔑口氣

🎧 mp3: 112

單字 + 字尾

change + ling = changeling

徐薇教你記　changeling 被換掉的小東西，指「被交換的小嬰兒」。

change [tʃendʒ]（n.）改變
changeling [ˈtʃendʒlɪŋ]（n.）被交換的小嬰兒

例　No one found that the baby prince was a **changeling**.
沒有人發現小王子被掉包了。

duck + ling = duckling

duck [dʌk]（n.）鴨
duckling [ˈdʌklɪŋ]（n.）小鴨

例　The **duckling** had trouble swimming at first.
那隻小鴨子在一開始游泳時有困難。

補充　著名童話故事《醜小鴨》英文是 *The Ugly Duckling*。

nurse + ling = nursling

nurse [nɝs]（n.）護士；（v.）看護；照顧
nursling [ˈnɝslɪŋ]（n.）襁褓中的嬰孩

例　The **nursling** needs plenty of milk every day.
那襁褓中的嬰孩每天需要很多的牛奶。

under + ling = underling

under [ˈʌndɚ]（prep.）在⋯之下
underling [ˈʌndɚlɪŋ]（n.）部下；手下

例　The **underling** had no choice but to do what he was told.
那名手下除了做被告知的事情外，別無其他選擇。

舉一反三▶▶▶

初級字	**dear** [dɪr]（adj.）親愛的；（n.）親愛的人 **darling** [ˋdɑrlɪŋ]（n.）心愛的人；寵兒 例 My husband is a **darling**, and he always treats me well. 我老公是個貼心的人，他總是對我很好。
	prince [prɪns]（n.）王子 **princeling** [ˋprɪnslɪŋ]（n.）小國的國王、國君 記 小國之君的地位有如大國的王子，有輕蔑的意思。 例 He is the **princeling** of a tiny shop around the corner. 他是街角那間小店不起眼的店長。
實用字	**goose** [gus]（n.）鵝 **gosling** [ˋgɑzlɪŋ]（n.）小鵝，幼鵝 例 The mother goose was teaching the **goslings** how to look for food. 鵝媽媽在教小鵝如何找食物吃。
	weak [wik]（adj.）弱的 **weakling** [ˋwiklɪŋ]（n.）瘦弱的人 例 The boy has a reputation for being a **weakling**. 大家都知道那男孩是個軟弱的人。
進階字	**nest** [nɛst]（n.）巢；窩 **nestling** [ˋnɛstlɪŋ]（n.）嬰兒；雛鳥 例 A mother bird brings back food for her **nestlings**. 母鳥把食物帶回給牠的幼鳥們。
	world [wɝld]（n.）世界 **worldling** [ˋwɝldlɪŋ]（n.）俗人；世故的人 例 Politicians must be **worldlings** to do their jobs well. 政客們得要是世故的人才能做好他們的工作。

? **Quiz Time**

填空

( ) 1. 手下：＿＿ling 　　（A）world 　（B）weak 　（C）under

( ) 2. 心愛的人：＿＿ ling 　（A）dar 　　（B）duck 　（C）nurse

( ) 3. 小國君王：＿＿ ling 　（A）change （B）prince （C）nest

( ) 4. 襁褓中的嬰孩：＿＿ ling （A）nurse 　（B）nest 　（C）change

( ) 5. 小鴨：＿＿ ling 　　（A）gos 　　（B）nest 　（C）duck

解答：1. C 2. A 3. B 4. A 5. C

其他名詞字尾 **1**

-age

▶表「集合名詞；總稱」，為不可數

age 當名詞時，表「年紀」。老師教你記：年紀不能數，才能永保年輕喔。

🎧 mp3: 113

單字 + 字尾

pack + age = package

徐薇教你記 打包出來的東西就是「包裹」。

pack [pæk]（v.）打包，收拾；包裝
pack**age** [ˋpækɪdʒ]（n.）包裹

例 Please sign here to get the **package**.
請在這裡簽名才能拿到包裹。

host + age = hostage

徐薇教你記 我主持某個活動，大家全部集合起來都要聽我的，指「人質」。

host [host] (v.) 主持；(n.) 主持人；主人
host**age** [ˋhɑstɪdʒ] (n.) 人質
例 The robbers took many **hostages** inside the bank.
搶匪在銀行裡挾持多名人質。

orphan + age = orphanage

徐薇教你記 孤兒們的集合之地，就是「孤兒院」。

orphan [ˋɔrfən] (n.) 孤兒
orphan**age** [ˋɔrfənɪdʒ] (n.) 孤兒院
例 The child spent five years at an **orphanage** before being adopted.
這個孩子在被收養之前在孤兒院待了五年的時間。

字根 + 字尾

cour + age = courage

徐薇教你記 心所集合之處，就會產生「勇氣」。

-cour- (字根) 心
cour**age** [ˋkɝɪdʒ] (n.) 勇氣
例 If you lack the **courage** to act, you will regret it later.
如果你沒有這個勇氣去行動，有一天你會後悔。

舉一反三▶▶▶

初級字	marry [ˋmærɪ] (v.) 結婚 marri**age** [ˋmærɪdʒ] (n.) 婚姻 **例** The troubled **marriage** lasted only six months. 這樁糟透的婚姻只維持了六個月。
	villa [ˋvɪlə] (n.) 別墅；(鄉下的) 房子 vill**age** [ˋvɪlɪdʒ] (n.) 村莊，鄉村 **例** My father was from a small fishing **village** in the south. 我爸爸來自南方的一個小漁村。

實用字

pass [pæs]（v.）通過
pass**age** [ˈpæsɪdʒ]（n.）通行；通道
例 For many years, the canal was a **passage** for ships heading to Africa.
多年以來，這條運河一直是前往非洲船隻的必經通道。

percent [pɚˈsɛnt]（adj.）百分之⋯
percent**age** [pɚˈsɛntɪdʒ]（n.）百分比
例 A small **percentage** of my earnings will go to my agent.
我的收入中有小部分會給我的經紀人。

進階字

ton [tʌn]（n.）噸
tonn**age** [ˈtʌnɪdʒ]（n.）（船舶的）噸位；噸數
例 That's a lot of **tonnage** to be hauling around in your truck!
你卡車要拉載的東西噸數還真多啊！

wreck [rɛk]（n.）失事；遇難
wreck**age** [ˈrɛkɪdʒ]（n.）殘骸
例 When the two cars hit head on, there was a lot of **wreckage**.
這兩輛車車頭對撞，留下了一堆殘骸。

？

Quiz Time

將下列選項填入正確的空格中

（A）pack　（B）orphan　（C）host　（D）pass　（E）wreck

（　）1. 殘骸　= _____ + age

（　）2. 人質　= _____ + age

（　）3. 包裹　= _____ + age

（　）4. 通道　= _____ + age

（　）5. 孤兒院 = _____ + age

解答：1. E　2. C　3. A　4. D　5. B

-dom

▶表「地位；權力；等級」，通常加在名詞或形容詞後

🎧 mp3: 114

單字 + 字尾

free + dom = freedom

free [fri]（adj.）自由的
freedom [ˈfridəm]（n.）自由

例 Nowadays women have the **freedom** to decide their own futures.
現今的女人有自由決定她們自己的未來。

king + dom = kingdom

徐薇教你記 國王權力所及之處，就是他的「王國」。

king [kɪŋ]（n.）國王
kingdom [ˈkɪŋdəm]（n.）王國

例 When Arthur became too old, his **kingdom** was destroyed.
當亞瑟老了，他的王國就被破壞了。

star + dom = stardom

徐薇教你記 明星地位散發出來的狀態，表示「明星光環；明星身分」。

star [stɑr]（n.）明星
stardom [ˈstɑrdəm]（n.）明星的身份；明星界

例 The actress achieved **stardom** at the young age of twenty.
那女演員在年僅二十歲時就成為了明星。

舉一反三 ▶▶▶

初級字

wise [waɪz]（adj.）聰明的
wis**dom** [ˈwɪzdəm]（n.）智慧
例 The boy has **wisdom** beyond his years.
那男孩有超出他年紀的智慧。

bore [bɔr]（n.）煩人的事
bore**dom** [ˈbɔrdəm]（n.）厭煩；厭倦
例 The students in this school complain of constant **boredom**.
這間學校的學生抱怨常常很無聊。

實用字

official [əˈfɪʃəl]（n.）官員
official**dom** [əˈfɪʃəldəm]（n.）官場、官僚主義
記 官員權力所呈現出來的狀態，指「官場、官僚主義」。
例 The **officialdom** of the celebration was called into question.
這場慶祝活動的官僚作風被詬病。

Christian [ˈkrɪstʃən]（n.）基督教徒；（adj.）基督教徒的
Christen**dom** [ˈkrɪsn̩dəm]（n.）基督教國家
例 **Christendom** peaked during the Crusades.
基督教國家在十字軍東征期間達到高峰。

進階字

duke [duk]（n.）公爵
duke**dom** [ˈdukdəm]（n.）爵位
例 You need to accept your **dukedom** and attend the royal ball.
你必須接受你的爵位並參加皇家舞會。

martyr [ˈmɑrtɚ]（n.）烈士；殉難者
martyr**dom** [ˈmɑrtɚdəm]（n.）殉難；受苦
例 The religious leader showed his **martyrdom** by dying for his friend.
該名宗教領袖以為朋友而死來展現他的殉難精神。

將下列選項填入正確的空格中

（A）star （B）king （C）free （D）wis （E）bore

（　）1. 智慧　　 = ＿＿＿＿＿＿ + dom

（　）2. 王國　　 = ＿＿＿＿＿＿ + dom

（　）3. 厭倦　　 = ＿＿＿＿＿＿ + dom

（　）4. 明星身分 = ＿＿＿＿＿＿ + dom

（　）5. 自由　　 = ＿＿＿＿＿＿ + dom

解答：1. D 2. B 3. E 4. A 5. C

其他名詞字尾 3

-ery/-ry

▶表「地點；技術；性質；物品總稱」

🎧 mp3: 115

單字 + 字尾

bake + ry = bakery

徐薇教你記　做烘焙動作的地點，指「麵包店」。

bake [bek]（v.）烘培；烤麵包

bakery [ˋbekərɪ]（n.）麵包店

例　There is a **bakery** down the street which makes great apple pies.
沿這條街往下的地方有一家麵包店，它有很棒的蘋果派。

(brave + ry = bravery)

徐薇教你記 英勇的狀態性質，就是勇敢。

brave [brev]（adj.）勇敢的
bravery [ˋbrevərɪ]（n.）勇敢

例 The firefighter showed a lot of **bravery** in the rescue attempt.
消防人員在救援行動中展現了極大的勇氣。

(scene + ry = scenery)

徐薇教你記 所有的景色總合起來，就是「風景」。

scene [sin]（n.）景色；場景
scenery [ˋsinərɪ]（n.）風景

例 We need a change of **scenery** to make our lives more colorful.
我們需要改變一下風景好讓我們的生活更多彩多姿。

(snob + ery = snobbery)

徐薇教你記 snobbery 勢利小人所展現的嘴臉，表示「大小眼」或「勢利眼」。

snob [snɑb]（n.）勢利小人
snobbery [ˋsnɑbərɪ]（n.）勢利的行為

例 This luxurious part of the city is known for its **snobbery**.
這個城市最豪華的地區正是以勢利而聞名。

舉一反三▶▶▶

初級字

galilea（拉丁文）教堂大門
gallery [ˋgælərɪ]（n.）畫廊；藝廊
例 I want to visit that famous art **gallery** next weekend.
我下週末想要去參觀那間知名的畫廊。

grocer [ˋgrosɚ]（n.）食品雜貨商
grocery [ˋgrosərɪ]（n.）食品雜貨店
例 You can get a better price if you go to the **grocery** store.
如果你到雜貨店的話，你可以得到較好的價格。

deliver [dɪˋlɪvɚ]（v.）運送
delivery [dɪˋlɪvərɪ]（n.）運送
例 How much money is it if I want **delivery** instead of pick-up?
如果我要外送而不是外帶，這樣要多少錢？

discover [dɪˋskʌvɚ]（v.）發現
discovery [dɪˋskʌvərɪ]（n.）發現
例 The **discovery** of the new planet fascinated scientists.
科學家們深深著迷於新行星的發現。

machine [məˋʃin]（n.）機器
machinery [məˋʃinərɪ]（n.）機器總稱
例 The **machinery** in your factory is all very old.
你工廠裡的那些機械設備都很老舊了。

rob [rɑb]（v.）搶劫
robbery [ˋrɑbərɪ]（n.）強盜行為
例 The criminals were shot during their attempted **robbery**.
罪犯們在他們意圖搶劫中遭到射殺。

Quiz Time

填空

（　）1. 勢利行為：snob＿＿＿　（A）ry　　　（B）ery　　　（C）bery

（　）2. 麵包店：＿＿ery　（A）bak　　（B）gall　　（C）scen

（　）3. 勇敢：＿＿ry　（A）groce　（B）brave　（C）delive

（　）4. 風景：＿＿ry　（A）robbe　（B）discove　（C）scene

（　）5. 發現：＿＿ery　（A）discov　（B）machin　（C）deliv

解答：1. C 2. A 3. B 4. C 5. A

其他名詞字尾 4

-hood

▶表「狀態；性質；身份」，接在人或事物後

hood 當一般名詞時，指連衣的帽子（如：小紅帽 *The Little Red Riding Hood*）

🎧 mp3: 116

單字 + 字尾

child + hood = childhood

徐薇教你記 childhood 指小孩的狀態，就是「童年時期」。

child [tʃaɪld]（n.）小孩、兒童
child**hood** [ˋtʃaɪldˏhʊd]（n.）幼年時期

例 In my **childhood**, I was a naughty boy.
在我小時候，我是個淘氣的小男孩。

girl + hood = girlhood

girl [gɝl]（n.）女孩
girl**hood** [ˋgɝlhʊd]（n.）少女時期

例 Joyce and Lydia have been good friends since **girlhood**.
喬伊絲和莉迪亞從少女時期就是好朋友了。

neighbor + hood = neighborhood

徐薇教你記 neighborhood 鄰居住在附近的地區，指「鄰近地區」。以前馬車是交通工具，聽到隔壁有馬的嘶叫聲（neigh），就代表鄰居回家了。

neighbor [ˋnebɚ]（n.）鄰居
neighbor**hood** [ˋnebɚˏhʊd]（n.）鄰近地區

例 How many people live in this **neighborhood**?
這附近有多少人住在這裡？

初級字	boy [bɔɪ]（n.）少年 **boy**hood [ˋbɔɪhʊd]（n.）少年時代 例 Playing dodge ball is something I did in my **boyhood**. 打躲避球是我少年時期做的事。
	man [mæn]（n.）男人 **man**hood [ˋmænhʊd]（n.）男子氣概；（男子的）成年期 例 Completing the journey to **manhood** is not an easy trip. 成為一個成年男子的歷程並不簡單。
實用字	brother [ˋbrʌðɚ]（n.）兄弟 **brother**hood [ˋbrʌðɚ͵hʊd]（n.）兄弟關係 例 The campus **brotherhood** isn't going to like what you have done. 學校的弟兄們可能不會喜歡你做的事。
	mother [ˋmʌðɚ]（n.）母親 **mother**hood [ˋmʌðɚhʊd]（n.）母職 例 At the age of forty, she finally entered **motherhood**. 在四十歲時，她終於當了媽媽。
進階字	false [fɔls]（adj.）錯誤的；不真實的 **false**hood [ˋfɔls͵hʊd]（n.）虛假；謬誤 例 Saying that half of all people are rich is a **falsehood**. 半數的人都很有錢的說法是假的。
	likely [ˋlaɪklɪ]（adj.）很可能的 **likeli**hood [ˋlaɪklɪhʊd]（n.）可能性 例 What is the **likelihood** that you will come to my wedding? 你來參加我婚禮的可能性有多少？

? Quiz Time

將下列選項填入正確的空格中

（A）child （B）man （C）neighbor （D）mother （E）brother

（　）1. 鄰近地區 = ＿＿＿＿＿＿ + hood

（　）2. 兄弟關係 = ＿＿＿＿＿＿ + hood

（　）3. 幼年時期 = ＿＿＿＿＿＿ + hood

（　）4. 成年期　 = ＿＿＿＿＿＿ + hood

（　）5. 母職　　 = ＿＿＿＿＿＿ + hood

解答：1. C 2. E 3. A 4. B 5. D

其他名詞字尾 5

-ia

▶disease，表「⋯病；⋯症」

字尾 -ia 又可衍生出 -mania 與 -phobia 等指不同病症的字尾。

🎧 mp3: 117

單字 + 字尾

bull + ia = bulimia

徐薇教你記　bulimia 像一隻大公牛一樣會吃，指「暴食症」。

bull [bʊl]（n.）牛；公牛

bulimia [buˈlɪmɪə]（n.）暴食症；貪食症

例　Although she eats a lot, she never gains weight due to her **bulimia**.
儘管她吃很多，她從沒因為她的貪食症而發胖。

man + ia = mania

徐薇教你記 -man- 來自 -men-，指「想、惦記著」，mania 得了這種想來想去的病的瘋狂者，表示「…狂；…癖」。mania 一字也可當作字尾來用。

-man- （字根）想；記憶

mania [ˈmenɪə]（n.）…狂；…癖

例 Babarra has a **mania** for shoes, and she collected hundreds of pairs of them.
芭芭拉有戀鞋癖，她收集了好幾百雙鞋。

pyro + mania = pyromania

-pyro- （字根）火

pyromania [ˌpaɪrəˈmenɪə]（n.）縱火狂；放火癖

例 After the soccer game, some drunk fans became obsessed with **pyromania**.
在足球賽後，一些酒醉的球迷變成了著了魔的縱火狂。

an + orexi + ia = anorexia

徐薇教你記 an- 離開，-orexi- 食慾，-ia…病。anorexia 食慾離開的病，指「厭食症」。

-orexi- （字根）食慾（原指伸出手拿食物的動作）

anorexia [ˌænəˈrɛksɪə]（n.）厭食症

例 Too many models have **anorexia**, and are near death.
太多模特兒有厭食症，而且都快死了。

a + mne + ia = amnesia

徐薇教你記 a- 離開，-mne- 記憶，-ia…病。amnesia 記憶離開的病，指「失憶症」。

-mne- （字根）記憶；想

amnesia [æmˈnɪʒɪə]（n.）失憶症

例 She suffered a period of **amnesia** after brain surgery.
在腦部開刀之後，她有一段時間罹患失憶症。

舉一反三 ▶▶▶

初級字

-hem-（字根）血
anemia [ə'nimɪə]（n.）貧血
例 She suffers from **anemia**, so she should not get a cut.
她有貧血的問題，所以她不應接受切除手術。

mal-（字首）不好的
　　aria（義大利文）空氣
malaria [mə'lɛrɪə]（n.）瘧疾
例 On his trip to the Amazon jungle, the explorer contracted **malaria**.
這位探險家到亞馬遜叢林探險時感染了瘧疾。

實用字

-somn-（字根）睡眠
insomnia [ɪn'sɑmnɪə]（n.）失眠
例 The poor man was so worried all the time that he had **insomnia**.
那可憐的男人總是很擔心，以致於他有失眠的問題。

-noos-（字根）神經
paranoia [͵pærə'nɔɪə]（n.）偏執狂；妄想狂
例 A sense of **paranoia** took over on the sight of the aliens.
一看到外星人，妄想症就襲擊而來。

pneum-（字首）肺；肺的
pneumonia [nju'monjə]（n.）肺炎
例 Be careful not to catch **pneumonia**, or you will be in the hospital.
小心不要得到肺炎，不然你會被送進醫院。

-phe-（字根）說
aphasia [ə'feʃɪə]（n.）失語症
例 His **aphasia** was certainly caused by years of boxing.
他的失語症是因為打拳擊好幾年下來所造成的。

leukos（希臘文）白色
　　-hem-（字根）血
leukemia [luˋkimɪə]（n.）血癌，白血病
例 Most people with **leukemia** are treated with chemotherapy.
大部分的血癌患者都會進行化療。

進階字

-klepto-（字根）偷
kleptomania [͵klɛptəˋmenɪə]（n.）偷竊狂；偷竊癖
例 My friend is inflicted with **kleptomania**, which causes him to take something every time we are in any kind of store.
我朋友患有偷竊癖，每次不管我們在什麼店裡他都要拿點東西。

tulip [ˋtuləp]（n.）鬱金香
tulipomania [͵tuləpəˋmenɪə]（n.）鬱金香熱
例 During the period of the **tulipomania** in the 17th century, some special tulip bulbs cost even ten times the annual income of a skilled craftsman.
在十七世紀鬱金香狂熱期間，某些特殊鬱金香球根的價值甚至是一位老練工匠年收入的十倍。

? Quiz Time

填空

（　）1. 厭食症：＿＿ia　　（A）anorex　（B）bullim　（C）amnes

（　）2. 瘧疾：＿＿ia　　（A）anem　（B）malar　（C）pneumon

（　）3. …狂：＿＿ia　　（A）anem　（B）amnes　（C）man

（　）4. 失眠：＿＿ia　　（A）leukem　（B）parano　（C）insomn

（　）5. 縱火狂：＿＿mania　（A）pyro　（B）klepto　（C）tulipo

解答：1. A 2. B 3. C 4. C 5. A

-ic(s)

▶表「學術；技術用語」，通常指「⋯學」或「⋯術」

 🎧 mp3: 118

單字 + 字尾

magus + ic = magic

徐薇教你記 magus 最早指古波斯祭司，演變到希臘文和拉丁文中指巫師或智者，也引申出巫術、魔法的意思。magus 的複數型態就是 magi。

magus（拉丁文）巫師，智者
magic [ˋmædʒɪk]（n.）魔術；魔力

例 Some believe that witches practice black **magic**.
一些人相信女巫會用巫術。

acrobat + ics = acrobatics

徐薇教你記 acrobatics 雜技演員的技術，就是「特技、雜耍表演」。

acrobat [ˋækrəbæt]（n.）雜技演員
acrobatics [͵ækrəˋbætɪks]（n.）雜技表演

例 He got his start doing **acrobatics** in the circus.
他是在馬戲團做雜技表演起家的。

physis + ics = physics

徐薇教你記 古希臘文 physis 指自然或是自然的規律，physics 關於自然運作規律的學術，指「物理學」。

physis（古希臘文）自然；自然規律
physics [ˋfɪzɪks]（n.）物理學

補充 名詞 physic 指醫術或藥品，也有相同字源。

例 A simple understanding of **physics** is necessary when designing a car.
在設計一輛車時，具備對物理學的基本瞭解是必要的。

舉一反三 ▶▶▶

初級字	classic [ˈklæsɪk]（n.）古典文學；經典作品 classics [ˈklæsɪks]（n.）古典學（也稱 classical studies） **補充** the classics 是指古典文學名著。 **例** My cousin studied **classics** at Harvard. 我表姊在哈佛攻讀古典學。
	mathema（希臘文）學習，知識 mathematics [ˌmæθəˈmætɪks]（n.）數學 **例** Learning **mathematics** is quite challenging to me. 學數學對我來說相當具有挑戰性。
實用字	-log-（字根）演說 logic [ˈlɑdʒɪk]（n.）邏輯（學）；思維方法 **例** You have to have a sense of **logic** to understand what I'm saying. 你得有邏輯思維來理解我說的東西。
	-eco-（字根）家；環境 economics [ˌikəˈnɑmɪks]（n.）經濟學 **例** When looking at the **economics**, we can see why the company lost money. 當我們以經濟學角度來看時，我們可以知道為什麼這間公司會虧損。
進階字	arithmos（希臘文）數字 arithmetic [əˈrɪθmətɪk]（n.）算術 **例** Although I'm not interested in literature, I'm good at **arithmetic**. 儘管我對文學沒有興趣，但我算術很好。
	-phon-（字根）聲音 phonetics [foˈnɛtɪks]（n.）語音學 **例** When studying language, an understanding of **phonetics** is key. 學習語言時，瞭解發音是最重要的。

Quiz Time

填空

( ) 1. 物理學：phys＿＿ （A）ic （B）ics （C）ical

( ) 2. 邏輯：＿＿ic （A）mag （B）log （C）class

( ) 3. 魔術：＿＿ic （A）class （B）log （C）mag

( ) 4. 經濟學：＿＿ics （A）econom （B）phonet （C）arithmet

( ) 5. 雜技表演：＿＿ics （A）acrobat （B）arithmet （C）mathemat

解答：1. B 2. B 3. C 4. A 5. A

其他名詞字尾 7

-ism

▶表「…主義；行為狀態」，常加於動詞、名詞或形容詞之後

🎧 mp3: 119

單字＋字尾

ideal ＋ ism ＝ idealism

ideal [aɪˋdiəl] （adj.）理想的
idealism [aɪˋdiəˌlɪzəm] （n.）理想主義

例 The **idealism** of the candidate appealed to many voters.
這個候選人的理想吸引了許多選民。

exotic ＋ ism ＝ exoticism

exotic [ɪgˋzɑtɪk] （adj.）來自異國的
exoticism [ɪgˋzɑtəsɪzəm] （n.）異國情趣

例 I always get a feeling of **exoticism** when I visit these islands.
當我造訪這些島嶼時，我總是體驗到一種異國風情。

(critic + ism = criticism)

critic [ˈkrɪtɪk] (n.) 評論家
criticism [ˈkrɪtəˌsɪzəm] (n.) 評論
例 Due to your **criticism** of the movie, I don't want to see it.
由於你對那部電影的批判，我就不想去看了。

字首 + 字根 + 字尾

(ant + agon + ism = antagonism)

徐薇教你記 ant-（anti-）抵抗，-agon- 掙扎、競爭，-ism …行為狀態。
antagonism 充滿對抗競爭的狀態，不是你死就是我活，表示「敵對；敵意」。

antagonize [ænˈtægənaɪz] (v.) 使對立
antagonism [ænˈtægənɪzəm] (n.) 敵對；敵意
例 There was such **antagonism** about the issue that we decided to stop talking about it.
我們對於這個議題有著嚴重的對立，所以我們決定停止討論。

舉一反三 ▶▶▶

初級字	real [ˈrɪəl] (adj.) 真實的 realism [ˈrɪəlˌɪzəm] (n.) 寫實主義 例 His novels always have a theme of **realism**. 他的小說總是有個非常寫實的主題。
	terror [ˈtɛrɚ] (n.) 恐怖 terrorism [ˈtɛrɚˌrɪzəm] (n.) 恐怖主義；恐怖行動 例 Increased **terrorism** worldwide has led to greater airport security. 全球各地不斷增加的恐怖行動，使機場安檢愈來愈嚴格。
實用字	en-（字首）進入 　-the-（字根）神；神明 enthusiasm [ɪnˈθjuzɪˌæzəm] (n.) 熱心；熱情 例 The heavy rain didn't dampen the fans' **enthusiasm**. 大雨沒有澆熄粉絲們的熱情。

Buddha [`budə]（n.）佛陀
Buddhism [`budɪzəm]（n.）佛教

例 Grandpa has devoted his life to sharing the core values of **Buddhism**.
爺爺將一輩子都貢獻在分享佛教的核心價值。

進階字

formal [`fɔrml]（adj.）正式的
formalism [`fɔrməlɪzəm]（n.）形式主義

例 At a wedding, a certain amount of **formalism** must be present.
在婚禮上，某些很形式上的儀式必須進行。

optimal [`ɑptəməl]（adj.）最理想的
optimism [`ɑptəmɪzəm]（n.）樂觀；樂觀主義

例 Having a sense of **optimism** is key when starting your own business.
當你創業時，抱有樂觀精神很重要。

Quiz Time

將下列選項填入正確的空格中

（A）critic （B）terror （C）real （D）ideal （E）exotic

（　）1. 恐怖主義 = ＿＿＿＿＿＿＿ + ism

（　）2. 評論　　 = ＿＿＿＿＿＿＿ + ism

（　）3. 異國情調 = ＿＿＿＿＿＿＿ + ism

（　）4. 理想主義 = ＿＿＿＿＿＿＿ + ism

（　）5. 寫實主義 = ＿＿＿＿＿＿＿ + ism

解答：1. B 2. A 3. E 4. D 5. C

-phobia

▶fear，表「恐懼症」

字根 -phobo- 來自希臘文，表「恐懼」，字尾 -ia 表「…病」。

比 -mania 表示「…狂」、「…癖」

🎧 mp3: 120

字根 + 字尾

photo + phobia = photophobia

徐薇教你記 -photo- 光照，photophobia 眼睛會怕光，就是「畏光」。

-photo-（字根）光
photophobia [ˌfotəˈfobɪə]（n.）畏光

例 Please keep the lights dim due to the professor's **photophobia**.
請把光線調暗，因為教授眼睛會畏光。

claustro + phobia = claustrophobia

徐薇教你記 -claustro- 關起來，claustrophobia 害怕禁閉的空間，指「幽閉恐懼症」。

-claustro-（字根）關閉；密閉
claustrophobia [ˌklɔstrəˈfobɪə]（n.）幽閉恐懼症

例 Do not get in the elevator if you have **claustrophobia**.
如果你有幽閉恐懼症，不要進到電梯裡。

舉一反三 ▶▶▶

初級字	-acro-（字根）最高點；終點 acrophobia [ˌækrəˈfobɪə]（n.）懼高症 例 If you have **acrophobia**, please don't look down. 如果你有懼高症，請不要往下看。
	zoo [zu]（n.）動物園 zoophobia [ˌzoəˈfobɪə]（n.）動物恐懼症 例 Martin suffers from **zoophobia**; thus, you shouldn't buy him a pet for his birthday. 馬丁患有動物恐懼症，所以你不應該買寵物當他的生日禮物。

實用字	aqua [`ækwə]（n.）水 aquaphobia [ˌækwə`fobɪə]（n.）恐水症 例 **Aquaphobia** caused the girl to run away from the river. 恐水症是這個女孩從河邊跑掉的原因。
	ergos（希臘文）工作 ergophobia [ˌ3go`fobɪə]（n.）工作恐懼症 例 Kate often calls in sick to work due to **ergophobia**. 凱特常打電話來請病假因為她有工作恐懼症。
進階字	agora（希臘文）市集；廣場 agoraphobia [ˌægərə`fobɪə]（n.）廣場恐懼症；陌生環境恐懼症 例 Due to her **agoraphobia**, she tends to avoid going to shopping malls. 因為她有廣場恐懼症，所以她傾向避免到大賣場去。
	-nyct-（字根）夜晚 nyctophobia [ˌnɪktə`fobɪə]（n.）黑暗恐懼症；黑夜恐懼症 例 **Nyctophobia** is commonly found in children. 黑暗恐懼症對小孩子而言很常見。

? Quiz Time

將下列選項填入正確的空格中

（A）zoo （B）photo （C）aqua （D）acro （E）claustro

（　）1. 恐水症　　= _____ + phobia

（　）2. 懼高症　　= _____ + phobia

（　）3. 畏光　　　= _____ + phobia

（　）4. 幽閉恐懼症 = _____ + phobia

（　）5. 動物恐懼症 = _____ + phobia

解答：1. C 2. D 3. B 4. E 5. A

-th

▶表「情況；性質」，加於形容詞或動詞後，意義與字尾-ness相近

mp3: 121

單字 + 字尾

weal + th = wealth

徐薇教你記 古字 weal 指幸福、好運，通常大家去算命，都去算何時發財，所以 wealth 指「財富」。

weal [wil]（n.）（古）幸福；好運
wealth [wɛlθ]（n.）財富

例 Barney has accumulated a lot of **wealth** through his business.
巴尼從他的生意中累積了許多的財富。

heal + th = health

heal [hil]（v.）治癒；癒合
health [hɛlθ]（adj.）健康

例 The doctor happily told Tom that he was in good **health**.
醫生很高興地告訴湯姆他健康狀況良好。

bear + th = birth

徐薇教你記 bear 生產、生育，birth 經過生產的過程，就是「誕生」。

bear [bɛr]（v.）生產
birth [bɝθ]（n.）誕生

例 The father was happy to witness the **birth** of his son.
這個父親很開心能目睹他的兒子出生。

補充 birthday 生日；birthplace 出生地

舉一反三 ▶▶▶

初級字	dead [dɛd] (adj.) 死亡的 death [dɛθ] (n.) 死亡 例 The disease has caused thousands of **deaths** this year. 這疾病今年已經造成數千人死亡。
	grow [gro] (v.) 成長 growth [groθ] (n.) 成長 例 The **growth** of this city has been amazing! 這個城市的發展令人驚歎。
實用字	true [tru] (adj.) 真實的 truth [truθ] (n.) 真實 例 After lying for many years, he finally told the **truth**. 在說了多年的謊後，他最後終於說了實話。
	strong [strɔŋ] (adj.) 強的 strength [strɛŋθ] (n.) 強度；力量 例 It takes a lot of **strength** to move this barrel. 要移開這個桶子需要花很多力氣。
進階字	deep [dip] (adj.) 深的 depth [dɛpθ] (n.) 深度 例 Your underwater gear will break at this **depth**. 你的潛水裝備在這個深度會壞掉。
	long [lɔŋ] (adj.) 長的 length [lɛŋθ] (n.) 長，長度 例 The **length** of the driveway is thirty meters. 車道的長度是三十公尺。
	wide [waɪd] (adj.) 寬的 width [wɪdθ] (n.) 寬，寬度 例 The **width** of the sofa makes it impossible to fit through the doorway. 沙發的寬度會沒辦法從門廊那裡進來。

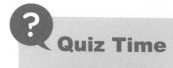

Quiz Time

依提示填入適當單字

直↓　1. Don't lie. Tell me the _____.

　　　3. People envy the _____ the rich man has.

　　　5. The mother just gave _____ to twins.

橫→　2. I have to keep a record of the plant _____.

　　　4. The _____ of the rope is one meter.

　　　6. A balanced diet is good for your _____.

解答：1. truth 2. growth 3. wealth 4. length 5. birth 6. health

-tory

▶表「場所」，指進行某種事務或動作的地方 🎧 mp3: 122

字根 + 字尾

dorm + tory = dormitory

> **徐薇教你記** -dorm- 睡覺，dormitory 睡覺的場所，指「寢室、宿舍」。

dormant [`dɔrmənt]（adj.）睡眠狀態的
dormi**tory** [`dɔrmə͵tɔrɪ]（n.）宿舍

> **例** When you go to college, you should stay in a **dormitory**.
> 當你上了大學，你應該要住到宿舍去。

fact + tory = factory

-fact-（字根）做
fac**tory** [`fæktrɪ]（n.）工廠

> **例** Clean up this **factory**, or it will be shut down.
> 把工廠整理好，不然它會被迫關門。

單字 + 字尾

observe + tory = observatory

> **徐薇教你記** observatory 觀察的地點，就是「瞭望台或觀測所」。

observe [əb`zɝv]（v.）觀察
observa**tory** [əb`zɝvə͵tɔrɪ]（n.）天文臺；氣象臺；瞭望台

> **例** The large **observatory** is the best place to see all the planets.
> 這個大型天文臺是看到所有行星的最佳地點。

舉一反三 ▶▶▶

初級字	labor [`leba˞] (n.) 勞動 **labor**atory [`læbra˞͵torɪ] (n.) 實驗室 例 He often does experiments in the **laboratory**. 他通常在實驗室裡做實驗。
實用字	terra [`tɛrə] (n.) 土地，大地 **terri**tory [`tɛrə͵torɪ] (n.) 領土 例 The gang found that they were in the wrong **territory**. 惡徒們發現他們跑錯地盤了。
	cremate [`krimet] (v.) 火葬 **crema**tory [`krimə͵torɪ] (n.) 火葬場 例 After the officer died, his body was sent to the **crematory**. 在該名軍官過世後，他的遺體被送到火葬場去了。
進階字	conserve [kən`sɝv] (v.) 保存；保護 **conserva**tory [kən`sɝvə͵torɪ] (n.) 溫室植物園 例 We visited the park **conservatory** to get a look at some plants. 我們參觀了公園裡的溫室看一些植物。
	reposit [rɪ`pɑzɪt] (v.) 保存 **reposi**tory [rɪ`pɑzə͵torɪ] (n.) 貯藏室；寶庫 例 Every day, information stored on our computers is downloaded to an offsite **repository**. 每天存在我們電腦裡的資料都被下載到異地保存的資料庫裡去。

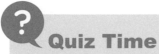

Quiz Time

填空

( ) 1. 工廠　：＿＿tory　（A）terra　　（B）fac　　　（C）labor

( ) 2. 宿舍　：＿＿tory　（A）dormi　　（B）crema　　（C）observe

( ) 3. 領土　：＿＿tory　（A）fact　　（B）dormi　　（C）terri

( ) 4. 眺望台：＿＿tory　（A）labora　（B）observa　（C）conserva

( ) 5. 實驗室：＿＿tory　（A）terra　　（B）labora　（C）reposit

解答：1. B 2. A 3. C 4. B 5. B

其他名詞字尾 11 ••••••••••••••••••••••••••••••••

-tude

▶表「性質；狀態；度量衡」，通常接在形容詞之後

🎧 mp3: 123

單字 + 字尾

apt + tude = aptitude

徐薇教你記　apt 傾向於…的，aptitude 有那樣的傾向、性向。

apt [æpt]（adj.）恰當的，有…傾向的
aptitude [ˈæptəˌtjud]（n.）傾向，習慣

例　The student took an **aptitude** test, and passed with flying colors.
那學生考性向測驗，並以高分通過。

(**lat** + **tude** = **latitude**)

> 徐薇教你記 -lat- 寬的，latitude 以橫的寬度將地球橫切去計算的度量衡，也就是「緯度」。

-lat- （字根）寬的

latitude [ˈlætəˌtjud] （n.）緯度

> 例 In the high northern **latitudes**, the weather is cold in winter.
> 在北半球高緯度地區，冬天的氣候很寒冷。

(**alt** + **tude** = **altitude**)

> 徐薇教你記 -alt- 高的，altitude 以高度來計算的度量衡，就是指「海拔」。

-alt- （字根）高的

altitude [ˈæltəˌtjud] （n.）海拔

> 例 At a higher **altitude**, there is less oxygen.
> 在較高海拔的地方，氧氣含量比較少。

舉一反三 ▶▶▶

初級字	quiet [ˈkwaɪət] （adj.）安靜的 quietude [ˈkwaɪəˌtjud] （n.）寧靜 例 The **quietude** of the house was disturbed when a glass was broken. 當一個玻璃杯破掉時，這個房子的寧靜就被打破了。
	sole [sol] （adj.）單一的、獨一個的 solitude [ˈsɑləˌtjud] （n.）孤獨；隱居 例 She sits in **solitude** along the bank of the river. 她獨坐在河岸旁。
實用字	certain [ˈsɝtən] （adj.）確信的 certitude [ˈsɝtəˌtjud] （n.）確實 例 I can state, with **certitude**, that we have never been sued for any reason. 我可以非常確定地說，在任何狀況下我們都沒有被控告過。

long [lɔŋ]（adj.）長的
longitude [ˋlɑndʒə͵tjud]（n.）經度
(記) 字母 l 是上下拉長的直線，如經度一般。
(例) Zero degree **longitude** is known as the Prime Meridian.
經度零度又稱為「本初子午線」。

進階字

magnify [ˋmægnə͵faɪ]（v.）擴大
magnitude [ˋmægnə͵tjud]（n.）巨大；重要
(例) The **magnitude** of your offense is staggering.
你冒犯的巨大程度令人難以相信。

-rect-（字根）拉長；延伸
rectitude [ˋrɛktə͵tjud]（n.）正直；正確
(例) He is the only student in this class with any **rectitude** at all.
他是這個班上唯一絕對正直的學生。

? **Quiz Time**

將下列選項填入正確的空格中

（A）apt　（B）alt　（C）lat　（D）sol　（E）long

（　）1. 經度 = _____ + itude

（　）2. 緯度 = _____ + itude

（　）3. 海拔 = _____ + itude

（　）4. 傾向 = _____ + itude

（　）5. 孤獨 = _____ + itude

解答：1. E 2. C 3. B 4. A 5. D

-um/-ium

▶表「地點」

變化型：-arium, -orium

🎧 mp3: 124

單字 + 字尾

muse + um = museum

> 徐薇教你記　museum 原指繆斯女神的神廟。在古代西方，人們會將傑出的藝術作品放在繆斯女神的神廟中供奉，後來 museum 演變為集合了重要文物的博物館。

Muse [mjuz]（n.）繆斯女神
museum [mjuˋzɪəm]（n.）博物館

例　Have you ever been to the British **Museum**?
　　你有沒有去過大英博物館呢？

gymnos + ium = gymnasium

> 徐薇教你記　古希臘時運動員赤身露體進行鍛鍊使全身能自由活動。gymnasium 原指運動員裸體進行鍛鍊的地方，進到拉丁文中變成體操學校的意思，現在則演變為健身房、體育館。

gymnos（希臘文）裸體，裸體健身者
gymnasium [dʒɪmˋnezɪəm]（n.）體育館，健身房（簡寫 gym）

例　The gymnasts are training at the **gymnasium**.
　　體操選手們正在體育館裡進行訓練。

字根 + 字尾

sta + ium = stadium

> 徐薇教你記　字根 -sta- 站立，stadium 字面意思指固定站的地方，是指古希臘測量賽跑跑道長度的方法，後來 stadium 一字變為一段固定距離（約 180公尺），更衍生出賽跑跑道的意思；現在則指四周有看台的大型運動場。

-sta- （字根）站立
stadium [ˋstedɪəm] (n.) 大型體育場，運動場

例 This **stadium** can hold about fifty thousand people.
這座體育場可容納約五萬人。

(**aud** + **orium** = **auditorium**)

-aud- （字根）聽
auditorium [ˏɔdɪˋtorɪəm] (n.) 禮堂；（劇院的）聽眾席，觀眾席

例 The graduation ceremony will be held at the **auditorium**.
畢業典禮會辦在禮堂。

舉一反三▶▶▶

初級字	aqua [ˋækwə] (n.) 水 aquarium [əˋkwɛrɪəm] (n.) 水族館；水族箱 例 The kids saw the seals, dolphins and sharks at the **aquarium**. 孩子們在水族館看到了海豹、海豚和鯊魚。
	planet [ˋplænɪt] (n.) 行星 planetarium [ˏplænəˋtɛrɪəm] (n.) 天文館 例 The **planetarium** is a good place for learning about stars and the Galaxy. 天文館是個學習關於星星和銀河的好地方。
實用字	foras （拉丁文）戶外 forum [ˋforəm] (n.) 論壇，討論會；（古羅馬）公共集會廣場 記 原指古羅馬時期的門外廣場，用於市場，集會，審判，公共演講等多種用途。 例 Please read the following guidelines before posting anything on this **forum**. 在本論壇張貼任何文章之前請先閱讀以下規則。
	sanare （拉丁文）治癒 sanitarium [ˏsænəˋtɛrɪəm] (n.) 療養院（=sanatorium） 例 He spent a year in the **sanitarium** and decided to go home. 他在療養院待了一年後決定回家去。

-pod-（字根）腳
podium [ˈpɑdɪəm]（n.）演講台；領獎台；樂隊指揮台
例 The conductor bowed to the audience and walked up to the **podium**.
指揮向聽眾鞠躬致意並走上指揮台。

進階字

*ater-（古字根）火
aterium [ˈetrɪəm]（n.）中庭，天井
記 原指放火爐的地方。
例 This **atrium** is a non-smoking area.
這個中庭是非吸菸區。

natator（拉丁文）游泳者
natatorium [ˌnetəˈtɔrɪəm]（n.）游泳館；室內游泳池
例 She takes a swimming course in a nearby **natatorium** every morning.
她每天早上在附近的一間游泳館上游泳課。

solar [ˈsolɚ]（adj.）太陽的；來自太陽的
solarium [səˈlɛrɪəm]（n.）日光浴室
例 The spa cottage features a private sauna and a **solarium**.
這間度假屋主打私人桑拿和日光浴室。

? Quiz Time

填空

（　）1. 體育場：___ium　（A）gymnas　（B）auditor　（C）stad

（　）2. 水族館：___ium　（A）aquar　（B）nanator　（C）auditor

（　）3. 禮堂：___orium　（A）muse　（B）audit　（C）sanit

（　）4. 健身房：___ium　（A）aquar　（B）solar　（C）gymnas

（　）5. 天文館：___arium　（A）sol　（B）planet　（C）sanit

解答：1. C　2. A　3. B　4. C　5. B

動詞字尾 1

-en

▶表「使變成⋯」，通常加在名詞或形容詞之後

比 字首 en- 表 into「去變成、使在上方」。

🎧 mp3: 125

單字 + 字尾

thick + en = thicken

thick [θɪk]（adj.）濃的；厚的
thicken [ˋθɪkən]（v.）使變濃；變厚

例 You need to **thicken** this soup to make it taste better.
你得把湯煮得濃稠一點，喝起來才會更棒。

dark + en = darken

dark [dɑrk]（adj.）黑的，暗的；深色的
darken [ˋdɑrkən]（v.）使變黑

例 Let's **darken** the screen a little -- it's hurting my eyes.
我們把螢幕調暗一點吧，它讓我的眼睛好痛。

sharp + en = sharpen

sharp [ʃɑrp]（adj.）尖銳的
sharpen [ˋʃɑrpən]（v.）使變尖銳；削尖

例 Before taking your test, **sharpen** your pencil.
在考試之前，把你的鉛筆削尖。

補充 pencil sharpener 削鉛筆機

初級字

short [ʃɔrt]（adj.）短的；矮的
shorten [ˈʃɔrtn̩]（v.）使變短；使變矮

> 例 I want to **shorten** my daily commute, so I'm moving to Xindian.
> 我想要縮短每日的通勤時間，所以我要搬到新店。

tight [taɪt]（adj.）緊的
tighten [ˈtaɪtn̩]（v.）使變緊

> 例 The light isn't broken; you just need to **tighten** it.
> 燈沒有壞掉，你只是要把它旋緊一點。

實用字

threat [θrɛt]（n.）威脅；恐嚇
threaten [ˈθrɛtn̩]（v.）威脅；恐嚇

> 例 You're in no position to **threaten** me.
> 你沒有立場威脅我。

worse [wɝs]（adj.）更糟的
worsen [ˈwɝsn̩]（v.）變得更糟；惡化

> 例 The conditions will only **worsen** if we don't fix the problem.
> 如果我們不去處理那個問題的話，情況只會變得越來越嚴重。

進階字

length [lɛŋθ]（n.）長度
lengthen [ˈlɛŋθən]（v.）加長；延長

> 例 I'm going to **lengthen** your sentence because of your bad attitude.
> 因為你惡劣的態度，我要延長你的刑期。

moist [mɔɪst]（adj.）濕潤的
moisten [ˈmɔɪsn̩]（v.）弄濕；使濕潤

> 例 Please **moisten** the envelope before closing it.
> 在封上這個信封前，請先把它弄濕。

strength [strɛŋθ]（n.）力氣；力量
strengthen [ˈstrɛŋθən]（v.）加強；增強；鞏固

> 例 We need to **strengthen** the support for this wall, or it will fall.
> 我們要補強這面牆，不然它會倒下來。

? Quiz Time

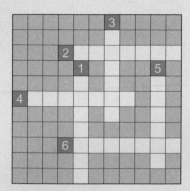

依提示填入適當單字

直↓　1. The skirt is too long. Please ＿＿＿＿＿＿ it.

　　　3. Draw the curtains to ＿＿＿＿＿＿ the room.

　　　5. Their argument only ＿＿＿＿＿＿s the problem.

橫→　2. Use the knife to ＿＿＿＿＿＿ your pencils.

　　　4. ＿＿＿＿＿＿ the rope, so it won't move.

　　　6. You can ＿＿＿＿＿＿ the sauce with some flour.

解答：1. shorten　2. sharpen　3. darken　4. tighten　5. worsen　6. thicken

-le/-l/-er

▶表「頻頻；反覆」

🎧 mp3: 126

單字 + 字尾

spark + le = sparkle

徐薇教你記 spark 火花，sparkle 不斷發出火花，表示「閃爍」。

spark [spɑrk]（n.）火花
sparkle [ˈspɑrkl̩]（v.）發出火花、閃耀

例 Her eyes **sparkled** with the reflection of the moon.
她的眼睛閃耀著月亮的倒影。

whish + le = whistle

徐薇教你記 whish 呼呼聲，不斷發出 whish 的聲音，就是 whistle 吹口哨。

whish [hwɪʃ]（v.）呼呼聲；噓（要人安靜的聲音）
whistle [ˈwɪsl̩]（v.）吹口哨

例 The dog kept walking, so the man **whistled** at it.
那隻狗一直往前走，所以那男人對牠吹了個口哨要牠回頭。

wrest + le = wrestle

徐薇教你記 wrist 手腕，wrest 拉扯，wrestle 不斷拉來扭去的動作，指「摔角、角力」。

wrest [rɛst]（v.）奮力搶奪
wrestle [ˈrɛsl̩]（v.）摔角；角力

例 The boys often **wrestle** in this room when they are bored.
當男孩們感到無聊時，他們常在這個房間玩摔角。

舉一反三▶▶▶

初級字	

3

動詞字尾 -le/-l/-er

初級字

wink [wɪŋk]（v.）眨眼
twinkle [ˋtwɪŋkl̩]（v.）閃爍
例 The stars **twinkle** in the sky.
星星在天空閃爍。

chuck（古英文）（雞）咯咯叫
chuckle [ˋtʃʌkl̩]（v.）咯咯地笑
例 We all **chuckled** about the ridiculous excuse.
我們聽到那個可笑的藉口都一直咯咯地笑著。

實用字

nest [nɛst]（n.）巢、窩；（v.）築巢；巢居
nestle [ˋnɛsl̩]（v.）相依偎地坐、貼靠
例 It was so cold that we had to **nestle** together to keep warm.
天氣太冷了以致於我們互相貼靠在一起好取暖。

spring [sprɪŋ]（v.）跳躍
sprinkle [ˋsprɪŋkl̩]（v.）撒落
例 I would like to **sprinkle** some sugar on my toast.
我想要在我的吐司撒上些糖。

進階字

daze [dez]（v.）使茫然迷亂
dazzle [ˋdæzl̩]（v.）使眩目；使驚羨不已
例 The magician **dazzled** the crowd with his last trick.
那魔術師用他的最後一個把戲讓觀眾們驚訝不已。

start [stɑrt]（v.）開始
startle [ˋstɑrtl̩]（v.）驚嚇
例 Please don't **startle** me when I'm eating.
當我在吃東西時請不要嚇我。

❓ Quiz Time

填空

( ) 1. 發出火花：___le （A）twink （B）spark （C）chuck
( ) 2. 摔角：___le （A）wrest （B）whist （C）start
( ) 3. 吹口哨：___le （A）twink （B）wrest （C）whist
( ) 4. 閃爍：___le （A）nest （B）dazz （C）twink
( ) 5. 撒落：___le （A）sprink （B）start （C）spark

解答：1. B 2. A 3. C 4. C 5. A

 形容詞字尾 1 ⋯⋯⋯⋯⋯⋯⋯⋯⋯⋯⋯⋯⋯⋯⋯⋯⋯⋯⋯⋯⋯⋯⋯

-ar

▶ 表「像…的；具…的性質」

 mp3: 127

單字 + 字尾

family + ar = familiar

徐薇教你記 familiar 像家人一樣的，也就是「熟悉的、親近的」。

family [ˈfæməlɪ]（n.）家人；家庭
familiar [fəˈmɪljɚ]（adj.）親近的，熟悉的
例 I'm not **familiar** with the dress code at this office.
我對這個辦公室的服裝規定並不熟悉。

pop + ar = popular

pop [pɑp]（adj.）通俗的、流行的
popular [ˈpɑpjəlɚ]（adj.）受歡迎的
例 The **popular** singer was cheered by thousands of people.
這位受歡迎的歌手接受數千名民眾的歡呼。

muscle + ar = muscular

muscle [ˋmʌsḷ] （n.）肌肉
muscular [ˋmʌskjələ] （adj.）有肌肉的，健壯的

例 Every man at this gym is very **muscular**.
每個在這個健身房的男人都很健壯。

spectacle + ar = spectacular

徐薇教你記 -spect- 看（如：inspect 往裡面看→檢查；respect 一直回頭看→尊敬），-cle 名詞字尾。spectacle 眼睛看的，表示「場面」。spectacular 含有很多大場面的，表示「壯觀的」。

spectacle [ˋspɛktəkḷ] （n.）場面；壯觀
spectacular [spɛkˋtækjələ] （adj.）壯觀的

例 After two hours, the show ended with a **spectacular** display.
兩小時之後，這個表演以壯觀的場面結束。

舉一反三 ▶▶▶

初級字	pole [pol] （n.）竿子 polar [polə] （adj.）極地的，兩極的；截然相反的 記 竿子都是插在具座標地位的地方，在北邊立竿子的地方叫北極（North Pole），在南邊立竿子的地方叫南極（South Pole）。具極地的性質，也就是「極地的」。 例 Tom and Mary are **polar** opposites of each other. 湯姆和瑪麗彼此就像是兩個極端。 -simil- （字根）相似的 similar [ˋsɪmələ] （adj.）相像的；相似的 例 A tiger is **similar** to a lion in many ways. 老虎和獅子有許多地方都很相似。
實用字	circle [ˋsɝkḷ] （n.）圓形；循環；（v.）盤旋；環行 circular [ˋsɝkjələ] （adj.）圓形的；循環的 例 Boomerangs follow a **circular** path back to the thrower. 迴力鏢是循著一個圓形的路徑回到投擲者的地方。 補充 在美國有用 boomerang kids 指那些「回家吃父母」不願自立更生的成年人的說法。

nucleus [`njuklɪəs] (n.) 原子核
nuclear [`njuklɪə] (adj.) 核能的
例 The government plans to restart the **nuclear** power plant.
政府打算重啟核電廠。

進階字

vulgus (拉丁文) 平民
vulgar [`vʌlgə] (adj.) 粗俗的
例 The **vulgar** teacher was fired after many parents found out what he did.
該名粗俗的老師在許多家長發現他做的事之後就被炒魷魚了。

luna (拉丁文) 月亮
lunar [`lunə] (adj.) 月亮的，月球的；陰曆的
例 Unlike the solar eclipse, a **lunar** eclipse can be viewed without any special device.
與日蝕不同的是，月蝕不需要特別的裝置就可以觀看到了。

❓ Quiz Time

中翻英，英翻中

( ) 1. spectacular （A）壯觀的 （B）特別的 （C）健壯的

( ) 2. 相似的 （A）familiar （B）similar （C）popular

( ) 3. polar （A）極地的 （B）核能的 （C）月亮的

( ) 4. 循環的 （A）muscular （B）vulgar （C）circular

( ) 5. familiar （A）粗俗的 （B）熟悉的 （C）受歡迎的

解答：1. A 2. B 3. A 4. C 5. B

-ary
▶表「關於…的」

🎧 mp3: 128

單字 + 字尾

element + ary = elementary

徐薇教你記 element 元素，元素是一切的基礎，所以 elementary 指「最基本的」。

element [`ɛləmənt]（n.）要素，成分
elementary [ˌɛlə`mɛntərɪ]（adj.）基本的

例 My little sister is still an **elementary** school student this year.
我小妹今年還是個小學生。

prime + ary = primary

徐薇教你記 prime 事物的最早期、初期的階段，東西一開始的根基是最重要的，所以 primary 指「主要的、最根本的」。

prime [praɪm]（n.）初期
primary [`praɪˌmɛrɪ]（adj.）主要的，根本的；原始的，初期的

例 He is the **primary** source of income for the family.
他是他家主要的收入來源。

arbiter + ary = arbitrary

徐薇教你記 arbiter 仲裁者、調停人，仲裁調停的人都是依自己喜好，所以 arbitrary 表示「隨心所欲的；武斷的；專制的」。

arbiter [`ɑrbətɚ]（n.）仲裁者；調停人
arbitrary [`ɑrbəˌtrɛrɪ]（adj.）隨心所欲的；武斷的；專制的

例 Walking your dog seems like an **arbitrary** reason to leave work early.
用遛狗來當做早下班的理由蠻任性的。

舉一反三 ▶▶▶

初級字	second [ˈsɛkənd]（n.）第二個 secondary [ˈsɛkənˌdɛrɪ]（adj.）第二的，次要的 例 The loud noise is only a **secondary** reason why I want to move. 那些大聲的噪音只是我想要搬家的第二個理由。
	image [ˈɪmɪdʒ]（n.）肖像；形象 imaginary [ɪˈmædʒənˌɛrɪ]（adj.）想像中的；虛構的 例 The small child has an **imaginary** friend. 那小孩有一個虛構的朋友。
實用字	sane [sen]（adj.）精神正常的；頭腦清楚的 sanitary [ˈsænəˌtɛrɪ]（adj.）衛生的 例 The restaurant wasn't **sanitary**, so it was closed down. 那間餐廳不衛生，所以關門大吉了。
	-tempor-（字根）時間 temporary [ˈtɛmpəˌrɛrɪ]（adj.）暫時的，臨時的 例 Ten **temporary** employees were hired for this project. 為了這項專案我們雇用了十名臨時工。
進階字	unit [ˈjunɪt]（n.）單位 unitary [ˈjunəˌtɛrɪ]（adj.）單一的、單元的 例 The USA became a **unitary** state in 1776. 美國在一七七六年成為單獨的一個國家。
	caution [ˈkɔʃən]（n.）小心、警戒 cautionary [ˈkɔʃənˌɛrɪ]（adj.）警告的；告誡的 例 *Training Day* is a **cautionary** tale of greed. 《震撼教育》是一個關於貪婪的警世故事。

Quiz Time

中翻英，英翻中

( ) 1. 主要的 　　（A）elementary 　（B）unitary 　　（C）primary

( ) 2. arbitrary 　　（A）武斷的 　　（B）警告的 　　（C）單一的

( ) 3. elementary 　（A）初期的 　　（B）基本的 　　（C）衛生的

( ) 4. 虛構的 　　　（A）secondary 　（B）imaginary 　（C）sanitary

( ) 5. temporary 　　（A）原始的 　　（B）第二的 　　（C）臨時的

解答：1. C 2. A 3. B 4. B 5. C

形容詞字尾 3

-esque/ -ique

▶表「具有…風格的」

🎧 mp3: 129

單字 + 字尾

picture + esque = picturesque

徐薇教你記 具有圖畫風格的，也就是如詩如畫的、美麗的。

picture [ˈpɪktʃɚ]（n.）圖畫

picturesque [ˌpɪktʃəˈrɛsk]（adj.）如詩如畫的

例 We should slow down the car to observe the **picturesque** landscape.
我們應該把車速慢下來好欣賞這如畫般的美麗風景。

徐薇教你記 具有羅馬風格的，也就是羅馬式的。如：Romanesque architecture 羅馬式建築。

Roman ['romən]（adj.）羅馬的；（n.）羅馬人
Romanesque [ˌromən'ɛsk]（adj.）羅馬式的

例 The drama production had a **Romanesque** theme.
這齣戲劇很有羅馬式主題的風格。

grotto + esque = grotesque

徐薇教你記 像洞穴或石室一樣的風格，看起來就很詭異、古怪。

grotto ['grɑto]（n.）洞穴、石室
grotesque [gro'tɛsk]（adj.）詭異的、古怪的

例 *The Phantom of the Opera* gives a **grotesque** display of the underground labyrinth.
《歌劇魅影》呈現出地下迷宮的詭異氣氛。

衍生字

uni + ique = unique

徐薇教你記 具有一個的形式，也就是獨特的、唯一的。

uni-（字首）一個
unique [ju'nik]（adj.）獨特的、唯一的

例 This room offers a **unique** view of Central Park.
這個房間可以欣賞到中央公園獨特的景致。

ante + ique = antique

徐薇教你記 ante- 表示時間在前面的，antique 指具有前人古代的風格形式，就是「古代的」，當名詞就是「古董」。

ante-（字首）之前的
antique [æn'tik]（adj.）古代的；（n.）古董

例 We have quite a collection of **antique** clocks.
我們有相當多的古董鐘收藏。

形容詞字尾 -esque/-ique

初級字

Arabia [ə`rebɪə]（n.）阿拉伯
Arabesque [ˌærə`bɛsk]（adj.）阿拉伯式圖案的

例 His outfit has an **Arabesque** look to it.
他的裝扮很有阿拉伯式的風格。

gigantic [dʒaɪ`gæntɪk]（adj.）巨人的
gigantesque [ˌdʒaɪgən`tɛsk]（adj.）巨大的

例 Filming this movie scene is a **gigantesque** operation.
拍這幕電影場景是個浩大的工程。

實用字

burla（義大利文）笑話；無稽之談
burlesque [bɝ`lɛsk]（n.）諷刺式的模仿；滑稽諷刺劇

例 The **burlesque** displayed the ridiculous behavior of politicians.
這個諷刺戲呈現了政客們荒謬的行為。

statue [`stætʃʊ]（n.）雕像
statuesque [ˌstætʃʊ`ɛsk]（adj.）雕像一般的

例 She struck a **statuesque** pose in the middle of the hallway.
她在走廊的正中央擺了個像雕像一樣的姿勢。

進階字

humor [`hjumə]（n.）幽默；詼諧
humoresque [ˌhjumə`rɛsk]（n.）詼諧曲

例 His dancing was a **humoresque** exhibition of stupidity.
他的舞蹈用詼諧風格展現愚蠢性。

Lincoln [`lɪŋkən]（n.）林肯
Lincolnesque [ˌlɪŋkə`nɛsk]（adj.）林肯式的

例 His oratory skills are quite **Lincolnesque**.
他的演辯技巧很有林肯式的風格。

形容詞字尾 4

-id

▶表「狀態；性質」，加在拉丁語的動詞或名詞後

🎧 mp3: 130

字根 + 字尾

flu + id = fluid

徐薇教你記　-flu- 流動（flu 流行性感冒）。fluid 流動的狀態，就是「流體的、流動的」。

-flu-（字根）流動

fluid [ˋfluɪd]（adj.）流動的；流暢的

例　The actor's English diction was not **fluid**.
這個演員的英文台詞說得不溜。

splend + id = splendid

徐薇教你記 -splend- 閃爍，splendid 閃耀的狀態，指「閃耀的、華麗的」，引申為「極好的」。

-splend- （字根）發光；閃耀
splendid [ˋsplɛndɪd]（adj.）華麗的；極佳的

例 The **splendid** actress has won five awards this year.
那位超棒的女演員今年贏得了五座獎項。

viv + id = vivid

徐薇教你記 -viv- 生命活力，vivid 像有生命一樣的，就是「生動鮮明的、耀眼的」。

-viv- （字根）生命、精力
vivid [ˋvɪvɪd]（adj.）生動的，鮮明的

例 This is such a **vivid** painting of Jade Mountain!
這一幅玉山的畫作非常生動鮮明。

cand + id = candid

徐薇教你記 -cand- 發光的、白的，candid 發光發亮的狀態，一切看得很清楚、東西都藏不住，表示「直接的；坦率的；坦白的」。

-cand- （字根）發光的；白的
candid [ˋkændɪd]（adj.）耿直的；坦率的

例 The musician gave a **candid** response that shocked me.
那音樂家直率的回應讓我感到驚訝。

舉一反三▶▶▶

初級字	-acr- （字根）酸的；尖刺的 **acid** [ˋæsɪd]（adj.）酸的 例 **Acid** rain is a problem in some major cities. 酸雨在一些大城市是個問題。
	-sol- （字根）單獨的；完整的 **solid** [ˋsɑlɪd]（adj.）固體的；穩固的 例 I rolled the pieces of dough into one **solid** ball. 我把幾片碎麵團揉成一個固體的球。

實用字	**-tim-**（字根）害怕 **timid** [ˋtɪmɪd]（adj.）膽小的 例 Don't be so **timid**, or that girl will never notice you! 不要那麼膽小，不然那個女孩永遠都不會注意到你！
	rap [ræp]（n.）（1）敲擊聲（2）饒舌歌曲 **rapid** [ˋræpɪd]（adj.）快的；迅速的 例 The bullets came out of the gun in **rapid** succession. 那子彈一個接著一個快速地從手槍裡射出。
進階字	**-frig-**（字根）冰冷的 **frigid** [ˋfrɪdʒɪd]（adj.）嚴寒的 例 How can you live in such **frigid** conditions? 你怎能住在這麼嚴寒的環境裡？
	-rig-（字根）僵直的；硬的 **rigid** [ˋrɪdʒɪd]（adj.）堅硬的；固執的 例 The rules around this place are so **rigid**! 這個地方的規定太硬了。

? Quiz Time

填空

（　）1. 坦率的：___id　（A）cand　（B）sol　（C）rap

（　）2. 生動的：___id　（A）flu　（B）tim　（C）viv

（　）3. 嚴寒的：___id　（A）rig　（B）frig　（C）sol

（　）4. 華麗的：___id　（A）splend　（B）cand　（C）ac

（　）5. 迅速的：___id　（A）tim　（B）rig　（C）rap

解答：1. A 2. C 3. B 4. A 5. C

形容詞字尾 5

-ile

▶表「易於⋯的」

🎧 mp3: 131

字根 + 字尾

(fac + ile = facile)

徐薇教你記 facile 容易做到的,用在好的地方表示處理的很靈巧,但另一方面也衍生出太過容易而輕率、膚淺的涵義。

-fac-(字根)做

facile [ˋfæsl̩](adj.)靈巧的;來的容易的;(言語)膚淺的、輕率的

例 He only gave a **facile** solution to the complicated problem.
他針對那個複雜問題只給了一個膚淺的解決辦法。

(frag + ile = fragile)

徐薇教你記 fragile 容易破,就是很脆弱的。

-frag-(字根)破裂

fragile [ˋfrædʒəl](adj.)易損壞的;易碎的;脆弱的

例 Be careful with the plate. It is very **fragile**.
小心拿那個盤子。它很容易碎。

單字 + 字尾

(versare + ile = versatile)

徐薇教你記 versatile 容易反覆轉,表示經常改變方向,容易變換成各種角色,因此表示多用途或是多才多藝的。

versare(拉丁文)反覆轉動 → reverse 倒轉

versatile [ˋvɝsətl̩](adj.)多用途的;多才多藝的

例 She is a **versatile** singer who is good at many different music types. Plus, she also has good acting skills.
她是個擅長許多不同音樂類型的多才多藝的歌手。此外,她也有很棒的演技。

初級字	**-fer-**（字根）帶來 **fertile** [ˈfɝtl]（adj.）能生育的；多產的；肥沃的 例 The plants grow fast and well in the **fertile** soil. 植物在肥沃的土中長得又快又好。
	hostis（拉丁文）敵人 **hostile** [ˈhɑstəl]（adj.）有敵意的，不友好的 例 Apparently, his **hostile** attitude hurt his parents. 顯然他充滿敵意的態度傷害了他的父母。
	-juven-（字根）青春 **juvenile** [ˈdʒuvənl̩]（adj.）青少年的；(n.) 少年 例 According to the report, **juvenile** crime has been increasing over the past five years. 根據這份報告，青少年犯罪在過去五年中持續成長。
實用字	***ster-**（古字根）僵硬 **sterile** [ˈstɛrəl]（adj.）不能生育的；貧瘠的；消毒的 例 The disease has made many women **sterile**. 這種病使許多女性無法生育。
	-ag-（字根）行動 **agile** [ˈædʒəl]（adj.）動作敏捷的；機靈的 例 Cats can be **agile** climbers if they want to. 可以的話，貓咪也能是敏捷的攀爬高手。
	-tact-（字根）接觸 **tactile** [ˈtæktl̩]（adj.）觸覺的；愛觸碰他人的 例 For blind people, **tactile** learning is their pathway to the world. 對盲人而言，透過觸覺學習是他們與世界接觸的途徑。
	-text-（字根）編織 **textile** [ˈtɛkstaɪl]（adj.）紡織的；(n.) 紡織品 例 This country has very powerful **textile** industry. 這個國家的紡織業實力堅強。

形容詞字尾 -ile

進階字

-sen- （字根）年長的
senile [ˈsinaɪl] （adj.）衰老的，老態龍鍾的，老糊塗的
例 Uncle Max was afraid of going **senile**.
麥斯伯伯害怕自己變得年老糊塗。

-duct- （字根）引導
ductile [ˈdʌktḷ] （adj.）（金屬）可延展的，易塑的
例 Most metals are good examples of **ductile** materials, including gold, silver and copper.
大部分金屬都是延展性材料的好例子，像是金、銀、銅。

puer （拉丁文）小孩，男孩
puerile [ˈpjuəˌrɪl] （adj.）幼稚的，傻氣的
例 The man just told another **puerile** joke.
那個人又說了一個幼稚到不行的笑話。

? Quiz Time

將下列選項填入正確的空格中

（A）fac （B）frag （C）fert （D）host （E）versat

( )1. 多才多藝的 = _____ + ile

( )2. 肥沃的 = _____ + ile

( )3. 脆弱的 = _____ + ile

( )4. 不友善的 = _____ + ile

( )5. 輕率的 = _____ + ile

解答：1. E 2. C 3. B 4. D 5. A

形容詞字尾 6

-ine

▶表「具有…性質的」

🎧 mp3: 132

femina + ine = feminine

徐薇教你記　拉丁文 femina 指女人，feminine 具有女性特質的，常用來形容一個人舉止或氣質。

femina（拉丁文）女人
female ['fiˌmel]（adj.）女性的；雌性的；（n.）女性；雌性動物
feminine ['fɛmənɪn]（adj.）女性特有的；女性的；（語言）陰性的
例 Lisa looks more **feminine** with longer hair.
麗莎留長髮看起來更加女性化了。

字根 + 字尾

gen + ine = genuine

徐薇教你記　字根 -gen- 指生育、產生（如：gene 基因），genuine 生來就有的，也就是天生的、實實在在的東西，因此 genuine 表示真正的，真實的。

-gen-（字根）生產
genuine ['dʒɛnjʊɪn]（adj.）真實的，純正的
例 This bag is made of **genuine** leather.
這個包是真皮做的。

舉一反三▶▶▶

初級字

divus（拉丁文）神；神的
divine [də'vaɪn]（adj.）像神一樣的，神聖的；神的
例 To err is human; to forgive, **divine**.
[諺語] 凡人皆有過，唯神能寬恕。

形容詞字尾 -ine

實用字

-mar- （字根）海洋
marine [məˋrin]（adj.）海洋的

例 The oil spill in the ocean is a threat to **marine** life.
石油洩漏到海上對海洋生物是一大威脅。

masculus（拉丁文）男人
masculine [ˋmæskjəlɪn]（adj.）男性的，男子氣概的；（語言）陽性的

例 Some people consider muscles to be a **masculine** feature.
有的人把肌肉視為一種男性特質。

sanguis（拉丁文）血液
sanguine [ˋsæŋgwɪn]（adj.）樂觀的，樂天的；面色紅潤的

例 The CFO was not very **sanguine** about the company's prospects.
財務長對公司前景並沒有很樂觀。

canis（拉丁文）狗
canine [ˋkenaɪn]（adj.）犬的，犬科的

例 Cesar is an expert in treating **canine** behavioral problems.
西薩是對付狗兒行為問題的專家。

felis（拉丁文）貓
feline [ˋfilaɪn]（adj.）貓的；像貓的

例 Your cat needs to be vaccinated for rabies and **feline** leukemia.
你的貓需要接種狂犬病和貓白血病的疫苗。

進階字

asinus（拉丁文）驢子
asinine [ˋæsn̩͵aɪn]（adj.）極愚蠢的

例 Just ignore that **asinine** comment!
你就忽略那個愚蠢透頂的評論吧！

bovis（拉丁文）牛
bovine [ˋbovaɪn]（adj.）牛的，牛類動物的；遲鈍的

例 Because of the **bovine** disease, we will stop importing beef from the area for at least a year.
因為牛隻染病，我們將停止從該地區進口牛肉至少一年。

將下列選項填入正確的空格中

（A）mar （B）div （C）femin （D）mascul （E）genu

（　　）1. 男性的 = ＿＿＿＿＿＿ + ine

（　　）2. 女性的 = ＿＿＿＿＿＿ + ine

（　　）3. 神聖的 = ＿＿＿＿＿＿ + ine

（　　）4. 真正的 = ＿＿＿＿＿＿ + ine

（　　）5. 海洋的 = ＿＿＿＿＿＿ + ine

解答：1. D 2. C 3. B 4. E 5. A

形容詞字尾 7

-ior

▶表「更…的」

-ior 是拉丁文的比較級，後接介係詞 to。

比 -er 是英文的比較級，後接介係詞 than。

🎧 mp3: 133

衍生字

super + ior = superior

superus（拉丁文）在…之上

superior [sə`pɪrɪɚ]（adj.）上級的；優於…的

例 This international brand makes a **superior** product.
這個跨國品牌生產更優良的產品。